suhrkamp taschenbuch 1624

Verliebte sind Liebende im Neugeborenenzustand, hilflos gegenüber der Liebe, wie das kleine Kind gegenüber dem Leben. Das angehimmelte Wesen soll ja kein anderes, von uns losgelöstes sein, sondern die Erweiterung unserer selbst. Die Bereitschaft, unser Schmachten nach dem Spiegelbild im anderen mit Liebe zu verwechseln, ist oft ebenso stark wie das Verliebtheitsgefühl; Verliebte und Liebende trennen Welten, aber wer weiß das schon? Gerade deshalb nimmt die vorliegende Sammlung innerhalb der zahllosen Anthologien zur Liebe eine besondere Stelle ein. Alle Texte greifen von den »vielen Positionen, die die Liebe kennt« (Kierkegaard), nur eine auf: jene rauschhafte des Anfangs, für die sich am schwersten Worte finden lassen, die uns nicht albern erscheinen, denen wir Vertrauen schenken, von denen wir auch Gebrauch machen können.

Der Leser dieses Buches erfährt etwas von der Breite des heftigsten aller Gefühle, und er stößt auf große Literatur. Verliebtheit gehört zu den Stimmungen – daher der vage Titel des Bandes für einen vagen Zustand: Niemandstage der Verliebtheit.

Der Band ist kein Querschnitt durch die einschlägige Literatur, er ist eine Komposition von Lieblingsstellen.

Niemandstage der Verliebtheit

Ein Lesebuch

Herausgegeben von
Ulrike Bauer
und Bodo Kirchhoff
Mit einem Vorwort von
Bodo Kirchhoff

Suhrkamp

Umschlagfoto: Thomas Simpfendoerfer

suhrkamp taschenbuch 1624
Erste Auflage 1989

Quellennachweise am Schluß des Bandes
Suhrkamp Taschenbuch Verlag

Satz: Gutfreund, Darmstadt
Druck: Ebner Ulm
Printed in Germany
Umschlag nach Entwürfen von
Willy Fleckhaus und Rolf Staudt

1 2 3 4 5 6 – 94 93 92 91 90 89

Niemandstage der Verliebtheit

Vorwort

Ich kenne Sätze, die ich für mich behalte wie ein Geheimnis, und solche, die ich weitergebe wie ein Geschenk. Ehe ich Bücher kannte, kannte ich halbe oder ganze Seiten; sie waren mein Zugang zur Literatur.

Was wäre ein Buch ohne Stellen?

Es gibt »gute Stellen«, »schöne Stellen«, »gewisse Stellen«, »komische Stellen«, »traurige Stellen«, »brutale Stellen« und so fort (von »schlechten« wissen nur Kritiker zu berichten). Die meisten Stellen geben sich gleich zu erkennen, ihr Anfang und Ende ist klar; wer nach Texten Ausschau hält, die von Verliebtheit handeln, bekommt es fast nur mit den anderen, eher verdeckten zu tun.

Die Literatur steckt voller Liebesszenen – die Verliebtheit führt ein Dasein in Nebensätzen und zwischen den Zeilen. Selten enthüllt sie sich in einem Hauptsatz. Woran liegt das? Offenbar fällt es sehr schwer, das Verliebtsein zu erzählen. Es braucht Energie und ein gutes Gedächtnis. Bin ich verliebt, fehlt mir der Grund zum Schreiben, bin ich es nicht mehr, sind meine Erinnerungen zu vage. Als Verliebter fand ich kaum Worte für mein Glück und wollte es doch jedem mitteilen, redete selig drauf los und hielt mich schon für einen Liebenden – als der ich hätte schreiben können – und war doch weit davon entfernt, zu lieben. Alles verwechselte ich: Mich mit dem Anderen und den Anderen mit mir, die süßen Gefühle mit den tiefen, das Herzklopfen mit der Innigkeit; ja, es konnte mir passieren, das Gesicht, in das ich verliebt war, in einem belebten Café nicht zu erkennen.

Verliebte sind Liebende im Neugeborenenzustand, so hilflos in der Liebe, wie das kleine Kind, das lebt, ohne das Geringste vom Leben zu wissen. Alles Alltägliche ist ihnen neu. Jede Kleinigkeit kann zum Symbol werden. Nichts steht im Weg. Die ganze Welt scheint zugeschnitten auf die Schwebe der Verliebten: auf ihre Schwebe des Glücks mit dem Anderen, den sie kaum mehr als Anderen erleben, eher als Verlängerung ihrer selbst. Sie schwärmen von der Liebe, aber lieben nicht. Verliebte und Liebende trennen Welten, aber wer weiß das schon immer?

Die Schriftsteller ahnen es und erschrecken vor dieser Kluft. Jeder Brückenschlag führt über den Abgrund der Trivialität. Einige ziehen sich damit aus der Affäre, daß sie *über* Verliebtheit schreiben. Nur wenige haben ein so klares Gedächtnis, um Worte für den rauschhaften Anfang der Liebe zu finden, die uns nicht albern erscheinen, denen wir Vertrauen schenken, von denen wir Gebrauch machen können.

Für die Lektüre dieses Bandes gibt es zwei gute Gründe. Der Leser erfährt etwas von der Breite des meistbesungensten aller Gefühle, und er stößt auf große Literatur – auf Stellen, die oft viel unbekannter sind als ihre Autoren. Wer das Buch zur Hand nimmt, wird bald merken, daß der Ort der Verliebtheit immer wieder unter den Stimmungen zu finden ist; Zeit und Raum sind diesen Stimmungen untergeordnet. Tage mit dem Anderen bilden einen eigenen Kalender.

Die gesammelten Szenen und Auszüge sind vor allem Querschnitt durch einen seelischen Ausnahmezustand. Der vorliegende Band ist kein Querschnitt durch die einschlägige Literatur, er ist eine Komposition von Lieblingsstellen. Die Reihenfolge ist Geschmackssache. Entscheidend war, daß kein Text den anderen schmälert.

Was läßt sich von den Autoren sagen?

Schriftsteller, die von Verliebtheit erzählen, scheinen ein ebenso grenzenloses Vertrauen zu ihrer Sprache zu haben wie die Verliebten zu ihrem Gefühl. Sie gehen das Wagnis des Schwärmens ein. Sie übertreiben und liegen doch richtig. Sie verblüffen mit offenen Verstecken und sind Meister der Vereinfachung. Sie beschämen einen mit ihrer Kraft. Sie beschämen einen mit ihrer Genauigkeit. Sie beatmen die verengten Herzen. Sie wühlen auf und zerren ans Licht. Sie stiften an. Sie verwirren. Sie zwingen. Uns Leser machen sie neidisch und süchtig auf mehr.

»Niemandstage der Verliebtheit« ist der erste Band einer Sammlung von Texten, die vom Gang der Liebe erzählen. Dem hellen Schwärmen folgen die ewigen Sekunden der Lust, Tage, die zu Nächten werden, Nächte, die zu Tagen werden, während hinter dem Rücken schon langsam ein Alltag der Liebe einsetzt. Für die wenigsten bleibt es dabei, auf die meisten kommen noch zwei Akte zu: Trennung und Einsamkeit. In den Werken vieler Autoren – in den von Frauen geschriebenen besonders – sind dies die heftigsten Stadien der Liebe.

Die Sammlung beginnt mit Texten, die wir wie einen Beweis des Glücks lesen können, und schließt mit Texten, deren Stärke darin liegt, daß sie uns auch dort noch erfüllen, wo im wirklichen Leben nur mehr Verzweiflung herrscht, beim Ende der Liebe.

Bodo Kirchhoff

Ein Septembertag.

Diese abgelegene Straße war sein Spazierweg, er ging in ihr wie in seiner Stube, denn er traf hier niemals jemand. Zu beiden Seiten der Gehsteige waren Gärten, in denen Bäume mit rotem und gelbem Laub standen.

Weshalb geht Victoria hier? Wie kann ihr Weg sie hier vorbeiführen? Er irrte sich nicht, sie war es, und vielleicht war sie es auch gewesen, die gestern abend hier vorbeiging, als er aus seinem Fenster sah.

Sein Herz klopfte stark. Er wußte, daß Victoria in der Stadt war, das hatte er gehört; aber sie verkehrte in Kreisen, in die der Sohn des Müllers nicht kam. Auch mit Ditlef hatte er keine Verbindung.

Er nahm sich zusammen und ging der Dame entgegen. Kannte sie ihn nicht? Ernst und gedankenvoll ging sie ihren Weg und trug den Kopf stolz auf ihrem schlanken Hals.

Er grüßte.

Guten Tag, antwortete sie leise.

Sie machte keine Miene stehenzubleiben, und er ging stumm vorbei. Es zuckte in seinen Beinen. Am Ende der kleinen Straße kehrte er um, wie es seine Gewohnheit war. Ich wende meinen Blick nicht vom Boden und sehe nicht auf, dachte er. Erst nach einigen Schritten sah er auf.

Sie war vor einem Fenster stehengeblieben.

Sollte er sich wegschleichen, in die nächste Straße? Weshalb stand sie da? Das Fenster war ärmlich, es war ein kleines Ladenfenster, in dem einige übereinandergelegte

Stangen roter Seife zu sehen waren, Grütze in einem Glas und einige gebrauchte Briefmarken zum Verkauf.

Vielleicht ging er noch ein paar Schritte weiter und kehrte dann um.

Da sah sie ihn an, und plötzlich kommt sie ihm von neuem entgegen. Sie ging rasch, als habe sie sich ein Herz gefaßt, und als sie sprach, hatte sie Mühe, Atem zu holen. Sie lächelte nervös.

Guten Tag. Wie nett, daß ich Sie treffe.

Mein Gott, wie sein Herz kämpfte! Es schlug nicht, es bebte. Er wollte etwas sagen, es gelang nicht, nur seine Lippen bewegten sich. Ihr Kleid strömte einen Duft aus, ihr gelbes Kleid, oder vielleicht war es ihr Mund. Er hatte in diesem Augenblick keinen Eindruck von ihrem Gesicht, aber er erkannte ihre feinen Schultern wieder und sah ihre lange schmale Hand auf dem Griff des Schirmes. Es war ihre rechte Hand. Die Hand trug einen Ring.

In den ersten Sekunden dachte er nicht darüber nach und hatte kein Gefühl von einem Unglück. Aber ihre Hand war wunderbar hübsch.

Ich bin eine ganze Woche in der Stadt gewesen, fuhr sie fort, aber ich habe Sie nicht gesehen. Doch, ich habe Sie einmal auf der Straße gesehen; irgend jemand sagte, daß Sie es seien. Sie sind so groß geworden.

Er murmelte: Ich wußte, daß Sie in der Stadt seien. Werden Sie lange hierbleiben?

Einige Tage. Nein, nicht lange. Ich muß wieder nach Hause.

Ich danke Ihnen dafür, daß ich Sie begrüßen durfte, sagte er.

Pause.

Ja, ich habe mich übrigens hier wohl verirrt, sagte sie

wieder. Ich wohne im Haus des Kammerherrn; welchen Weg muß ich da gehen?

Ich werde Sie begleiten, wenn ich darf.

Sie gingen.

Ist Otto daheim? fragte er, um etwas zu sagen.

Ja, er ist daheim, antwortete sie kurz.

Aus einem Tor kamen ein paar Männer, sie trugen ein Klavier und versperrten den Gehsteig. Victoria wich nach links aus, sie lehnte sich ganz an ihren Begleiter. Johannes sah sie an.

Verzeihung, sagte sie.

Ein Gefühl der Wollust durchfuhr ihn bei dieser Berührung, einen Augenblick lang lag ihr Atem auf seiner Wange.

Ich sehe, Sie tragen einen Ring, sagte er. Und er lächelte und sah gleichgültig aus. Darf ich vielleicht Glück wünschen?

Was würde sie antworten? Er sah sie nicht an, aber er verhielt den Atem.

Und Sie? antwortete Victoria, haben Sie keinen Ring? Nein, nicht? Irgend jemand hat erzählt . . .Man hört jetzt soviel von Ihnen in diesen Tagen, es steht in der Zeitung.

Ich habe ein paar Gedichte geschrieben, antwortete er. Aber Sie haben sie wohl nicht gesehen.

War es nicht ein ganzes Buch? Mir ist so . . .

Doch, es war auch ein kleines Buch.

Sie kamen an einen Platz, sie hatten keine Eile, obwohl sie zu der Familie des Kammerherrn sollte, sie setzte sich auf eine Bank. Er blieb vor ihr stehen.

Da reichte sie ihm plötzlich die Hand und sagte: Setzen Sie sich auch.

Und erst als er sich gesetzt hatte, ließ sie seine Hand los.

Jetzt oder niemals, dachte er. Wieder versuchte er, einen scherzhaften und gleichgültigen Ton anzuschlagen, er lächelte, sah geradeaus in die Luft. Gut.

Soso, Sie sind verlobt und wollen es mir nicht einmal sagen? Mir, der daheim Ihr Nachbar ist.

Sie überlegte.

Das war es nicht gerade, worüber ich heute mit Ihnen sprechen wollte, antwortete sie.

Er wurde auf einmal ernst und sagte leise:

Ja, ja, ich begreife es trotzdem gut.

Pause.

Er fing wieder an:

Natürlich wußte ich die ganze Zeit, daß es mir nichts helfen würde . . ., ja, daß nicht ich . . .Ich war nur der Sohn des Müllers, und Sie . . .Natürlich ist es so. Und ich verstehe nicht einmal, daß ich jetzt hier neben Ihnen zu sitzen und dies anzudeuten wage. Denn ich müßte vor Ihnen stehen, oder ich müßte auf den Knien liegen. Das wäre das Richtige. Aber es ist gleichsam . . .Und all diese Jahre, die ich fortgewesen bin, haben auch das ihre dazu beigetragen. Es ist gleichsam, als wagte ich jetzt mehr, denn ich weiß ja, daß ich kein Kind mehr bin, und ich weiß auch, daß Sie mich nicht ins Gefängnis werfen können, wenn Sie wollten. Deshalb wage ich das zu sagen. Aber Sie dürfen mir deshalb nicht böse sein; ich will lieber schweigen.

Nein, reden Sie. Sagen Sie, was Sie sagen wollen.

Darf ich das? Was ich will? Aber dann dürfte auch Ihr Ring mir nichts verbieten.

Nein, antwortete sie leise, der verbietet Ihnen nichts. Nein.

Wie? Ja, aber wieso denn? Gott segne Sie, Victoria, irre ich mich? Er sprang auf und beugte sich vor, um ihr ins Gesicht zu sehen. Ich meine, bedeutet denn der Ring nichts?

Setzen Sie sich wieder.

Er setzte sich.

Ach, Sie sollten nur wissen, wie ich an Sie gedacht habe; Herrgott, war denn jemals ein anderer kleiner Gedanke in meinem Herzen! Unter allen, die ich sah, und unter allen, von denen ich wußte, waren Sie der einzige Mensch auf der Welt. Es war mir nicht möglich, etwas anderes zu denken als: Victoria ist die Schönste und Herrlichste, und sie kenne ich! *Fräulein* Victoria, dachte ich immer. Zwar wußte ich ja gut, daß niemand Ihnen ferner war als ich; aber ich kannte Sie – ja, das war durchaus nicht zuwenig für mich –, wußte, daß Sie dort lebten und sich vielleicht manchmal meiner erinnerten. Natürlich erinnerten Sie sich meiner nicht; aber an manchen Abenden habe ich doch auf meinem Stuhl gesessen und gedacht, daß Sie sich mitunter meiner erinnerten. Und wissen Sie, dann öffnete sich gleichsam der Himmel vor mir, Fräulein Victoria, und dann schrieb ich Gedichte an Sie und kaufte Blumen für Sie, für meine ganze Barschaft, und stellte sie zu Hause in ein Glas. Alle meine Gedichte sind an Sie gerichtet, nur einige wenige sind es nicht, und die sind nicht gedruckt. Aber Sie haben wohl auch die gedruckten nicht gelesen. Jetzt habe ich ein großes Buch angefangen. Ach ja, mein Gott, wie dankbar bin ich Ihnen, denn ich bin so erfüllt von Ihnen und das ist meine ganze Freude. Stets sah oder hörte ich etwas, das mich an Sie erinnerte, den ganzen Tag, auch in den Nächten. Ich habe Ihren Namen an die Decke geschrieben, da liege ich dann und sehe hin; aber das Mädchen, das bei mir aufräumt, sieht es nicht, ich habe es so klein geschrieben, um es für mich allein zu haben. Das ist eine gewisse Freude für mich.

Sie wandte sich ab, öffnete ihr Kleid auf der Brust und zog ein Stück Papier heraus.

Sehen Sie her! sagte sie schwer atmend. Ich habe es ausgeschnitten und aufgehoben. Sie dürfen es gerne erfahren, ich lese es immer abends. Das erstemal zeigte Papa es mir, und ich ging ans Fenster, um es zu lesen. Wo ist es denn? Ich finde es nicht, sagte ich und drehte die Zeitung um. Aber ich fand es leicht und las es bereits, und ich war so froh.

Ein Duft ihres Körpers stieg vom Papier auf; sie entfaltete es selbst und zeigte es ihm, es war eines seiner ersten Gedichte, vier kleine Verse an sie, an die Reiterin auf dem weißen Pferd. Es war das einfältige und heftige Geständnis eines Herzens, ein Ausbruch, der nicht zurückgehalten werden konnte, sondern aus den Zeilen hervorsprang wie Sterne, wenn sie zu leuchten beginnen.

Ja, sagte er, das habe ich geschrieben. Es ist so lange her. In einer Nacht, die Pappeln vor meinem Fenster rauschten so, da schrieb ich es. Nein, bewahren Sie es wirklich wieder auf? Dank! Sie bewahren es wieder auf. Oh! brach er aus, ergriffen, und seine Stimme war ganz leise: Zu denken, daß Sie mir so nahe sitzen. Ich fühle Ihren Arm an meinem, es strahlt eine Wärme von Ihnen aus. Oftmals, wenn ich allein war und an Sie dachte, fror ich vor Erregung; aber jetzt bin ich warm. Als ich das letztemal zu Hause war, waren Sie herrlich, auch damals; aber jetzt sind Sie noch herrlicher. Es sind Ihre Augen und Ihre Augenbrauen, Ihr Lächeln – nein, ich weiß nicht, es ist alles zusammen, alles an Ihnen.

Sie lächelte und sah ihn mit halbgeschlossenen Augen an, es blaute dunkel unter den langen Wimpern. Sie hatte einen warmen Schimmer. Sie schien eine Beute der höchsten Freude zu sein und griff mit einer unbewußten Handbewegung nach ihm.

Dank! sagte sie.

Nein, Victoria, danken Sie mir nicht, antwortete er. Seine gute Seele strömte ihr entgegen, und er wollte mehr sagen, mehr sagen; es waren verwirrte Ausbrüche, er war wie berauscht. Ja, aber Victoria, wenn Sie mich ein wenig gern haben . . .Ich weiß es nicht, aber sagen Sie, es sei so, selbst wenn es nicht so wäre. Seien Sie lieb! Ach, ich möchte Ihnen versprechen, etwas zu werden, viel zu werden, unerhört viel beinahe. Sie ahnen nicht, was ich werden könnte; manchmal grüble ich darüber nach und weiß, daß ich ganz voll ungeschehener Taten bin. Oft strömt es aus mir aus, nachts gehe ich umher in meinem Zimmer und singe, weil ich von Gesichten erfüllt bin. Neben meinem Zimmer liegt ein Mann. Er kann nicht schlafen, er klopft an die Wand. Wenn der Morgen graut, kommt er zu mir herein und ist wütend. Das tut nichts, ich schere mich nicht um ihn; denn dann habe ich so lange an Sie gedacht, daß mir ist, als seien Sie bei mir. Ich gehe ans Fenster und singe, es fängt an, ein wenig hell zu werden, draußen rauschen die Pappeln. Gute Nacht! sage ich zum Tag. Das heißt zu Ihnen. Jetzt schläft sie, denke ich, gute Nacht. Gott segne sie! Dann lege ich mich nieder. So geht es Abend für Abend. Niemals aber habe ich geglaubt, daß Sie so herrlich wären, wie Sie sind. Jetzt werde ich mich Ihrer so erinnern, wenn Sie abreisen; so, wie Sie jetzt sind. Ich werde mich Ihrer so deutlich erinnern . . .

Kommen Sie nicht nach Hause?

Nein. Ich bin nicht fertig. Doch, ich komme. Ich reise jetzt. Ich bin nicht fertig, aber ich will alles tun, was möglich ist. Gehen Sie manchmal daheim im Garten spazieren? Gehen Sie jemals abends aus? Ich könnte Sie sehen, ich könnte Sie vielleicht begrüßen, weiter will ich nichts. Aber wenn Sie mich ein wenig gern haben, wenn Sie mich ertragen, mich leiden mögen, so sagen Sie . . .Machen Sie mir die Freude . . .Es gibt eine Palme, die blüht nur einmal in ihrem Leben, und doch wird sie siebzig Jahre alt, es ist die Talipotpalme. Aber sie blüht nur einmal. Jetzt blühe ich. Ja, ich verschaffe mir Geld und reise heim. Ich verkaufe das, was ich geschrieben habe; ich schreibe nämlich an einem großen Buch, und das verkaufe ich jetzt, gleich morgen, alles, was ich fertig habe. Ich bekomme eine ganze Menge dafür. Möchten Sie denn, daß ich heimkomme!

Dank! Dank! Verzeihen Sie mir, wenn ich zuviel hoffe, zuviel glaube, es ist so herrlich, ungewöhnlich viel zu glauben. Dies ist der glücklichste Tag, den ich erlebt habe.

Er nahm den Hut ab und legte ihn neben sich hin. Victoria sah sich um. Eine Dame kam die Straße herunter und weiter oben eine Frau mit einem Korb. Victoria wurde unruhig, sie griff nach ihrer Uhr.

Müssen Sie jetzt gehen? fragte er. Sagen Sie etwas, ehe Sie gehen, lassen Sie mich Ihre Stimme hören . . .Ich liebe Sie und sage das nun. Von Ihrer Antwort wird es abhängen, ob ich . . .Ich stehe also ganz in Ihrer Macht. Was antworten Sie?

Pause.

Er läßt den Kopf sinken. Nein, sagen Sie es nicht! bat er.

Nicht hier, erwiderte sie. Ich will es da unten tun. Sie gingen.

Man sagt, daß Sie sich mit dem kleinen Mädchen, mit dem Mädchen, daß Sie gerettet haben, verheiraten werden; wie heißt sie?

Mit Camilla, meinen Sie?

Camilla Seier. Man sagt, daß Sie sich mit ihr verheiraten werden.

Soso. Warum fragen Sie danach? Sie ist noch nicht erwachsen. Ich bin in ihrem Heim gewesen, es ist so groß und reich, ein Schloß wie Ihr eigenes; ich bin oftmals dort gewesen. Nein, sie ist nicht erwachsen.

Sie ist fünfzehn Jahre alt. Ich habe sie getroffen, wir sind zusammen gewesen. Sie hat mir sehr gefallen. Wie reizend sie ist!

Ich werde mich nicht mit ihr verheiraten, sagte er.

So, nicht. Er sah sie an. Ein Zucken lief über sein Gesicht.

Aber weshalb sagen Sie das jetzt? Wollen Sie meine Aufmerksamkeit auf eine andere hinlenken?

Sie ging mit raschen Schritten vorwärts und antwortete nicht. Sie befanden sich vor dem Haus des Kammerherrn. Sie nahm seine Hand und zog ihn mit ins Tor hinein, über die Treppe hinauf.

Ich will nicht mit hinein, sagte er halb erstaunt, halb verwundert.

Sie drückte auf die Glocke, wandte sich ihm zu, ihre Brust wogte.

Ich liebe Sie, sagte sie. Verstehen Sie das? Sie sind es, den ich liebe.

Plötzlich zog sie ihn hastig die Treppe wieder hinunter,

drei, vier Stufen, schlang ihre Arme um ihn und küßte ihn. Sie bebte ihm entgegen.

Sie sind es, den ich liebe, sagte sie.

Oben wurde die Wohnungstür geöffnet. Sie riß sich los und eilte die Treppe hinauf.

Raymond Radiguet

Nichts nimmt einen so sehr in Anspruch wie die Liebe. Man ist keineswegs ein Faulpelz, wenn man als Verliebter faulenzt. Die Liebe spürt dunkel, daß die Arbeit das einzige ist, was von ihr ablenkt. Sie sieht daher mit Recht einen Nebenbuhler in ihr. Und jeder Nebenbuhler ist ihr unerträglich. Doch die Liebe ist eine wohltätige Faulheit wie der sanfte Regen, der das Erdreich befruchtet.

Wir waren von den ersten Volksschultagen an Klassenkameraden gewesen, hatten immer auf der gleichen Bank gesessen und waren von jeher daran gewöhnt, unsere Schularbeiten gemeinsam zu machen, den einen Tag bei ihm, den andern bei mir – und beide von meiner Überlegenheit überzeugt. Es gab kein Jahr, in dem ich nicht im Juni versetzt worden wäre, während Otello immer die Prüfung in irgendeinem Fach wiederholen mußte, einmal in Englisch, einmal in Latein, bald in Mathematik, bald in Italienisch.

Und nun, plötzlich, mußte ich mich mit einem Otello Forti vergleichen lassen, noch dazu von ihm selbst! Sah mich mit einem Mal hinabgestürzt auf sein Niveau!

Es ist nicht der Mühe wert, ausführlich zu erzählen, was ich in den folgenden vier oder fünf Stunden tat und dachte, angefangen mit der Wirkung, die die Begegnung mit Professor Meldolesi auf mich hatte, als ich gerade aus dem Schulgebäude kam (er, lächelnd, ohne Hut und ohne Krawatte, den Kragen seines gestreiften Hemds zurückgeschlagen à la Robespierre, und rasch dabei, mir zu bestätigen, was einer Bestätigung nicht mehr bedurfte, daß sich die Haltung der Fabiani mir gegenüber versteift und sie sich kategorisch geweigert habe, »auch nur ein einziges Mal noch ein Auge zuzudrücken«), um dann mit einer Schilderung meines langen, verzweifelten und ziellosen Umherirrens fortzufahren, nachdem mir Professor Meldolesi zum Abschied und zur Ermunterung einen leichten Schlag auf die Wange gegeben hatte. Es genüge zu sagen, daß ich mich noch um zwei Uhr nachmittags mit dem Rad auf der *Mura degli Angeli* in der Gegend des Corso Ercole I d'Este herumtrieb. Nach Hause hatte ich nicht einmal telefonisch Nachricht gegeben. Mit tränenbenetztem Gesicht, das Herz überströmend von grenzenlosem Mitleid mit mir selbst, radelte ich immer weiter, fast ohne zu wissen, wo ich war, und erwog dabei vage Selbstmordpläne.

Unter einem Baum machte ich halt, einem dieser alten Bäume – Linden, Ulmen, Platanen und Kastanien –, die ein Dutzend Jahre später, in dem eisigen Winter von Stalingrad, geopfert werden sollten, um zu Brennholz zu werden, die aber in diesem Jahr 1929 ihre großen Laubkronen noch sehr hoch über den Stadtwall breiteten.

Vollkommenes Schweigen rundum. Der Weg, den ich wie ein Schlafwandler von der Porta San Giovanni bis hierher gefahren war, führte in Windungen, zwischen jahrhundertealten Bäumen, bis zur Porta San Benedetto und dem Bahnhof. Ich warf mich bäuchlings ins Gras, neben dem Fahrrad, das brennende Gesicht in die Ellenbeuge gepreßt. Warm spürte ich die Luft um den ausgestreckten Körper wehen, und ich hatte nur den einen Wunsch, so, mit geschlossenen Augen, liegenzubleiben. In den betäubenden Chor der Zikaden mischte sich nur zuweilen ein einzelner, sich deutlich abhebender Laut: ein Hahnenschrei aus den Gärten der Umgegend, ein Aufschlagen von Wäschestücken, das vielleicht von einer Frau rührte, die noch spät ihre Wäsche im grünlichen Wasser des Canale Panfilio wusch, und schließlich, ganz nahe, das immer langsamere Ticktack vom Hinterrad meines Fahrrads, das seinen Ruhepunkt noch suchte.

Zu dieser Stunde, überlegte ich mir, wußten sie es zu Hause bereits, wahrscheinlich durch Otello Forti. Hatten sie sich wohl zu Tisch gesetzt? Sicher, und dabei so getan, als ob nichts geschehen wäre; dann aber hatten sie ihre Mahlzeit unterbrechen müssen; es war ihnen nicht gelungen, über das, was geschehen war, hinwegzugehen. Vielleicht suchten sie mich. Vielleicht hatten sie sogar Otello, den guten, getreuen Freund, ausgeschickt, mich zu suchen, und ihm den Auftrag gegeben, mit dem Fahrrad in der ganzen Stadt nach mir zu fahnden, auch am Montagnone und auf dem Stadtwall, so daß es gut möglich war, daß er plötzlich vor mir auftauchte, mit einem, wie es den Umständen entsprach, betrübten Gesicht, aber in Wahrheit, wie ich sehr wohl bemerken würde, mehr als glücklich, selber nur die Prüfung im Englischen wiederholen zu müssen. Aber nein! Vielleicht hatten sich meine Eltern, übermannt von ihrer Angst, nicht mit Otello begnügt, sondern sogar die Polizei alarmiert, war mein Vater gegangen, um mit dem Polizeipräsidenten im Kastell zu sprechen. Ich meinte ihn zu sehen: stammelnd, fassungslos, fürchterlich gealtert, nur noch ein Schatten seiner selbst. Er weinte. Ach, wenn er mich erst vor zwei Stunden gesehen hätte, in Pontelagoscuro, wo ich von der eisernen Brücke in das dahinströmende Wasser des Po gestarrt hatte (ich hatte eine ganze Weile dagestanden und ins Wasser gestarrt! Wie lange? Also mindestens zwanzig Minuten . . .), nun dann erst wäre er erschrocken gewesen . . ., dann hätte er begriffen . . ., dann ja . . .

»Ps.«

Ich erwachte jäh, öffnete aber nicht sogleich die Augen.

»Ps!« hörte ich wieder.

Ich hob langsam den Kopf und wandte ihn nach links, gegen die Sonne. Wer hatte mich gerufen? Otello konnte es nicht sein. Wer dann?

Ich befand mich etwa auf halbem Wege jener ungefähr dreißig Kilometer langen Strecke des Stadtwalls, die am Ende des Corso Ercole I beginnt und gegenüber dem Bahnhof, an der Porta San Benedetto, endet. Der Ort ist immer besonders einsam gewesen. Er war es vor dreißig Jahren, und er ist es noch heute, auch wenn, besonders auf der rechten Seite, das heißt im Industrieviertel, in wenigen Jahren Dutzende und Dutzende bunter Arbeiterhäuser aus dem Boden geschossen sind, neben denen, zumal vor ihrem Hintergrund von Schornsteinen und Lagerschuppen, das braune, buschig bewachsene, verwilderte und halbzerfallene Bollwerk aus dem fünfzehnten Jahrhundert von Tag zu Tag absurder wirkt.

Suchend blickte ich mich um, die Augen vor dem blendenden Licht halb geschlossen. Zu meinen Füßen erstreckte sich (erst jetzt kam es mir zum Bewußtsein), die mächtigen Baumkronen vom Mittagslicht überflutet wie in einem tropischen Wald, der *Barchetto del Duca:* unermeßlich weit, wahrhaft endlos, in der Mitte, halb im Grün verborgen, die Türmchen und Zinnen der *magna domus*, und in seinem ganzen Umfang von einer Ringmauer umgeben, mit einer einzigen Lücke einen Viertelkilometer weiter, um nicht den Lauf des Canale Panfilio zu unterbrechen.

»He! Aber du bist ja wirklich blind«, ließ sich eine fröhliche Mädchenstimme vernehmen.

An den blonden Haaren, von diesem besonderen streifigen Blond nordischen Haars, dem Blond der *fille aux cheveux de lin*, das nur zu ihr gehörte, erkannte ich sofort Micòl Finzi-Contini. Sie erschien über der Parkmauer wie an einem Fensterbrett, mit den Schultern die Mauer überragend und die gekreuzten Arme aufgestützt, wahrscheinlich nicht weiter als fünfundzwanzig Meter von mir entfernt. Sie sah mich von unten her an: aus ziemlicher Nähe, denn ich konnte ihre Augen erkennen; es waren helle große Augen (vielleicht allzu groß damals in dem kleinen mageren Mädchengesicht).

»Was machst du da oben? Seit zehn Minuten beobachte ich dich schon. Wenn du geschlafen hast und ich dich geweckt habe, dann entschuldige mich. Und . . . mein herzliches Beileid!«

»Beileid? Wieso, warum?« stammelte ich und fühlte, wie mir die Röte ins Gesicht stieg.

Ich hatte mich aufgerichtet.

»Wie spät ist es?« fragte ich, die Stimme hebend.

Sie warf einen Blick auf ihre Armbanduhr.

»Ich habe drei Uhr«, sagte sie und verzog den Mund dabei in reizender Weise. Dann sagte sie: »Ich denke mir, du wirst Hunger haben.«

Ich war verwirrt. Also wußten auch sie es schon! Einen Augenblick lang bildete ich mir sogar ein, daß sie die Nachricht von meinem Verschwinden direkt von meinem Vater oder meiner Mutter erhalten hatten – telefonisch, wie gewiß auch unendlich viele Menschen außer ihnen. Aber Micòl selbst sollte mich sogleich aufklären.

»Ich war heute morgen im ›Guarini‹, um nach den Tabellen zu sehen. Das hat dir einen Schock versetzt, wie?«

»Und du? Bist du versetzt worden?«

»Man weiß noch nicht. Vielleicht warten sie mit der Bekanntgabe, bis *auch* alle anderen Privatschüler fertig sind. Aber warum kommst du nicht herunter? Komm doch näher, damit ich mir nicht die Lunge aus dem Halse schreien muß.«

Es war das erste Mal, daß sie mit mir sprach. Mehr

noch: es war praktisch das erste Mal, daß ich sie überhaupt sprechen hörte. Und schon damals fiel mir auf, wie sehr ihr Tonfall dem Albertos glich. Beide hatten die gleiche Art zu sprechen: langsam für gewöhnlich, wobei sie gewisse unwichtige Wörter betonten – Wörter, deren wahre Bedeutung und ganzes Gewicht allein sie zu kennen schienen, während sie kurioserweise über andere, die man für weit bedeutender gehalten hätte, einfach hinwegglitten. Darin sahen sie ihre *wahre* Sprache, die nur ihnen eigentümliche, unnachahmliche, ganz private Deformation des Italienischen. Sie gaben ihr sogar einen Namen: das Finzicontinische.

Ich rutschte den grasbewachsenen Abhang hinunter und stand nun vor der Parkmauer. Obwohl es hier unten schattig war – ein Schatten, aus dem ein scharfer Geruch von Brennesseln und Kot aufstieg –, war es doch wärmer. Jetzt sah Micòl von oben auf mich herab, den blonden Kopf von der Sonne beschienen, so ruhig, als ob unsere Begegnung nicht rein zufällig gewesen wäre, sondern wir uns seit unserer frühesten Kindheit an eben diesem Ort bereits unzählige Male getroffen hätten.

»Aber du nimmst es zu ernst«, sagte sie. »Was macht es aus, wenn du im Oktober ein Fach wiederholen mußt?«

Sie machte sich gewiß über mich lustig, und ein wenig verachtete sie mich auch. Im Grunde war es ja ganz normal, daß einem Burschen wie mir dergleichen widerfuhr, Sohn solch gewöhnlicher, derart ›assimilierter‹ Leute, daß er, mit anderen Worten, so gut wie ein *Goi* war. Welches Recht hatte ich, so viel Geschichten zu machen?

»Ich glaube, du hast da etwas merkwürdige Vorstellungen«, antwortete ich.

»So?« fragte sie mit einem spöttischen Lächeln. »Willst

du mir dann bitte erklären, warum du heute nicht zum Essen nach Hause gegangen bist?«

»Woher weißt du das?« entfuhr es mir.

»Wir wissen so manches. Auch wir haben unsere Informanten.«

Es war Meldolesi gewesen, dachte ich, es konnte nur er gewesen sein (und ich hatte mich nicht geirrt). Aber was bedeutete das schon? Ich hatte mit einem Mal gemerkt, daß die nicht bestandene Prüfung zu einer Nebensache geworden war – eine kindische Angelegenheit, die von selbst wieder in Ordnung kommen würde.

»Wie schaffst du es, daß du dich da oben hältst?« fragte ich. »Es sieht aus, als ob du aus dem Fenster schaust.«

»Ich habe meine gute alte Leiter unter den Füßen«, erklärte sie und skandierte dabei »meine gute alte« in ihrer gewohnten hochmütigen Weise.

Von der anderen Seite der Mauer drang in diesem Augenblick lautes Gebell. Micòl wandte den Kopf und warf einen Blick über die Schulter, zugleich gelangweilt und leicht gerührt. Sie schnitt dem Hund ein Gesicht, dann wandte sie sich wieder mir zu.

»Es ist Jor«, erklärte sie und ließ einen Stoßseufzer hören.

»Was für eine Rasse?«

»Eine dänische Dogge. Er ist erst ein Jahr alt, aber er wiegt schon fast einen Doppelzentner. Oft versuche ich, meine Spuren zu verwischen, aber es dauert nicht lange, und er hat mich wiedergefunden. Du kannst dich drauf verlassen. Er ist *schrecklich*.«

Fast ohne Übergang fuhr sie fort:

»Soll ich dich hereinlassen? Wenn du Lust hast, zeige ich dir gleich, wie du es machen mußt.«

Wieviel Jahre sind seit jenem weit zurückliegenden Juninachmittag vergangen? Über dreißig. Aber wenn ich die Augen schließe, ist Micòl Finzi-Contini noch immer da, über der Parkmauer, und sieht mich an und spricht mit mir. Sie war 1929 kaum mehr als ein Kind, eine magere blonde Dreizehnjährige mit großen hellen magnetischen Augen. Ich ein Junge in kurzen Hosen, sehr bürgerlich und sehr eitel, den schon ein kleines Mißgeschick in der Schule in die kindlichste Verzweiflung stürzen konnte. Wir sahen uns an. Der Himmel über ihr war blau und fest, ein warmer, schon sommerlicher Himmel ohne das kleinste Wölkchen. Nichts würde ihn verändern können, und nichts hat ihn verändert, zumindest in meiner Erinnerung.

»Also, willst du oder willst du nicht?« drängte Micòl.

»Ich weiß nicht . . .«, begann ich und deutete auf die Mauer. »Sie kommt mir sehr hoch vor.«

»Weil du nicht richtig hingesehen hast«, erwiderte sie ungeduldig. »Schau da – und da – und da«; sie zeigte mit dem Finger, damit ich sähe, was sie meinte. »Da sind eine ganze Menge Spalten in der Mauer, und hier ganz oben ist sogar ein Nagel. Den habe ich eingeschlagen.«

»Ja, die Tritte sind da«, murmelte ich unsicher, »aber . . .«

»Tritte?« unterbrach sie mich plötzlich, in lautes Lachen ausbrechend. »Also ich nenne das Spalten.«

»Falsch, sie heißen Tritte«, beharrte ich eigensinnig und mit Schärfe. »Man sieht, daß du noch nie in den Bergen warst.«

Ich habe immer und schon als kleines Kind unter Schwindel gelitten, und so bescheiden die Aufgabe sein mochte, sie machte mir Sorge. Wenn meine Mutter mit mir, als ich noch klein war, auf den Montagnone ging, mit Ernesto auf dem Arm (Fanny war noch nicht geboren), und sich auf dem weiten Platz gegenüber der Via Scandiana ins Gras setzte, von dem aus das Dach unseres Hauses in dem Meer der Dächer um den gewaltigen Bau der Kirche Santa Maria in Vado kaum zu erkennen war, dann geschah es nicht ohne große Furcht – wie ich mich erinnere –, daß ich, der Wachsamkeit meiner Mutter entkommen, mich über die Brustwehr lehnte und etwa dreißig Meter hinab in die Tiefe blickte. Fast immer kletterte irgend jemand an der überhängenden Wand hinauf oder herunter – junge Maurer, Landleute, Arbeiter, jeder sein Fahrrad über den Schultern, aber auch alte, schnurrbärtige Männer, die Frösche und Katzenfische fingen und mit Stöcken und Körben beladen waren –, alles Leute aus Quacchio, Ponte della Gradella, Coccomaro, Coccomarino und Focomorto, die es eilig hatten und die Stadt nicht über die Porta San Giorgio oder Porta San Giovanni betraten oder verließen (denn damals waren die Bastionen auf dieser Seite noch auf einer Länge von mindestens fünf Kilometern intakt und hatten keine als Durchgang brauchbaren Breschen), sondern lieber den Weg über die Mauer nahmen. Wenn sie die Stadt verließen, kamen sie vom Platz her, gingen an mir vorbei, kletterten über das Geländer und ließen sich herabhängen, bis sie mit den Fußspitzen am ersten Vorsprung oder Spalt in der schon baufälligen Mauer Halt fanden, um dann in ein paar Augenblicken auf die darunterliegende Wiese zu gelangen. – Wenn sie aber vom Land her kamen, dann kletterten sie herauf mit aufgerissenen Augen, mit denen sie mich, der ich schüchtern über den Rand des Geländers blickte, anzustarren schienen – was natürlich ein Irrtum war, denn sie achteten nur darauf, den besten Halt für ihre Füße zu suchen. Wie auch immer, wenn sie so über dem Abgrund schwebten – paarweise im allgemeinen, einer hinter dem andern –, hörte ich, wie sie ruhig miteinander plauderten, in ihrem Dialekt, so als ob sie mitten durch die Felder gingen. Wie ruhig, stark und tapfer sie waren! Nachdem sie sich mir bis auf weniger als einen halben Meter genähert hatten, so daß ich mich in der Hornhaut ihrer Augen spiegelte und ihren nach Wein riechenden Atem auf meinem Gesicht spürte, ergriffen sie mit ihren starken schwieligen Händen den inneren Rand der Brustwehr, tauchten nun mit ihrem ganzen Körper aus dem leeren Raum auf und hatten, hoppla! schon wieder festen Boden unter den Füßen. Niemals würde ich fähig sein, ein gleiches zu tun – das dachte ich jedesmal, wenn ich sie davongehen sah: voller Bewunderung, aber zugleich wie von Schwindel gepackt.

Nun, etwas ähnliches empfand ich auch jetzt, vor der Mauer, von deren Höhe herab mich Micòl Finzi-Contini aufforderte, zu ihr heraufzuklettern. Gewiß war diese Mauer nicht so hoch wie die der Bastion vom Montagnone. Aber sie war glatter und sehr viel weniger von der Zeit und den Unbilden des Wetters zernagt; die Spalten, die mir Micòl zeigte, waren kaum zu erkennen. Und wenn ich ganz hinaufgeklettert war – stellte ich mir vor – und mich dann oben ein Schwindel befiel und ich abstürzte? Da konnte ich mich ebensogut gleich umbringen.

Und doch war es nicht einmal so sehr deswegen, daß ich noch zögerte. Was mich zurückhielt, war ein anderer Widerwille als der rein physische gegen den Schwindel: analog und doch anders, dabei noch stärker. Für einen Augenblick wünschte ich mir sogar meine eben verklungene Verzweiflung zurück, meine törichten, kindlichen Tränen, Tränen eines Knaben, der eine Prüfung nicht bestanden hatte.

»Außerdem begreife ich nicht«, fuhr ich fort, »warum ich gerade hier den Alpinisten spielen soll. Wenn ich in *euer* Haus kommen soll, verbindlichsten Dank, sehr gern – aber, ehrlich gesagt, fände ich es sehr viel bequemer, wenn ich von dort aus« – bei diesen Worten streckte ich den Arm in Richtung des Corso Ercole I aus – »durch die Eingangstür hereinkäme. Es ist ganz einfach! Ich steige auf mein Fahrrad, und in einem Augenblick bin ich da.«

Ich bemerkte sogleich, daß ihr mein Vorschlag nicht paßte.

»Aber nein, nein . . .«, sagte sie und verzog ihr Gesicht zum Ausdruck höchsten Widerwillens, »wenn du von dort kommst, sieht dich natürlich Perotti, und dann Adieu, dann macht es überhaupt keinen Spaß mehr.«

»Perotti? Wer ist das?«

»Der Pförtner. Weißt du – du hast ihn vielleicht schon bemerkt –, der auch unser Kutscher und Chauffeur ist . . . Wenn der dich sieht – und er kann dich nicht übersehen, weil er, wenn er nicht gerade mit dem Wagen oder dem Auto unterwegs ist, immer da ist und aufpaßt, der verdammte Kerl –, dann muß ich dich unbedingt ins Haus bringen . . .Und sag selbst, ob du . . .Möchtest du?«

Sie sah mir mit ernstem, gelassenem Ausdruck gerade in die Augen.

»Also gut«, antwortete ich, mit einer Kopfwendung auf die Mauer deutend, »aber wo lasse ich mein Fahrrad? Ich kann es doch nicht einfach hier stehen lassen! Es ist ganz neu, Marke *Wolsit*, mit elektrischem Scheinwerfer, einer Satteltasche für Werkzeug und einer Pumpe, stell dir vor! Wenn ich mir jetzt *auch* noch mein Fahrrad stehlen lasse . . .«

Ich fügte nichts weiter hinzu, plötzlich wieder von der Angst vor der unvermeidlichen Begegnung mit meinem Vater gepackt. Spätestens am Abend mußte ich nach Hause gehen. Es blieb mir keine andere Wahl.

Ich blickte wieder zu Micòl hinauf. Während ich sprach, hatte sie sich ohne weitere Erklärung auf die Mauer gesetzt, mit dem Rücken zu mir; jetzt schwang sie entschlossen ein Bein über die Mauer und ließ sich rittlings oben nieder.

»Was hast du vor?« fragte ich überrascht.

»Mir ist wegen des Fahrrads eine Idee gekommen. Außerdem kann ich dir nun die Spalten in der Mauer zeigen, in die du beim Klettern treten mußt. Paß gut auf, wohin ich den Fuß setze. Schau her!«

Sie voltigierte da oben mit großer Geschicklichkeit, dann hielt sie sich mit der rechten Hand an dem dicken rostigen Nagel fest, den sie mir kurz vorher gezeigt hatte, und begann herunterzuklettern. Gemächlich, aber sicher kam sie immer tiefer, mit den Spitzen ihrer Tennisschuhe die Mauer nach Spalten absuchend, bald mit dem einen, bald mit dem andern, und stets fand sie ohne große Mühe einen Stützpunkt. Sie kam gut herab. Aber noch bevor sie wieder Boden unter den Füßen hatte, machte sie einen Fehltritt und rutschte ab. Sie kam glücklicherweise gleich auf die Füße, hatte sich aber an den Händen verletzt; außerdem war ihr Strandkleid aus rosa Leinen durch die Reibung an der Mauer unter der Achsel eingerissen.

»Wie albern«, schalt sie sich selbst, hob die Hand an den Mund und blies darauf. »Das ist mir zum erstenmal passiert.«

Auch an einem Knie hatte sie sich die Haut abgeschürft. Sie zog ihr Kleid an einem Zipfel hoch, so daß ein merkwürdig weißer und kräftiger Schenkel, schon ein Frauenschenkel, sichtbar wurde, und bückte sich, um die Hautabschürfung zu untersuchen. Zwei lange blonde Strähnen, von der helleren Schattierung, die sich aus dem Haarreifen gelöst hatten, fielen ihr ins Gesicht und verdeckten Stirn und Augen.

»Wie albern«, wiederholte sie.

»Da braucht man Alkohol«, sagte ich mechanisch, ohne näherzutreten, und in dem lamentierenden Ton, in den jeder in unserer Familie bei solchen Gelegenheiten verfiel.

»Ach, was! Alkohol!«

Sie leckte geschwind über die Wunde – ein kleiner zärtlicher Kuß – und richtete sich rasch wieder auf.

»Komm«, sagte sie, ganz erhitzt und zerzaust.

Sie wandte sich um und begann, schräg an dem in der Sonne liegenden Damm des Stadtwalls hinaufzuklettern. Mit der rechten Hand zog sie sich an Grasbüscheln hoch, während sie die linke an den Kopf hob und sich den Haarreif ab- und wieder aufsetzte, was sie mehrmals wiederholte, so rasch, als ob sie sich das Haar kämmen wollte.

»Siehst du das Loch dort?« fragte sie, sobald wir oben angelangt waren. »Da kannst du dein Fahrrad gut verstecken.«

Sie wies auf einen jener kleinen konischen, mit Gras bewachsenen Hügel, wie man sie, etwa zwei Meter hoch und fast stets mit verschüttetem Eingang, ziemlich häufig antrifft, wenn man einen Rundgang auf dem Stadtwall von Ferrara unternimmt. Auf den ersten Blick erinnern sie, allerdings in sehr viel kleinerem Maßstab, ein wenig an die etruskischen Grabhügel in der römischen Campagna. Nur daß der oft sehr ausgedehnte unterirdische Raum, zu dem einige dieser Hügel heute noch hinabführen, niemals als Grabkammer gedient hat. Die einstigen Verteidiger der Stadtmauern verwahrten hier ihre Waffen: Feldschlangen, Arkebusen, Schießpulver und anderes mehr. Vielleicht auch jene merkwürdigen Kanonenkugeln aus kostbarem Marmor, die im fünfzehnten und sechzehnten Jahrhundert die ferraresische Artillerie in Europa so gefürchtet machten und von denen noch heute einige Muster im Kastell zu sehen sind, wo sie als Schmuck im Mittelhof liegen und auf den Terrassen angebracht sind.

»Wie soll jemand auf die Idee kommen, daß da unten ein neues Rad, Marke *Wolsit*, steht? Man müßte es schon vorher wissen. Bist du überhaupt schon einmal hier gewesen?«

Ich schüttelte den Kopf.

»Nein? Ich wohl, schon unendlich oft. Es ist *prachtvoll.*«

Sie ging entschlossen voran, und ich hob das Rad auf und folgte ihr schweigend.

Ich holte sie am Eingang zur Höhle ein. Er bestand aus einer Art senkrechtem Spalt, mitten hineingeschnitten in die dichte Grasdecke, die den Hügel umgab – so schmal, daß immer nur einer hindurchgehen konnte. Unmittelbar hinter dem Eingangsspalt begann der Abstieg; aber man sah höchstens acht bis zehn Meter weit. Dahinter herrschte Dunkelheit, so, als ob das Ende des unterirdischen Ganges hinter einem schwarzen Vorhang verborgen wäre.

Sie beugte sich vor, um besser zu sehen; plötzlich wandte sie sich um.

»Geh du hinunter«, flüsterte sie und zeigte ein zaghaftes, verlegenes Lächeln. »Ich möchte dich lieber hier oben erwarten.«

Sie trat beiseite, die Hände hinter dem Rücken faltend, und lehnte sich an die Graswand neben dem Eingang.

»Es ist dir doch nicht etwa unheimlich?« fragte sie, noch immer im Flüsterton.

»Nein, nein«, log ich und bückte mich, um das Fahrrad aufzuheben und über die Schulter zu nehmen.

Ohne mehr zu sagen, ging ich an ihr vorbei und trat in den Gang.

Ich mußte langsam gehen, schon wegen des Fahrrads, dessen rechtes Pedal ständig an die Wand prallte; zudem war ich am Anfang, mindestens für die ersten drei, vier Meter, wie blind. Ich sah überhaupt nichts. Aber als ich mich etwa zehn Meter vom Eingang entfernt hatte (»Paß gut auf!« rief in diesem Augenblick Micòl, deren Stimme schon weit weg war, »gib auf die Stufen acht!«), begann ich allmählich etwas zu erkennen. Es ging jetzt nur noch ein paar Meter weiter hinab, dann fingen die Stufen an, auf die mich Micòl aufmerksam gemacht hatte; sie gingen von einer Art Treppenabsatz aus, um den sich, wie ich bereits erriet, noch bevor ich ihn erreicht hatte, ein größerer Raum wölbte.

Auf dem Treppenabsatz angelangt, machte ich einen Augenblick halt.

Jene kindliche Angst vor dem Dunkel und vor dem Unbekannten, die sich meiner bemächtigt hatte, als ich ohne Micòl weiterging, war, je weiter ich in dem röhrenartigen Gang vorangekommen war, einem nicht minder kindlichen Gefühl der Erleichterung gewichen – so als ob ich dadurch, daß ich mich der Gesellschaft Micòls rechtzeitig entzogen hatte, einer großen Gefahr entgangen wäre, einer Gefahr, zu groß, als daß sich ein Junge meines Alters ihr aussetzen konnte. (»Ein Junge in deinem Alter« war ein Lieblingsausdruck meines Vaters). Oh ja, wenn ich heute abend heimkam, würde mich mein Vater vielleicht schlagen, dachte ich. Aber seine Prügel konnte ich in aller Ruhe erwarten. Eine Wiederholungsprüfung in einem Fach im Oktober: Micòl hatte recht, wenn sie darüber lachte. Was war diese eine Prüfung, verglichen mit all dem andern, was da unten im Dunkel zwischen uns beiden hätte geschehen können? Vielleicht hätte ich den Mut aufgebracht, Micòl einen Kuß zu geben, einen Kuß auf ihren Mund. Und dann? Was wäre dann geschehen? In den Filmen und Romanen, die ich kannte, waren Küsse gern lang und leidenschaftlich! In Wirklichkeit aber bedeuteten sie, gemessen an allem *übrigen*, nur einen kleinen Moment, einen im Grunde unbedeutenden Augenblick, da doch, nachdem sich die Münder aufeinandergepreßt, ja, sie sich wechselseitig beinahe durchdrungen hatten, der Faden der Erzählung zumeist erst am folgenden Morgen, wenn nicht gar erst mehrere Tage darauf wiederaufgenommen werden konnte. Gut! Aber wenn es mit uns, mit Micòl und mir, soweit gekommen wäre, daß wir uns in dieser Weise küßten – und die Dunkelheit hätte das gewiß begünstigt –, dann wäre die Zeit nach dem Kuß ruhig weitergegangen, ohne daß für uns dank irgendeinem von einer freundlichen Vorsehung gesandten Wunder auf der Stelle der nächste Morgen angebrochen wäre. Was hätte ich also tun sollen, um die Minuten und Stunden auszufüllen? Glücklicherweise war es nicht dazu gekommen. Gott sei Dank war ich der Gefahr entgangen.

Damals hatte er schon lange Grigia kennen gelernt, und vielleicht kannte sie der Major auch. Sie hieß Lene Maria Lenzi; das klang wie Selvot und Gronleit oder Malga Mendana, nach Amethystkristallen und Blumen, er aber nannte sie noch lieber Grigia, mit langem I und verhauchtem Dscha, nach der Kuh, die sie hatte, und Grigia, die Graue, rief. Sie saß dann, mit ihrem violett braunen Rock und dem gesprenkelten Kopftuch, am Rand ihrer Wiese, die Spitzen der Holländerschuhe in die Luft gekrümmt, die Hände auf der bunten Schürze verschränkt, und sah so natürlich lieblich aus wie ein schlankes giftiges Pilzchen, während sie der in der Tiefe weidenden Kuh von Zeit zu Zeit ihre Weisungen gab. Eigentlich bestanden sie nur aus den vier Worten »Geh ea!« und »Geh aua!«, was soviel zu bedeuten schien wie ›komm her‹ und ›komm herauf‹, wenn sich die Kuh zu weit entfernte; versagte aber Grigias Dressur, so folgte dem ein heftig entrüstetes: »Wos, Teufi, do geh hea«, und als letzte Instanz polterte sie wie ein Steinchen selbst die Wiese hinab, das nächste Stück Holz in der Hand, das sie aus Wurfdistanz nach der Grauen sandte. Da Grigia aber einen ausgesprochenen Hang hatte, sich immer wieder talwärts zu entfernen, wiederholte sich der Vorgang in allen seinen Teilen mit der Regelmäßigkeit eines sinkenden und stets von neuem aufgewundenen Pendelgewichts. Weil das so paradiesisch sinnlos war, neckte er sie damit, indem er sie selbst Grigia rief. Er konnte sich nicht verhehlen, daß sein Herz lebhafter schlug, wenn er sich der so Sitzenden aus der Ferne nahte; so schlägt es, wenn man plötzlich in Tannenduft eintritt oder in die würzige Luft, die von einem Waldboden aufsteigt, der viele Schwämme trägt. Es blieb immer etwas Grauen vor der Natur in diesem Eindruck enthalten, und man darf sich nicht darüber täuschen, daß die Natur nichts weniger als natürlich ist; sie ist erdig, kantig, giftig und unmenschlich in allem, wo ihr der Mensch nicht seinen Zwang auferlegt. Wahrscheinlich war es gerade das, was ihn an die Bäuerin band, und zur anderen Hälfte war es ein nimmermüdes Staunen, weil sie so sehr einer Frau glich. Man würde ja auch staunen, wenn man mitten im Holz eine Dame mit einer Teetasse sitzen sähe.

Bitte, treten Sie ein, hatte auch sie gesagt, als er zum erstenmal an ihre Tür klopfte. Sie stand am Herd und hatte einen Topf am Feuer; da sie nicht wegkonnte, wies sie bloß höflich auf die Küchenbank, später erst wischte sie die Hand lächelnd an der Schürze ab und reichte sie den Besuchern; es war eine gut geformte Hand, so samten rauh wie feinstes Sandpapier oder rieselnde Gartenerde. Und das Gesicht, das zu ihr gehörte, war ein ein wenig spöttelndes Gesicht, mit einer feinen, graziösen Gratlinie, wenn man es von der Seite ansah, und einem Mund, der ihm sehr auffiel. Dieser Mund war geschwungen wie Kupidos Bogen, aber außerdem war er gepreßt, so wie wenn man Speichel schluckt, was ihm in all seiner Feinheit eine entschlossene Roheit, und dieser Roheit wieder einen kleinen Zug von Lustigkeit gab, was trefflich zu den Schuhen paßte, aus welchen das Figürchen herauswuchs wie aus wilden Wurzeln. – Es galt irgendein Geschäft zu besprechen, und als sie fortgingen, war wieder das Lächeln da, und die Hand ruhte vielleicht einen Augenblick länger in der seinen als beim Empfang. Diese

Eindrücke, die in der Stadt so bedeutungslos wären, waren hier in der Einsamkeit Erschütterungen, nicht anders, als hätte ein Baum seine Äste bewegen wollen in einer Weise, die durch keinen Wind oder eben wegfliegenden Vogel zu erklären war.

Kurze Zeit danach war er der Geliebte einer Bauernfrau geworden; diese Veränderung, die mit ihm vorgegangen war, beschäftigte ihn sehr, denn ohne Zweifel war da nicht etwas durch ihn, sondern mit ihm geschehen. Als er das zweitemal gekommen war, hatte sich Grigia gleich zu ihm auf die Bank gesetzt, und als er ihr zur Probe, wie weit er schon gehen dürfe, die Hand auf den Schoß legte und ihr sagte, du bist hier die Schönste, ließ sie seine Hand auf ihrem Schenkel ruhen, legte bloß ihre darauf, und damit waren sie versprochen. Nun küßte er sie auch zum Siegel, und ihre Lippen schnalzten danach, so wie sich Lippen befriedigt von einem Trinkgefäß lösen, dessen Rand sie gierig umfaßt hielten. Er erschrak sogar anfangs ein wenig über diese gemeine Weise und war gar nicht bös, als sie sein weiteres Vordringen abwehrte; er wußte nicht warum, er verstand hier überhaupt nichts von den Sitten und Gefahren und ließ sich neugierig auf ein andermal vertrösten. Beim Heu, hatte Grigia gesagt, und als er schon in der Tür stand und auf Wiedersehen sagte, sagte sie »auf's g'schwindige Wiederseh'n« und lächelte ihm zu.

Der harmonische Zusammenklang, in dem sich eine Zeitlang durch den Widerstand, den jede einzelne dem Vorherrschen der anderen entgegensetzte, die verschiedenen Gefühlsschwingungen befanden, die die jungen Mädchen in mir erzeugten, wurde schließlich zugunsten von Albertine aufgelöst, und zwar an einem Nachmittag, als wir ›Ringlein, Ringlein, du mußt wandern‹ spielten. Es war in einem kleinen Wäldchen auf der Klippe. Zwischen zwei Mädchen stehend, die nicht eigentlich der kleinen Schar angehörten, die aber zur Vergrößerung unseres Kreises hinzugezogen waren, hielt ich meine Blicke neidvoll auf einen jungen Mann gerichtet, der Albertines Nachbar war, denn ich sagte mir, daß ich, wenn ich an seiner Stelle wäre, die Hände meiner Freundin in jenen unverhofften Minuten hätte berühren können, die vielleicht nicht wiederkehrten und mich bedeutend weitergebracht haben würden. Schon rein an sich, ohne die zweifellos daraus sich ergebenden Folgen, wäre die Berührung dieser Hände mir ganz köstlich erschienen. Es war dabei nicht so, daß ich nicht schon schönere Hände gesehen hätte als die Albertines. Selbst in der Gruppe ihrer Freundinnen besaßen die schlankeren und feingliedrigeren Andrées eine Art Eigenleben, sie folgten gefügig dem Befehl ihrer jungen Gebieterin und waren doch unabhängig, sie streckten sich oft vor ihr wie junge Windspiele aus, träge, lässig träumend, dann plötzlich eins ihrer Glieder regend, was alles Elstir bewogen hatte, von diesen Händen eine ganze Reihe von Studien zu machen. Auf einem dieser Blätter, wo man Andrée vor einem

Feuer sitzen und sich wärmen sah, bekamen sie das golden Durchschimmerte von zwei Blättern im Herbst. Die Hände Albertines, die fülliger waren, gaben einen Augenblick nach, dann übten sie einen Widerstand gegen die drückende Hand aus, was eine ganz besondere Empfindung vermittelte. Albertines Händedruck besaß eine sinnliche Süße, die gut zu dem rosigen, ins Mauvefarbene spielenden Hautton ihrer Wangen stimmte. Der sanfte Druck schien einem den Weg ins Innere dieses Mädchens nach der Seite ihrer Sinne hin zu eröffnen, ebenso wie die Klangfülle ihres Lachens, das indezent wie Taubengurren oder gewisse Schreie war. Sie gehörte zu den Frauen, deren Hand zu drücken eine so große Freude erweckt, daß man der Kulturentwicklung dankbar ist, weil sie das ›Shakehands‹ zu einem erlaubten Akt der Begegnung zwischen jungen Männern und Mädchen gemacht hat. Wenn die willkürlich gewählten Formen der Höflichkeit den Händedruck durch eine andere Geste ersetzt hätten, würde ich alle Tage die unberührbaren Hände Albertines mit einer Neugier, den Kontakt mit ihnen zu erleben, betrachtet haben, wie ich sie jetzt auf den Zusammenklang meiner Lippen mit ihren Wangen verspürte. Aber bei der Vorstellung, ich könne ihre Hände lang in den meinen halten, wenn ich ihr Nachbar beim ›Ringlein‹-Spiel wäre, hatte ich jetzt nicht nur dieses Vergnügen selbst im Sinn; wieviel Geständnisse, Liebeserklärungen, die ich bislang in meiner Schüchternheit für mich behalten hatte, hätte ich gewissen Händedrukken anvertrauen können, und wie leicht wäre es Albertine selbst gewesen, mir durch den gleichen Druck zu zeigen, daß sie mich verstanden habe; welch geheimes Einvernehmen hätte das bedeutet, welch einen Beginn der

Lust! Meine Liebe konnte in einigen in dieser Weise neben ihr verbrachten Minuten größere Fortschritte machen, als es seit dem Beginn unserer Bekanntschaft möglich gewesen war. In dem Gefühl, daß diese Minuten nicht von Dauer sein konnten, sondern zu Ende gingen, denn wir würden nicht ewig bei diesem kleinen Spiel bleiben, und daß es zu spät sei, sobald wir damit aufhörten, hielt es mich nicht mehr an meinem Platz. Ich ließ mir mit Absicht den Ring fortnehmen, und als ich in der Mitte stand und ihn vorbeilaufen sah, tat ich, als ob ich ihn nicht bemerkt, folgte ihm aber mit den Blicken bis zu dem Augenblick, da er in den Händen von Albertines Nachbar sein mußte; sie selber war vor Lachen und in der Erregung des Spiels über und über rosig erglüht. »Hier sind wir gerade in dem ›hübschen Wald‹, von dem im Spiel die Rede ist«, sagte Andrée zu mir und wies auf die Bäume ringsum mit einem Lächeln im Blick, das nur für mich bestimmt war und dann erst zu den andern Spielern weiterzuwandern schien, als seien nur wir beide gescheit genug, von außen her über das Spiel eine Bemerkung rein poetischen Charakters zu machen. Sie trieb sogar dies anmutige Tändeln ihres Geistes so weit, daß sie, ohne eigentlich Lust dazu zu haben, leise vor sich hinsang: ›Ringlein, wandere, wandere bald/Zu mir durch den hübschen Wald‹, wie die Menschen, die nicht nach Trianon gehen können, ohne dort ein Fest nach Art der Marie-Antoinette zu veranstalten, oder es reizvoll finden, eine bestimmte Melodie in dem Rahmen zu singen, für den sie komponiert worden ist. Ich wäre zweifellos eher betrübt gewesen, an dieser Darbietung keinen Gefallen zu finden, hätte ich Muße gehabt, darüber nachzudenken. Aber mein Geist war anderswo. Spieler und

Spielerinnen begannen sich über meine Dummheit zu wundern, daß ich den Ring nicht nahm. Ich sah vor mir Albertine, so schön, so gleichgültig und so fröhlich, noch nicht wissend, daß sie gleich meine Nachbarin werden würde, wenn ich im richtigen Augenblick den Ring mit Hilfe eines Tricks, den sie nicht ahnte und über den sie sich geärgert hätte, in meinen Händen hielte. In der Hitze des Spiels hatten die langen Haare Albertines sich halb gelöst und fielen ihr in gelockten Strähnen über die Wangen, deren Inkarnat unter dem matten Braun noch rosiger schimmerte. »Sie haben die Flechten der Laura Dianti, der Eleonore von Guyenne und ihrer von Chateaubriand so sehr geliebten Nachkommin. Sie sollten immer die Haare offen tragen«, sagte ich ihr ins Ohr, um mich ihr damit schon etwas mehr zu nähern. Jetzt war der Ring bei Albertines Nachbar angelangt. Sofort sprang ich auf ihn zu, bog ihm rücksichtslos die Finger auseinander und faßte zu. Er mußte an meinen Platz in der Mitte des Kreises treten, und ich nahm den seinen an Albertines Seite ein. Wenige Minuten zuvor hatte ich den jungen Mann noch beneidet, als ich sah, wie seine leicht über die Schnur gleitenden Hände in jedem Augenblick die Albertines berührten. Jetzt, da die Reihe an mir war, fühlte ich, zu schüchtern, um diesen Kontakt zu suchen, zu aufgeregt, um ihn zu genießen, nichts als meines Herzens raschen, schmerzhaften Schlag. Einen Augenblick beugte Albertine sich zu mir vor und tat so, mit einer Miene des Einverständnisses auf ihrem vollen rosigen Gesicht, als halte sie den Ring, um den Suchenden zu täuschen und zu verhindern, daß er nach der Seite schaute, wohin sie ihn gerade schob. Ich begriff auf der Stelle, daß sich das Geheimnisvolle in Albertines Blick auf diese List bezog, aber ich war verwirrt, als ich in ihren Augen das wenn auch nur für die Bedürfnisse des Spiels vorgetäuschte Bild eines Geheimnisses, eines Einverständnisses sah, die zwischen ihr und mir nicht wirklich bestanden, aber das von nun an möglich und für mich jedenfalls von göttlicher Süße schien. Als ich mich noch an diesem Gedanken berauschte, fühlte ich den leichten Druck der Hand Albertines auf der meinigen und ihren streichelnden Finger, der unter den meinen glitt, auch bemerkte ich, daß sie mir gleichzeitig auf eine möglichst unverfängliche Art zuzwinkerte. Mit einem Schlag kristallisierten sich in mir eine Menge bislang verworrener Hoffnungen: ›Sie nutzt das Spiel, um mir zu zeigen, wie gern sie mich mag‹, dachte ich auf dem Gipfel der Freude, von dem ich gleich wieder hinunterstürzte, als Albertine wütend zu mir sagte: »Aber so nehmen Sie ihn doch, ich halte ihn Ihnen schon stundenlang hin.« Überwältigt von Kummer ließ ich die Schnur fahren, der Suchende bemerkte den Ring, stürzte sich darauf, und ich mußte in die Mitte treten; verzweifelt blickte ich auf die Runde, die mich rings umtobte; die jungen Spielerinnen warfen mir spöttische Worte zu, und ich war genötigt, als Antwort darauf zu lachen, während ich wenig Lust dazu spürte und Albertine immer wieder sagte: »Man spielt nicht, wenn man nicht aufpassen will und nichts dabei herauskommt, als daß andere verlieren. An den Tagen, wo wir spielen, wird er nicht wieder eingeladen, Andrée, sonst komme ich nicht mehr.« Andrée, die über Kinderspiele hinaus war und ihr Lied vom hübschen Wald vor sich hinsang, das aus Nachahmungsdrang und ohne Überzeugung auch Rosemonde aufnahm, wollte von Albertines Vorwürfen ablenken und sagte zur mir: »Wir sind nur zwei Schritte von Les Creuniers entfernt, das Sie so gern sehen wollten. Wissen Sie was, ich werde Sie auf einem reizenden Weg hinführen, während diese törichten Jungfrauen hier weiterspielen, als ob sie Kinder von acht Jahren wären.«

Ob ich noch zum Schlaf gekommen bin, weiß ich nicht mehr. Ich erinnere mich nur noch, daß ich gegen Mittag aufstand, taumelnd und müde, und in dem kalten Zimmer [ich ließ nicht heizen] ein paar Freiübungen versuchte, ohne an ihren Wert zu glauben. Schließlich ging ich daran, mich zu rasieren; auch dies nur aus einem leeren Pflichtgefühl gegen die Gewohnheit, unlustig, ohne von dieser Verschönerung auch nur das geringste zu erwarten. Verdammt, ein leerer Tag begann und würde leer zu Ende gehen. Ich nahm mir vor, mich wieder um meine Studien zu kümmern und die Stellung in der Nacht in Zucht zu nehmen; wovon sollte ich leben? Ich mußte das aushalten, ohne darunter zu leiden.

Ich hatte noch die Creme im Gesicht als es klopfte. »Vorwärts«, rief ich, denn armen Leuten kann nur was gebracht werden, »vorwärts, kommt rein«, und ich gab mich fröhlicher als mir zumute war. Daß Beck eintrat, überraschte mich. Ich hatte nicht erwartet, daß er, nach dem Auftritt am Morgen, wieder zu mir kommen würde, und ich hatte mir schon vorgenommen, mich in der Mensa bei ihm zu entschuldigen. Da er in der Tür stehenblieb, glaubte ich, daß diese, vielleicht auch von ihm empfundene Lage, ihn verlegen mache, und ich rief noch einmal: »Kommen Sie doch rein, es zieht, und entschuldigen Sie, daß ich noch nicht recht fertig bin, ich fühle mich schon den ganzen Tag nicht wohl.« Mit dieser Entschuldigung meines mangelhaften Anzugs in bezug auf ein Unwohlsein meinte ich auch meine groben Bemerkungen vom Morgen erklärt und entschuldigt zu haben.

Beck war aber noch immer nicht aus dem Türrahmen in das Zimmer getreten, ich wollte ihm die Hand reichen, ihn herbeiziehen, da hörte ich hinter ihm, im dunklen Flurgang ein Kichern, ein Lachen, ein schließlich prustendes Gelächter, und dann erhielt er von hinten einen Stoß, von hinten, das war ganz offenbar, er taumelte und fiel, fiel neben den Stuhl mit meinen Kleidern, die alle zu Boden rieselten, mein Gott, sie waren staubig, wer putzte sie mir schon, und dann hörte ich noch eine Stimme: »Los, er ist ein Trottel, das siehst du ja, grüß Gott, ich wollte dich besuchen«, und eine Hand streckte sich mir hin, dahinter aus dem Dunkel kommend ein Arm, ein Kleid, ein Körper, Hals und Kopf und Augen und ein Mund [der war vor allem deutlich], und Sibylle stand im Zimmer, kleiner als ich, lieblich und lächelnd.

Es war das einzige Mal in meinem Leben, daß ich in konventionellsten Bahnen dachte und handelte. Ich war wie gegen einen Sandsack gerannt, verhext, und hätte dem christlichen Mädchenpensionat der Schule von Sacre Cœur vorstehen können. Ich sah Sibylle vor mir, mein wahres Wesen sammelte sich einzig in meinem Blick, ich sah sie an, sah über die Kappe hinweg, die ein Damenhut war, und über die Krause am Hals, sah drüber weg und sah ihre Gestalt und ihr Gesicht, sah die Hände, und hätte ich denken können in diesem Moment, dann hätte ich gedacht, Gott sieht das Herz an, und ich wußte alles, nichts, was auch später geschehen ist, hat mich im Grunde überrascht, ich wußte: ich bin verliebt, ich liebe sie! Aber das Zimmer! Dieses häßliche möblierte Hinterhofzimmer im Zelt der ausgebleichten, schwindsüchtigen Wanzentapete. Die Armut und die Dürftigkeit. Ich sah auch die. Und meine Bartstoppeln unter der verkrusteten Seife. Und den Vorrat an Bekleidungsmöglichkeiten am Boden, und den bröckelnden Stuhl und das schmale Bett. Ich nahm das alles wichtig, was sonst nicht meine Art war. Ich beachtete das alles und sagte endlich aus der Starre, die mich befallen, stammelnd: »Hier, bitte, setzen Sie sich!« Das »Sie« betonte ich wie einen Befehl vor einem ganzen Regiment. Heute wundere ich mich, wo ich lange Stunden über die Lähmung, die mich damals befallen, nachgedacht habe, daß ich nicht noch »Gnädiges Fräulein« gesagt habe, doch muß mir das ein zu ferner Begriff gewesen sein, sonst hätte ich es sicher angewandt.

Ich handelte, im Sinne meiner plötzlichen Paralyse, klar und folgerichtig. Ich versteifte und verpuppte mich. Ich nahm einen Schlips vom Boden auf, nahm ihn aber nicht, um ihn mir um den Hals zu tun, sondern ich fügte ihn zu einer Schlinge zusammen, in die ich meinen Arm hineinlegte. Dann erst, nach diesen Handlungen auffallender und merkwürdiger Art, wandte ich mich wieder zu ihr, die nicht auf dem Stuhl, den ich ihr angeboten, Platz genommen, sondern sich auf das Bett langgelegt hatte, wie wenn sie schlafen gehen wollte [und wirklich, sie wollte das] und sagte: »Sie verzeihen es mir wohl, wenn ich Ihnen die Hand nicht reichen kann, ich habe mir eben den Arm gebrochen.« Es war mir bitter ernst mit diesen Worten, und ich kann auch nicht sagen, daß jemand darüber gelacht hat.

Meiner Erniedrigung war noch lange nicht genug getan. Ich sah mich als den elendsten der Menschen, in einer Hütte, die zusammenbricht, während ein gelber Fluß von Abwässern sie umspült. Nie hatte ich ein Mädchen bei mir gesehen, und jetzt lag da eine junge Dame, schnurrte sich ein in mein Bett wie eine junge Katze, die zu trinken sucht, und ihr Rock streifte sich hoch, sie hatte Kinderkniestrümpfe an, und ich wurde gepeinigt von dem Gedanken [dies ganz nebenbei!], wo kann nur die Zeile stehen: Dorisches Mädchen, schenkelzeigend! Worauf noch eine Flut von Assoziationen, Griechentempel, Stadien, Läuferglieder, Wein zum Trunk und Rosen im Haar über mich niederging. Auch sah ich das Bild wieder, wie an einem See im Osten im schrägen, rötlichen Abendlicht und vor dem Hintergrund schwarzer Wälder die jungen Burschen von der Sägemühle die Pferde in die Schwemme ritten, nackt und glatt auf dem blendend nassen Fell der schnaubenden Tiere.

»Walter ist heut abend nicht da, er ist auswärts zu einer Premiere, gehen wir doch zusammen aus, verabreden wir uns zum Essen, und nachher besuchen wir Tante Male.« Sie sagte das so vor sich hin, und ich kann mir nicht helfen, es war die Katze, die schnurrt, tief aus dem innersten Blut, die Krallen eingezogen, warm und erwartungsvoll. Sie besuchte also Tante Male. Das war mir neu. Ich selber kannte das Lokal nicht, doch hatte ich von ihm gehört. Es galt als verderbt, und die Leute, die damals es für nützlich hielten, in dem Ruf der Verderbnis zu stehen, gaben sich dort ihre Zusammenkünfte. Ich sagte: »Das geht ja nicht, ich habe in der Nacht zu tun.« [Weiß Gott, ich wollte auch nicht hingehen, in meinem fleckigen Anzug und ohne Geld in der Tasche, es war schon genug, daß sie mich hier in diesem sah.] Da sprach sie: »Aber du bist doch krank«, und deutete auf die Binde, in der mein Arm festgehalten wurde. »Auch lahmst du!«

Das war richtig. Ich nahm in dem Moment meines

ersten Zusammentreffens mit Sibylle die Gewohnheit an, in Augenblicken der Unsicherheit zu lahmen. Es war zu mir gekommen. Ich humpelte durch das Zimmer, prononciert, überbetont, den Fuß nachschleifend, kleiner werdend und zur Seite gebeugt. Das schlimmste war, daß Beck, der bisher bleich und böse am kalten Ofen gelehnt, angesteckt wurde und auch zu hinken begann. Wir wanderten durch das Zimmer, zwei Bettler, die spazierengehen, und übten, ohne verabredet zu sein, ein finsteres Spiel, indem wir abwechselnd in gegenüberstehenden und sich begegnenden Bewegungen lahmend groß und klein wurden. Jeder vernünftige Mann hätte uns für irre gehalten, aber es war ja kein vernünftiger Mann im Zimmer. Sibylle betrachtete uns ohne zu lachen, aber freundlich. Sie war ein Kind, das eben ein neues Spielzeug bekommen hat und staunend überlegt, was man mit ihm anfangen kann. Ihr Gesicht war über uns gebeugt, auch wenn es tiefer ruhte als wir spazierten, und ich glaube, wir blickten aus der Perspektive der Spielpuppen in den Marionettentheatern zu der Meisterin empor, die uns an den Schnüren hielt.

»Was ist nun mit heute abend«, sagte sie, und zu mir besonders: »Du bist doch krank, das sieht bestimmt jeder Arzt.« Beck nickte. Ich blieb bei meinem Nein und wünschte mir nur, sie möchten beide gehen, damit ich nur schnell wieder in das Bett hineingehen konnte, auf dem Sibylle lag. Beck äußerte auch so was und forderte Sibylle auf. »Ich denke gar nicht dran, ich bin müde, ich will meine Ruhe haben«, und plötzlich wütend beinahe und ärgerlich wandte sie sich zur Wand. Beck wurde rot im Gesicht, und ich hätte ihm gerne was Nettes gesagt, aber mir fiel nichts ein. So standen wir stumm. Dann brüllte Sibylle mit einemmal los: »Nun geh doch schon, du Trottel, und glotz mich hier nicht an!«

Natürlich, Beck riß die Tür auf und stürmte fort. An dem Tag wenigstens schien mir das noch natürlich zu sein. Was sollte ein Mann anderes tun. Aber es war für mich wohl der letzte Tag so natürlicher Gedanken. Ich empfand Sympathie für Beck. Viel mehr als früher. Ich dachte auch: dies ist schrecklich. Und stand, noch immer nicht zu Ende rasiert, vor meinem Bett, in dem Sibylle lag, ein Mädchen, das zu mir gekommen war, so wie man sich, ganz früh im Kindesalter, das Indieweltkommen der Kinder vorstellt: sie liegen plötzlich auf dem Bett und sind da.

Aber heute werden wir, weil es der erste warme Tag ist, ins GÄNSEHÄUFEL fahren. Ivan hat einen freien Nachmittag, nur für Ivan gibt es freie Nachmittage, eine freie Stunde, einmal auch einen freien Abend. Was mit meiner Zeit ist, ob ich freie und unfreie Stunden habe, Freiheit und Unfreiheit kenne, darüber wird nie geredet. In Ivans kurzer freier Zeit liegen wir im Gras, auf der Liegewiese in der Badeanstalt GÄNSEHÄUFEL unter einer schwachen Sonne, ich habe mein kleines Taschenschachspiel mitgenommen, und nach einer Stunde voll Stirnrunzeln, Abtauschen, Rochaden, Gardez, mehrmaligen Warnungen ›Schach‹ kommen wir wieder zu einem Patt. Ivan will mich auf ein Eis im italienischen Eissalon einladen, aber es ist keine Zeit mehr, der freie Nachmittag ist schon vorbei und wir müssen zurückrasen in die Stadt. Das Eis werde ich das nächste Mal bekommen. Während wir schnell auf die Stadt zufahren, über die Reichsbrücke und den Praterstern, dreht Ivan das Radio laut auf im Auto, seine Kommentare zu den Manövern der anderen Autofahrer sind trotzdem nicht zu überhören, aber wenn Musik aus dem Radio und das Schnellfahren, das schnelle Abbremsen, Wiederanfahren, ein Gefühl vom großen Abenteuer in mir hervorruft, verändern sich für mich die bekannten Gegenden und Straßen, durch die wir fahren. Ich halte mich mit den Händen fest an den Haltegriffen und so angeklammert würde ich gerne singen im Auto, wenn ich eine Stimme hätte, oder ihm sagen, schneller, noch schneller, ich lasse furchtlos die Haltegriffe los und lege die Arme hinter meinen Kopf zurück, ich strahle den Franz-Josefs-Kai und den Donaukanal und den Schottenring an, denn Ivan macht aus Übermut eine Rundfahrt um die Innere Stadt, ich hoffe, daß wir noch lange über den Ring brauchen, in den wir einbiegen jetzt, wir kommen ins Stocken, zwängen uns durch, haben zur Rechten die Universität, in die ich gegangen bin, aber sie steht nicht mehr da wie damals, nicht mehr bedrückend, und das Burgtheater, das Rathaus und das Parlament sind von einer Musik unterschwemmt, die aus dem Radio kommt, das soll nie aufhören, noch lange dauern, einen Film lang, der noch nie gelaufen ist, aber in dem ich jetzt Wunder über Wunder sehe, weil er den Titel hat MIT IVAN DURCH WIEN FAHREN, weil er den Titel hat GLÜCKLICH, GLÜCKLICH MIT IVAN und GLÜCKLICH IN WIEN, WIEN GLÜCKLICH und diese reißenden Bilderfolgen, die mich schwindlig machen, hören auch nicht auf, wenn scharf gebremst wird, warme Luftschwaden mit dem Benzingestank durch das offene Fenster kommen, GLÜCKLICH, GLÜCKLICH, es heißt glücklich, es muß glücklich heißen, denn die ganze Ringstraße ist untermalt von einer Musik, ich muß lachen, weil wir sprungartig anfahren, weil ich überhaupt keine Angst habe heute und nicht an der nächsten Ampel herausspringen will, weil ich noch stundenlang weiterfahren möchte, leise mitsummend, für mich schon zu hören, aber für Ivan nicht, weil die Musik lauter ist.

Nun ist ja richtig: das Schönste, beinahe das Schönste: ist die Ouvertüre. Welch herzklopfender Augenblick, wenn die Bläser und Streicher ihre Instrumente stimmen, und der große riesige Vorhang bauscht sich ein wenig – noch weiß man nicht, was dahinter ist – der Kapellmeister wirft seine Locke zurück, hebt die Arme und – der erste Akkord setzt ein. Das Licht im Theater ist auf halbmatt gestellt, man liegt wohlig im Sessel und überdenkt, was nun wohl kommen möge . . .

Das ist beinahe der schönste Moment im Theater. Aber ich weiß doch, was kommt. (»Sie wissen gar nichts!« – Trotzkopf). Es ist nicht das langweilige Bedürfnis nach physischer Zärtlichkeit, das macht, daß ich Ihre Hand streicheln will. Es ist etwas ganz anderes. – Ich habe Sie heute abend ein paar Mal ganz artig und bescheiden von der Seite angesehen, immerzu, bis ich dachte: jetzt merkt es das Dickerchen, und damit mußt du aufhören – es ist mir so schwer gefallen, ruhig auf meinem Stuhl sitzen zu bleiben und nicht hinzugehen: und zu sagen: Herrgott, Du bist ein vernünftiges und famoses Mädel – komm! Wir sprachen von Turgenjew – der Mann, der da bei einem seiner Gutsbesitzer sitzt und nur immer seine geliebte Frau ansieht, war mir aus der Seele geschrieben. Ich besinne mich noch genau, wie er betonte: der Mann konnte nichts dafür, er wollte nichts weiter, er konnte nichts weiter – das stak so in ihm drin, das schrie in ihm. Und er nahm sie.

Ruzena war von der steifen Konvention entzückt, mit der Joachim sie im Restaurant behandelt hatte, und sie vergaß darüber sogar die Enttäuschung, daß er in Zivil gekommen war. Der Tag war regnerisch und kühl; dennoch hatte sie auf ihr Programm nicht verzichten wollen und so waren sie nach dem Mittagessen nach Charlottenburg und an die Havel gefahren. Schon in der Droschke hatte Ruzena Joachims Handschuh abgestreift, aber jetzt, da sie den Uferweg entlanggingen, hatte sie seinen Arm genommen und unter den ihren geschoben. Sie gingen langsam, schritten in einer Landschaft, die erwartungsvoll war vor Stille, und dennoch nichts anderes erwarten konnte als den Regen und den Abend. Der Himmel lag weich darüber, oftmals durch Regenstriche mit der Erde wie zu innigerer Einheit verbunden, und auch für sie, wandelnd in der Stille, war es so, als ob ihnen nichts zurückgeblieben wäre denn Erwartung, als wäre alles, was in ihnen lebendig gewesen, in ihre Finger geflossen, die ineinandergelegt und ineinandergefaltet ruhten wie die Blätter einer geschlossenen Knospe. Schulter an Schulter gelehnt, von weitem einem Dreieck gleichend, gingen sie den Uferweg, stumm, denn sie wußten beide nicht, was sie zueinandergeweht hatte. Doch unversehens, während sie gingen, hatte Ruzena sich über seine Hand gebeugt, die in der ihren gefesselt lag, und hatte sie geküßt, noch ehe er sich freimachen konnte. Er schaute in Augen, die voll Tränen standen, auf einen Mund, der zum Weinen schon zuckte, doch noch sagte: »Wie bist mir auf Stiegen entgegen, hab' ich gesagt, Ruzena, hab' ich gesagt, ist nicht für dich, ist nie für dich. Und jetzt bist da...« Aber sie gab ihm die Lippen nicht zum erwarteten Kuß, sondern fiel, gierig fast, nochmals mit dem Gesicht auf seine Hand, und als er es nicht dulden wollte, biß sie sich fest, nicht arg, sondern so vorsichtig und zart wie ein kleiner Hund, der spielt; dann das Mal befriedigt betrachtend, sagte sie: »Jetzt gehme weiter spazieren. Regen schadet nicht.« Sanft sank der Regen in den Fluß, rieselte leise in den Blättern der Weiden. Ein Kahn lag halb ertränkt im Uferwasser; unter einem kleinen Holzsteg mündete ein Rinnsal mit rascherem Gefälle in das ruhige Gewässer des Flusses und Joachim fühlte auch sich fortgeschwemmt, als wäre das Sehnen, das ihn erfüllte, ein weiches, lindes Fließen seines Herzens, ein atmendes Gewässer, bangend danach, im Atem geliebten Mundes aufzugehen und zu vergehen wie in einem See unermeßlicher Stille. Es war, als taute der Sommer, so wurde das Wasser erst lind, rieselte es von den Blättern, Tautropfen die Gräser behangen. Ein sanfter Nebelschleier stand in der Ferne, und wandten sie sich um, so hatte er sich auch hinter ihnen geschlossen, so daß ihr Schreiten wie ein Ruhen war; setzte der Regen stärker ein, suchten sie Schutz bei den Bäumen, unter denen der Boden noch trocken lag, ein Flekken trockenen unerlösten Sommerstaubes, fast armselig in all der Gelöstheit ringsum; Ruzena zog die Nadeln aus dem Hut, nicht bloß weil der städtische Zwang sie störte, sondern auch um Joachim vor den scharfen Spitzen zu bewahren, nahm den Hut ab und lehnte sich mit dem Rücken an Joachim, als wäre er der schützende Baum. Ihren Kopf hatte sie zurückgebeugt, und senkte er sein Gesicht, so berührten seine Lippen ihre Stirn und die

Locken, die schwarz sie rahmten. Er sah nicht die dünnen und ein wenig dummen Querfalten auf der Stirn, vielleicht weil er zu nahe war, um sie zu unterscheiden, vielleicht weil alles Schauen zu Fühlen aufgetaut war. Sie aber fühlte seine Arme um sie geschlungen, seine Hände in den ihren, fühlte sie sich wie im Geäst des Baumes, und sein Atem auf ihrer Stirn war wie das Rieseln des Regens in den Blättern; so unbewegt standen sie, und der graue Himmel wurde so eins mit der Wasserfläche, daß die Weiden der Insel drüben wie in einem grauen See schwebten, aufgehängt oben oder ruhend unten, man wußte es nicht. Doch dann betrachtete sie die nassen Ärmel ihrer Jacke und bedeutete leise, daß sie umkehren müßten. Nun schlug ihnen wohl die Nässe ins Gesicht, aber sie durften nicht eilen, denn es hätte den Zauber zerbrochen und sie wurden seiner erst wieder sicher, als sie in der kleinen Schenke Kaffee tranken. An den Scheiben der ländlichen Glasveranda rann der Regen nun immer dichter herab und von der Dachrinne plätscherte es dünn. Ging die Wirtin aus dem Raum, setzte Ruzena ihre Tasse hin, nahm ihm die seine aus der Hand und packte seinen Kopf, zog ihn herüber, ganz nahe zu ihren Augen, so nahe und doch immer noch kußlos, daß ihrer beider Blicke schmolzen und die Spannung schier unerträglich war in ihrer Süße. Als sie aber in der Droschke unter dem aufgestellten Dach mit der heruntergelassenen Regenklappe wie in einer dunklen Höhle saßen, leises, sanftes Trommeln der Tropfen auf dem gespannten Leder über sich, nichts sahen als den Pelerinenrand des Kutschers und von der Welt nicht mehr als die zwei grauen nassen Streifen des Fahrdammes in den Ausschnitten links und rechts und bald auch dies nicht mehr sahen, da beugten sich ihre Antlitze ineinander, mündeten und vergingen ineinander, ruhend und fließend wie der Fluß, verloren und uneinbringlich, immer wieder gefunden und im Zeitlosen untergetaucht. Es war ein Kuß, der eine Stunde und vierzehn Minuten währte. Dann hielt der Wagen vor Ruzenas Haus. Doch als er mit ihr eintreten wollte, schüttelte sie den Kopf und er wandte sich zum Gehen: aber der Schmerz dieses Abschiedes war so groß, daß schon nach wenigen Schritten er umkehrte und die Hand ergriff, die unbewegt sehnend noch ausgestreckt war, gezogen von der eigenen Bangigkeit und hingezogen von der ihren, wie im Traume schon beide, schlafwandelnd sie hinaufstiegen, die dunkle Treppe, die unter den Füßen knarrte, dunklen Vorraum durchquerten und in dem Zimmer, das im Schatten früher Regendämmerung lag, hinsanken auf den rauhen Teppich, der das Bett dunkel bedeckte, den Kuß wieder suchten, aus dem sie gerissen worden waren, ihre Gesichter feucht von Regen oder von Tränen, sie wußten es nicht. Ruzena aber machte sich frei, führte seine Hand zu den Haften, die ihre Taille am Rücken verschlossen und ihre singende Stimme war dunkel: »Mach auf das«, flüsterte Ruzena, riß zugleich an seiner Krawatte und den Knöpfen seiner Weste. Und wie in plötzlich jäher Demut, sei es vor ihm, sei es in Dankbarkeit vor Gott, fiel sie auf die Knie, den Kopf an der Bettkante, riß sie die Knöpfe seiner Schuhe auf. Oh, wie war dies fürchterlich, warum nicht hinsinken, unerinnert an die Futterale, in denen sie steckten, und doch, wie war er ihr dankbar, daß rührend sie es erleichterte: oh, Erlösung ihr Lächeln, mit dem sie das Bett aufschlug, in das sie stürzten. Noch störte das scharfkantige, gestärkte Plastron des Hemdes, das ins Kinn sie stach, und es öffnend und das Gesicht zwischen die scharfen Kanten zwängend, befahl sie: »Gib weg das«, und nun war Gelöstheit und Fühlen, Weichheit des Körpers, Atem, Ersticken in Verströmtheit des Gefühls, Entzücken, das aus der Bangigkeit aufsteigt. Oh, Bangigkeit des Lebens, die aus dem lebendigen Fleisch strömt, mit dem die Knochen überlagert sind. Weichheit der Haut, die darüber gebreitet und gespannt ist, furchtbare Mahnung des Knochengerüstes, des vielrippigen Brustkorbes, den du umfassen kannst und der atmend sich an dich drängt mit dem Herzen, das an dem deinen pocht. Oh, süßer Geruch der Haut, feuchter Duft, weiche Rinne unter den Brüsten, Dunkel der Achselhöhle. Aber noch war Joachim zu verwirrt, waren sie beide zu verwirrt, um das Entzücken zu wissen, wußten bloß, daß sie beisammen waren und sich doch suchen mußten. Im Dunkel sah er Ruzenas Gesicht, doch wie dahingleitend war es, gleitend zwischen den dunkleren Ufergebüschen der Locken, und seine Hand mußte es suchen, sich vergewissern, daß es da sei, fand die Stirn und die Lider, unter denen hart der Augapfel ruht, fand die beglückende Rundung der Wange und die Linie des Mundes zum Kusse geöffnet. Welle des Sehnens schlug gegen Welle, hingezogen von der Strömung fand scin Kuß den ihren, und während die Weiden des Flusses emporwuchsen und von Ufer zu Ufer sich spannten, sie umschlossen wie eine selige Höhle, in deren befriedeter Ruhe die Stille des ewigen Sees ruht, war es, so leise er es sagte, erstickt und nicht mehr atmend, bloß ihren Atem noch suchend, war es wie ein Schrei, den sie vernahm: »Ich liebe dich«, sie aufschloß, so daß wie eine Muschel im See sie sich aufschloß und er in ihr ertrinkend versank.

Das muß nicht sein, sagte er. Es ginge auch anders. Was? sagte ich. Er stand abseits vom Besucherstrom, quitt mit sich selbst. Der Futurismus der Stunde. Oder lieben Sie Vitrinen? Er fragte unverfroren nach meinem Geschick. Es gibt schon das eine und andere aufzuarbeiten, sagte ich mit Blick auf die Gesamtausstellung. Nichts gegen Privatdrucke, in russischen Broschüren bewege ich mich besonders gern. Trotzdem. Er war ganz zufrieden. Krutschonych 1914, Malewitsch 1916, der brüllende Parnaß, und wie sie alle heißen, unbeschädigt unter Glas. Sie lieben? Ach so, sagte ich, historisch ja.

Wir standen am Kanal. Das Wasser hatte zwei Farben und eine Strömung, die keine Schlüsse zuließ. Unzielstrebig, ergänzte ich. Ich liebe, was ich nicht weiß. Er vergrub seine Hände in den Jackentaschen. Das Übliche, sagte er. Frau bekennt keine Farbe. Sie blicken verstört.

Ich? Er suchte nach meinem Spiegelbild. Die futuristischen Lückenbüßer bringen Sie in eine retrograde Abhängigkeit, mieten Sie einen Palast.

Palast, sagte ich. Urteilen Sie selbst.

Er strich mir über die ausgebeulten Jeans. Ein Strohhut, und Sie wären die schönste Wolke in Hosen.

Bitte, sagte ich. Bitte treiben Sie mich nicht in die Enge ihrer Vorstellungen. Gäbe es einen Anti-Kanal, dann.

Er protestierte gegen die Schwundform. Er nannte die Farben des Kanals: grau, grün. Da können Sie nichts dagegen haben. Auch die Menge steht Ihnen frei.

Während ich seine Hand aus der Jackentasche zog, gingen mir etliche Palastreformen durch den Kopf. Nichts

anderes verband ich mit Palästen.
Na und? fragte er.
Wie wärs mit einem Kaffee, sagte ich.
Die Bar hatte fünf Spiegel und ein leuchtendes Sortiment von Flaschen. Wir lehnten an der Theke. Die futuristische Bewegungshysterie, sagte er, der Geschwindigkeitswahn.
Sehen Sie diese Cinzano-Reklame an.
Schrift sagte ich. Zum Stillstand gebracht.
Er musterte mich mit einem schrägen Blick, der einem Vogel, einem Insekt, einer Hure gelten konnte.
Blaurot sagte ich. Unverfänglich.
Er schlürfte den Milchschaum vom Kaffee. Genau das, die Stille zwischen den Lettern.
Mit einem Mal ahnte ich, wohin es ihn trieb. Meister, sagte ich zaghaft, der Zwischenräume.
Bleiben wir bei Cinzano. Sie bestellen ihn mit Eis, ich ohne.
Er legte seine Hand auf meine Schulter. Im übrigen haben Sie recht. Vielleicht besser einen Grappa, sagte ich.
Sie?
Anzüglich sei er nie, gegen futuristische Anfechtungen gefeit im Unterschied zu.
Ich weiß schon, sagte ich. Ich kenne Ihre Sorte.
Am liebsten hätte ich ihn zum Teufel geschickt. Falls Sie mir die Zukunft verbieten, paktiere ich mit ihr!
Er bekam einen Häftlingsblick und zitierte Majakowskij, anno 30.
Was solls, sagte ich.
Die Zukunft hat ihn das Leben gekostet.
Sie meinen die Liebe.
Ich zerrte ihn aus der Bar. Wir liefen durch Gassen und

über Brücken, ich gönnte ihm keinen Stillstand. Zum Ghetto, rief er, oder ich beschließe diese sentimentale Reise in einem Kanal. So bekennt man Farbe, spottete ich. Ich war ihm weit voraus. Als stünde mein Leben auf dem Spiel, eilte ich in die angegebene Richtung, ins Abseits der Besucherströme.

Auf einem Platz hielten wir keuchend inne. Baumlos, sagte er, unfuturistisch einsam. Nichts störte mich an der Szenerie als sein dandyhafter Sakko. Wir setzten uns auf eine Bank. Ich trommelte eine Melodie aufs Holz, er war in Gedanken weiß Gott wo. Ich trommelte weiter. Stimmt, sagte er. Schleife Schreie zu Zeilen bis in den Morgen wie ein halbirrer Juwelier. Was stimmt? fiel ich ihm ins Wort. Der Rhythmus, sagte er. Auch dieses Platzes, der ursprünglich kein Platz gewesen ist. Sondern? Synagoge plus Vorplatz, wenn Ihnen das genügt. Er hatte historische Auskünfte parat, doch darum ging es nicht. Ich suchte ihn jenseits des Zitats. Da wo er mich haben wollte.

Mit einer Runde kommen wir nicht weit.

Wie weit wollen Sie denn kommen?

Es gab drei schüttere Neuanpflanzungen auf dem Platz, den man ruhig baumlos nennen konnte: Bis zu jener Gerte und zurück.

Weil das Elend der Gegend so anrührend ist?

Ich ging zwei Schritte hinter ihm, das Karomuster seines Sakkos fing zu flimmern an, ich hob den Kopf und sah über mir einen Arm, der ein schwarzes Staubtuch ausschüttelte. Wie ein Neuanfang, skandierte ich, mit arabischen Ordnungszahlen. Wir liefen nicht um die Wette. Erstens, dachte ich, läßt die Öde dieses Platzes nur Hoffnung zu. Zweitens versteh ich mich aufs Warten.

Drittens braucht jedermann einen Menschen mit klarem Kopf. Wir gingen nun auf gleicher Höhe. Überlegen Sie mal, sagte er, wer 1930 sein Gesicht verloren hat, Majakowskij oder das Heer der schreibenden Bürokraten. My goodness, sagte ich. Teures Miezilein, klingt das nicht hübsch?

Ich ergriff seinen Arm, vertrauensvoller konnte man nicht sein. Die Bürokraten, sagte ich. Etwas verbindet sie mit der Menge.

Auf dem Ghettoplatz schilderte er, wie Majakowskij mit großen Schritten (Schnitten) aus der Unliebe floh, während das »allmenschliche Dickicht zu handeln begann«. Das Hündchen in ihm sei Lilias Kreatur gewesen. Ein melancholischer Kläff. Auch das Hündchen habe sich davongemacht.

Heißen Sie Wladimir?

Wie kommen Sie drauf?

Aus Sympathie.

Das Wort fiel zufällig, mitten auf dem Platz. Über den Sand huschte der winzige Schatten eines Vogels, das Risiko des Todes, überlegte ich, fand er in jeder Frau. Es gab für ihn nicht »Verlust plus noch etwas«, sondern aus. Ex, sagte ich laut.

Natürlich drehten wir noch weitere Runden, ohne Majakowskij. Aus einem Haus kam ein Kind gerannt mit einer weißen Satinschleife im Haar, auf einem Bein hüpfte es vor uns her, eine einzige Lockerungsübung.

Klar, sagte er, Sie sehen das völlig richtig.

Mit dem Kind hätte ich gern Freundschaft geschlossen. Durch meinen Kopf schoß der Gedanke: diese kleine Anita sitzt vor einem gesprungenen Spiegel und beweint den Verlust ihres Vögelchens. Verstört blickt sie auf das zerrissene Kleid, der Spiegel hat es kaputtgemacht, auch das noch. Ein vornehmeres Haus mit ghettomäßiger Stiege.

Er heiße nicht Wladimir. Ob ich denn Anna hieße.

Wie kommen Sie drauf?

Aus Verzweiflung.

Fast hätte ich gesagt, sprechen wir vom Wetter. Seine Hand war in meiner Hand, nicht darum ging es. Er heischte. Der Zirkelschluß ist der, daß das fremde Malheur fürs eigene stehen soll. Also Anna hilf. Anna war begierig, nicht Anna zu sein.

Abgemacht? sagte ich.

Präsentieren Sie mal.

Ich ist jedesmal eine andre, Sie werden mannigfach beglückt, und das Ganze endet nicht programmatisch im Sumpf, zum ersten.

Zum zweiten? fragte er kleinlaut.

Setzt jeder die Grenzen selbst, sportlich, dieses Kind kommt auf fünfzig Sprünge im Sonntagskleid.

Ob das Hauptsachen seien. Ich verneinte. Momentbilder, wie sie uns anstehen. Das Momentane fortzu.

Ich bin für einen Kaffee, sagte er.

Eine letzte Runde noch.

Wir landeten in einer Stehbar. Ich war nicht bei der Sache, das heißt meine Gedanken bewegten sich zwischen Satin und Sakko, während er Majakowskijs Sehnsucht beschrieb: Mein teures, geliebtes und liebes Lilikind, kein einziger Brief von Dir, Du bist jetzt kein Kätzchen mehr, sondern ein krummer Kauz. Etc. Am 21. steche ich in See. Ganz dein mexikanischer Kläff.

Rührend, sagte ich. Und was hat das mit mir zu tun?

Pssst, machte er. In den Weltraum stechen!

Irre.

Ich sah durchs Fensterkaro auf ein gelbes Ghettohaus. In Wirklichkeit hörte ich auf meinen Herzschlag.

Wann bin ich dran?

Bald, teures teures Fuchskindchen.

Als wär ich in einem russischen Buch gefangen. Als könnte man Liebe mit Katzenkosenamen und ähnlichem herbeizitieren.

Der Kanal war schwarz. Die Siebenuhrdämmerung fiel als Nacht in die Gassen. Wladimir ließ nicht von mir ab. Warum sollte er.

Sie begreifen natürlich, daß man als gebildeter Mann nicht ohne Sie leben kann.

Majakowskij?

Originalton, sagte er.

So haben Sie mich um den Futurismus gebracht, den Zweck meiner Reise.

Bedaure, sagte er, aber mir ist ernst.

Ich weiß nicht, wie lange wir durch die Stadt liefen. Es war himmlisch, mit einem Hagel ordinärer Anfechtungen. Ich bin ein Krokodil. Wenn die Liebe fett wird, wird sie zur Gleichgewichtsstörung. Beängstigend, wenn zwei Liebende entscheiden müßten, ob sich die Apokalyptischen Reiter auf den Weg machen sollen oder nicht. Keine Enteignung. Die Liebe erstickt nicht in persönlichen Ambitionen, sie ist das Medium des Erstickens selbst. Ich bestimme über mein nacktes Leben. Antiliebe – der Standpunkt des Opfers (?). Als Liebesdissident bin ich ein selbstzerstörerischer Halbnarr, der andere ins Unglück stürzt. Ein paar Katzensprünge werden noch nötig sein. Keinen Bilderroman liefern, nein. Selbstverwaltung. Es gibt einen Smog der Sympathie, der jeden

Klarblick (weitestgehende Skepsis) trübt. Weder draußen noch drinnen, weder hier noch dort: Niemandsland. Fehlende Solidarität macht mich zum fahrenden Ritter. Wo beginnt mein Notstand, wenn nicht hier. Ich könnte mir auch ein Weltbündnis vorstellen der beharrlichen Narren. Die Liebe zerstrahlt den gesunden Menschenverstand. Gib auf. Das Tier im Menschen nutzt jede Gelegenheit. Leb mit einem Wellensittich. Zumindest so tun, als wäre der Status quo die friedlichste aller Möglichkeiten. Würde lieber das Subjekt des eigenen Schicksals sein. Eine entschlossene Junggesellin (dreist?), was hat das mit Giftnudel zu tun. Die Liebe muß auf ihren Platz verwiesen werden. Zwei Menschen – lächerlich.

Wir saßen am Kanal und ließen die Füße ins Wasser hängen.

Ich – Kommunist und Bär, murmelte Wladimir, heute bereits durch Fehlleistungen und Übereifer desavouiert.

Macht nichts.

...Suchte die schmächtige, feingliedrige, rothaarige, großäugige Frau, um Pläne zu schmieden und zu polemisieren.

Bitte, sagte ich. Bei mir gibts Bouletten und intensive Interieurs.

Außer uns vor Leidenschaft beschlossen wir, niemals auseinanderzugehen.

Raymond Radiguet

Eine Gebärde, ein gewisser Tonfall verraten früher oder später auch das behutsamste Liebespaar.

Er hat ihr einfach die Brille aus dem Gesicht genommen, um einmal die Augen zu sehen. Sie hat über sein Englisch gelacht. Er hat es getan, ohne ihre Schläfe zu berühren, sorgsam wie ein Optiker mit einer Kundin. Sie steht in ihrer Kitchenette, Geschirr in beiden Händen, im Augenblick wehrlos. Farbe ihrer Augen: wie heller Schiefer unter Wasser. Er findet, eine Brille stehe ihr gar nicht, und sie findet ihn unfair. BECAUSE I NEED GLASSES, sagt sie. Also gibt er die Brille zurück. WHY DON'T YOU HAVE A SEAT, sagt sie. Ein hübsches Apartment. BUT VERY SMALL, sagt sie. Trotzdem geht er auf und ab, die Hände in den Hosentaschen: LIKE A PRISONER, sagt sie, OR LIKE AN ANIMAL. Sie hat ihn eingeladen, weil er neulich diesen Business-Lunch bezahlt habe und weil er, so vermutet Lynn, seit drei Wochen immer in Restaurants speise. Eine freundliche Idee; er weiß sie zu schätzen und setzt sich wie ein Gast. Lynn ist eine langsame und umständliche Köchin, sie kann dabei nicht reden. Hingegen kann er etwas helfen: Tomaten in Scheiben schneiden. Das kann er, ohne den kleinen Schreibtisch zu verschmutzen; er kann auch dabei reden, nur fällt ihm nicht viel ein: daß in Kanada die Seen noch gefroren sind, diese vielen Seen, verstreut wie weiße Zettel, wie zerfranste Fetzen, wenn man ein Blatt aus der Schreibmaschine gerissen und zerfetzt hat. Dann ist auch das getan, die zwei Tomaten in Scheiben geschnitten. Es ist Sonntag, früh am Abend und draußen noch hell, und er steht wieder, während es in einer Pfanne brutzelt. Er sieht sich ihre Bücher an. Er weiß, daß er langweilig ist. Über Literatur hat er in den letzten Tagen genug geschwatzt. Ob er auch koche? Lynn hat nicht viele Bücher, was ihn erleichtert. Gespräche über Literatur, die meistens darin bestehen, daß man Kenntnisse demonstriert und Urteile veschleudert, danach hat er kein Bedürfnis; auch sonst nicht. Lynn hat eine Flasche Wein gekauft, die er, der männliche Gast, entkorken kann, SAUTERNES. Eine Tätigkeit; er ist froh drum. Ob er hungrig sei? Ihr Haar, bisher offen und lang, stört sie, wenn sie sich bücken muß, um Sahne aus dem Eisschrank zu holen; Lynn muß ihr Haar wieder einmal auf den Kopf knoten, bevor sie weiterkochen kann, und zuerst muß sie die Hände waschen, dann trocknen. Sie ist etwas nervös, obschon er eigentlich nicht zuschaut. Es ist noch Zeit für eine Pfeife. So setzt er sich denn wieder ins Sofa. Er kennt sein Alter; er ist entschlossen, es endlich anzunehmen. Es wäre dringlich, jetzt irgendetwas zu reden. Warum redet Lynn nicht? Im stillen, während er die Pfeife stopft, ist er entschlossen, nach dem Essen nicht lang zu bleiben und sie keinesfalls zu küssen. Er stopft die Pfeife so gelassen wie möglich, so umständlich wie möglich. Es steht diesen Händen nicht zu, ihre Taille zu fassen. Lynn ist mit einer zweiten Pfanne beschäftigt. Ihr Apartment: kleiner als er zuerst gemeint hat, eine Tür zum Bad, die andern Türen sind Schranktüren, also Einzimmer. Zwei Fenster vergittert; trotzdem ist ihr TV-Gerät gestohlen worden. So sicher sind diese Gitter offenbar nicht; er sieht, wo die Gitter verbogen worden sind. WHAT CAN YOU DO, sagt sie. Natürlich wohnt man in Angst. Dann bittet sie den Gast, daß er den Wein eingießt. Vor den beiden Fenstern: die eiserne Feuerleiter, wie gemacht für Einbrecher. Aussicht auf eine Mauer, die kaum fünf Meter entfernt ist, eine fensterlose Mauer; darüber noch etwas Himmel. Darf man fragen, was die Miete kostet. Es schmeckt, was Lynn gekocht und gebraten hat, und sie ist jetzt entspannt. Sie stoßen nicht mit den Gläsern an, Lynn sagt nur: HI! Sie hat einen guten Appetit, steht aber nochmals auf, um den Plattenspieler zu bedienen, VIVALDI. Ihr Einkommen monatlich: 1080 Dollar, nach Abzug der Steuern: 750 Dollar. Ferien zwei Wochen im Jahr. Das ist hier üblich. Sie kann von Woche zu Woche gekündigt werden, wenn die Firma, die einen blitzenden Wolkenkratzer besitzt, mit Lynn nicht zufrieden ist. Das ist hier so.

MONEY

Die väterliche Frage nach ihrer wirtschaftlichen Situation (denn ihre Schule für geschädigte Kinder wird nicht vom Staat bezahlt, da ihre Pädagogik sich nicht dem Unverstand irgendeiner Behörde unterstellen läßt) habe ich unter vier Augen gewagt; die Tochter, die beim Gespräch ungebleichte Schafwolle verarbeitet, hat sie vielleicht mißverstanden. Was ein Vater, indem er die Familie verlassen hat, seelisch seinen Kindern schuldig geblieben ist, läßt sich nicht wettmachen mit Geld. Ihre Antwort: Man komme vorläufig zurecht. Ihre Miene eher spöttisch.

IT IS POINTLESS

sagt Lynn, als er sie dennoch geküßt hat. Sie hat, um sich aufs Sofa zu setzen, ihre Schuhe abgestreift, und ohne diese Kothurne aus Kork ist sie natürlich kleiner, nicht viel, etwas kleiner. Das hat ihn überrascht. Sie hat auch geküßt, dann aber die fremden Hände von ihren Hüften gelöst, nicht hastig, nur mit sanfter Bestimmtheit; ihre Antwort ist nicht beschämend, da sie seinen Vornamen dazu gibt: nicht peinlich, nur klar.

Wir sind beide häßlich. Nicht einmal gewöhnlich häßlich. Sie hat einen eingefallenen Wangenknochen. Seit ihrem achten Lebensjahr, als sie operiert werden mußte. Mein ekelhaftes Mal neben dem Mund stammt von einer Verbrennung, die ich mir zu Anfang meiner Jugendzeit zuzog.

Man kann auch nicht sagen, wir hätten schöne Augen, diese Art rechtfertigender Sterne, dank derer die Mißgestalteten manchmal erreichen, sich der Schönheit zu nähern. Nein, auf keinen Fall. Sowohl ihre wie auch meine Augen sind voller Grimm und strahlen nichts anderes wider als die kaum oder überhaupt nicht vorhandene Ergebung in unser Schicksal. Vielleicht hat uns das zusammengeführt. Möglicherweise ist *zusammen* nicht der richtige Ausdruck. Was ich meine, ist der unversöhnliche Haß, den jeder von uns seinem eigenen Gesicht gegenüber fühlt.

Wir sahen uns zum erstenmal in der Schlange vor einem Kino, beide mit der Absicht, uns auf der Leinwand irgendwelche *Schönen* anzusehen. Hier war es, daß wir uns zum erstenmal musterten, ohne Sympathie, aber doch mit einem dunklen Gefühl der Solidarität. Hier war es, daß wir, vom ersten Blick an, gegenseitig die Einsamkeit des anderen entdeckten. Die Menschen in der Schlange waren alle zu zweit, das heißt, nicht nur zu zweit, sondern richtige Paare: Ehepaare, Brautpaare, Liebespaare, Großväterchen mit Großmütterchen, wer weiß das schon immer. Alle waren untergehakt oder hielten Händchen. Nur ihre und meine Hände hingen leer und verkrampft herunter.

Wir betrachteten in aller Ruhe unsere jeweiligen Mißbildungen, unverschämt, ohne Neugier. Ich ließ meine Augen mit der ganzen Ungeniertheit, die mir mein verschrumpeltes Kinn verlieh, über die Vertiefung in ihrer Wange gleiten. Sie errötete nicht. Ihre Härte gefiel mir, und mir gefiel, daß sie mir den Blick zurückgab, ein minuziöses Mustern der glänzenden bartlosen Fläche meiner alten Brandnarbe.

Endlich traten wir ein. Unser Plätze lagen nicht in der gleichen Reihe, sondern hintereinander. Sie konnte mich nicht sehen, aber ich konnte, selbst in der Dunkelheit, ihren blonden Nacken und ihr frisches, schöngeformtes Ohr erkennen. Es war das Ohr ihrer normalen Seite.

Eine Stunde und vierzig Minuten lang bewunderten wir die Schönheit des harten Helden und der sanften Heldin. Ich jedenfalls habe immer die Schönheit anderer zu schätzen gewußt. Meine Abneigung hebe ich mir für mein eigenes Gesicht und manchmal für Gott auf. Und auch für die Gesichter anderer Vogelscheuchen. Vielleicht müßte ich Mitleid empfinden, aber dazu bin ich nicht fähig. Tatsächlich sind sie für mich so etwas wie Spiegel. Manchmal frage ich mich, was aus der Sage vom Narziß geworden wäre, wenn er einen eingefallenen Backenknochen, ein verätztes Gesicht, eine zerfressene Nase oder eine vernarbte Stirn gehabt hätte.

Am Ausgang wartete ich auf sie. Ich ging ein paar Schritte neben ihr her und fing dann an zu sprechen. Als sie stehenblieb und mich ansah, hatte ich den Eindruck, als ob sie zögerte. Ich lud sie ein, in ein Café oder eine Konditorei zu gehen und uns zu unterhalten. Plötzlich stimmte sie zu.

Die Konditorei war überfüllt, aber gerade wurde ein

Tisch frei. Während wir durch die Menge gingen, spürten wir hinter unserem Rücken Tuscheln und erschrokkene Gesten. Meine Antennen sind ganz besonders empfänglich für diese krankhafte Neugier, diesen unbewußten Sadismus all derer, die ein gewöhnliches, wunderbarerweise symmetrisches Gesicht besitzen. Aber dieses Mal hätten sie gar nicht so fein zu sein brauchen, diesmal genügte schon mein Gehör, ihr Gemurmel, ihr Hüsteln und ihr gekünsteltes Räuspern aufzufangen. Ein einzelnes entstelltes Gesicht weckt ohne Zweifel Interesse, aber zwei Mißgestalten gleichzeitig stellen schon ein richtiges Schauspiel dar, etwas, das man sich zusammen ansehen geht, in Gesellschaft eines (oder einer) jener Wohlgestalteten, mit denen es sich lohnt, das Leben zu teilen.

Wir setzten uns und bestellten zwei Eis. Sie hatte den Mut (und auch das gefiel mir an ihr), ein Spiegelchen aus ihrer Handtasche zu holen und sich die Haare zu richten. Ihre schönen Haare.

»Was denken Sie?« fragte ich.

Sie steckte den Spiegel zurück und lächelte. Das Loch in ihrer Wange veränderte seine Form.

»Eine Redensart«, sagte sie. »Wie füreinander geschaffen.«

Wir redeten und redeten. Nach anderthalb Stunden blieb uns nichts anderes übrig, als zwei Portionen Kaffee zu bestellen, um unseren langen Aufenthalt zu rechtfertigen. Plötzlich wurde mir klar, daß sowohl sie als auch ich mit einer Offenheit sprachen, die so verletzend war, daß sie unsere Ehrlichkeit zu sprengen und sich in eine Art Heuchelei zu verwandeln drohte. Ich beschloß, aufs Ganze zu gehen.

»Sie fühlen sich vom Leben ausgeschlossen, nicht wahr?«

»Ja«, sagte sie und sah mich an.

»Sie bewundern die Hübschen, die Normalen. Sie möchten ein so gleichmäßiges Gesicht haben wie dieses Mädchen da rechts von Ihnen, obwohl Sie intelligent sind und die andere, nach ihrem Lachen zu schließen, unverzeihlich blöde.«

»Ja.«

Zum erstenmal hielt sie meinem Blick nicht stand.

»Mir geht es genauso. Aber es gibt eine Möglichkeit, wissen Sie, daß wir beide es zu etwas bringen.«

»Es wozu bringen?«

»Zum Beispiel, uns ineinander zu verlieben, verdammt noch mal. Oder uns einfach zu verstehen. Nennen Sie es, wie Sie wollen, aber es besteht eine Möglichkeit.«

Sie runzelte die Stirn. Sie wolle sich keine Hoffnung machen.

»Versprechen Sie mir, mich nicht für verrückt zu halten.«

»Versprochen.«

»Es besteht die Möglichkeit, uns in die Nacht zu begeben. In eine vollkommene Nacht, in die totale Dunkelheit. Verstehen Sie, was ich meine?«

»Nein.«

»Sie müssen mich verstehen. Die totale Dunkelheit. In der Sie mich nicht sehen, in der ich Sie nicht sehe. Ihr Körper ist schön, wußten Sie das nicht?«

Sie errötete, und das Loch in ihrer Wange färbte sich scharlachrot. »Ich lebe allein, in einem Apartment, es ist nicht weit von hier.«

Sie hob den Kopf und sah mich jetzt voll an, fragend, in

mir forschend, verzweifelt nach einem Urteil über mich suchend.

»Gehen wir«, sagte sie.

Ich knipste nicht nur das Licht aus, sondern zog außerdem den doppelten Vorhang vor. Sie atmete an meiner Seite. Und es war kein mühsames Atmen. Sie wollte nicht, daß ich ihr beim Ausziehen half. Ich sah nichts, absolut nichts. Trotzdem konnte ich merken, daß sie jetzt unbeweglich dastand, wartend. Ich streckte vorsichtig meine Hand aus und fand ihre Brust. Mein Tastsinn übermittelte mir ein starkes, stimulierendes Bild. So sah ich auch ihren Bauch, ihr Geschlecht. Ihre Hände sahen mich auch.

Plötzlich verstand ich, daß ich mich (und sie) befreien mußte von dieser Lüge, die ich selbst erfunden hatte. Oder versucht hatte zu erfinden. Es war wie ein Blitz. Wir waren nicht nur dies. Wir waren nicht dies.

Ich mußte allen meinen Mut zusammennehmen, aber ich tat es. Meine Hand tastete sich langsam zu ihrem Gesicht herauf, fand das entsetzliche Loch und begann ein überzeugtes und überzeugendes Streicheln. Meine Finger (zuerst zittrig, dann nach und nach ruhig werdend) glitten wieder und wieder über ihre Tränen. Dann, als ich es am wenigsten erwartete, erreichte ihre tastende Hand auch mein Gesicht und strich ein über das andere Mal über die Narbe und die geschrumpfte Haut, diese bartlose Insel meines Unglücksmals.

Wir weinten bis zum Morgengrauen. Untröstlich, glücklich. Dann stand ich auf und zog den doppelten Vorhang zurück.

Robert Walser

Ich habe einen ganz entsetzlich großen Fonds an Liebeskraft in mir, und jedesmal wenn ich auf die Straße trete, fange ich an, irgend etwas, irgend jemand lieb zu gewinnen.

Als er damals vor zwei Jahren in unser Dorf kam, fiel er mir sofort auf. Manfred Herrfurth. Er wohnte bei einer Verwandten, die vor niemandem Geheimnisse hatte. Da wußte ich bald so gut wie jeder andere, daß der junge Mann ein studierter Chemiker war und daß er sich im Dorf erholen wollte. Von seiner Doktorarbeit, unter der dann stand: »Mit Auszeichnung«. Ich hab's selbst gesehen. Aber das kommt später.

Wenn Rita, die mit Mutter und Tante in einem winzigen Häuschen am Waldrand lebte, früh ihr Rad bergauf bis zur Chaussee schob, stand der Chemiker halbnackt bei der Pumpe hinter dem Haus seiner Kusine und ließ sich das kalte Wasser über Brust und Rücken laufen. Rita sah prüfend zu dem blauen Himmel hoch, in das klare Morgenlicht, ob es angetan war, einem überarbeiteten Kopf Entspannung zu geben.

Sie war zufrieden mit ihrem Dorf: Rotdachige Häuser in kleinen Gruppen, dazu Wald und Wiese und Feld und Himmel in dem richtigen Gleichgewicht, wie man sich's kaum ausdenken könnte. Abends führte aus dem dunklen Kreisstadtbüro eine schnurgerade Straße mitten in den untergehenden Sonnenball, und rechts und links von dieser Straße lagen die Ortschaften. Wo der Pfad in ihr eigenes Dorf abzweigte, stand dieser Chemiker an der einzigen windzerrupften Weide weit und breit und hielt seine kurzen Haarstoppeln in den lauen Abendwind. Die gleiche Sehnsucht trieb sie in ihr Dorf und ihn an diese Chaussee, die zur Autobahn und, wenn man will, zu allen Straßen der Welt führte.

Wenn er sie kommen sah, nahm er seine Brille ab und begann sie sorgfältig mit einem Zipfel seines Hemdes zu putzen. Später sah sie ihn langsam auf den blauschimmernden Wald zugehen, eine große, etwas dürre Gestalt mit zu langen Armen und einem schmalen, harten Jungenskopf. Dem möchte man mal seinen Hochmut austreiben. Den möchte man mal sehen, wie er wirklich ist. Das prickelt sie. Gern, sehr gern, zu gerne möchte man das.

Aber Sonntag abends im Gasthaussaal fand sie, daß er älter und härter aussah, als sie gedacht hatte, und ihr sank wieder der Mut. Den ganzen Abend sah er zu, wie die Jungen aus dem Dorf sie herumschwenkten. Der allerletzte Tanz begann, man öffnete schon die Fenster, und frische Luftschleusen zerteilten den Rauchvorhang über den Köpfen der Nüchternen und Betrunkenen. Jetzt endlich trat er zu ihr und führte sie in die Mitte. Er tanzte gut, aber unbeteiligt, er sah sich nach anderen Mädchen um und machte Bemerkungen über sie.

Sie wußte, am nächsten Tag fuhr er in aller Frühe zurück in die Stadt. Sie wußte, er kriegt es fertig, nichts zu sagen, nichts zu tun, er ist so. Ihr Herz zog sich zusammen vor Zorn und Angst. Plötzlich sagte sie in seine spöttischen und gelangweilten Augen hinein: »Ist das schwer, so zu werden, wie Sie sind?«

Er kniff bloß die Augen zusammen.

Wortlos ergriff er ihren Arm und führte sie hinaus. Schweigend gingen sie die Dorfstraße hinunter. Rita brach eine Dahlienblüte ab, die über einen Zaun hing. Eine Sternschnuppe fiel, aber sie wünschte sich nichts. Wie wird er es anstellen, dachte sie.

Da standen sie schon an der Gartenpforte, langsam

ging sie die wenigen Schritte bis zu ihrer Haustür – ach, wie stieg ihre Angst bei jedem Schritt! –, schon legte sie die Hand auf die Klinke (die war eiskalt und fühllos wie ein ganzes einsames Leben), da sagte er in ihrem Rücken, gelangweilt und spöttisch: »Könnten Sie sich in einen wie mich verlieben?«

»Ja«, erwiderte Rita.

Sie hatte keine Angst mehr, nicht die mindeste. Sie sah sein Gesicht als helleren Fleck in der Dunkelheit, und genauso mußte er das ihre sehen. Die Klinke wurde warm von ihrer Hand, die eine Minute, die sie noch so dastanden. Dann räusperte er sich leise und ging. Rita blieb ganz ruhig an der Tür stehen, bis sein Schritt nicht mehr zu hören war.

Nachts lag sie ohne Schlaf, und am Morgen begann sie auf seinen Brief zu warten, staunend über diese Wendung der Dinge, aber nicht im ungewissen über ihren Ausgang. Der Brief kam eine Woche nach jenem Dorftanz. Der erste Brief ihres ganzen Lebens, nach all den Aktenbriefen im Büro, die sie überhaupt nichts angingen.

»Mein braunes Fräulein«, nannte Manfred sie. Er beschrieb ihr ausführlich und voller Selbstironie, was alles an ihr braun war, auf wieviel verschiedene Weise, daß es ihn, den doch seit langem nichts mehr an einem Mädchen überraschte, von Anfang an verwundert hatte.

Rita, neunzehn Jahre alt und oft genug mit sich selbst uneinig, weil sie sich nicht verlieben konnte wie andere Mädchen, mußte nicht erst lernen, einen solchen Brief zu lesen. Auf einmal zeigte sich: Die ganzen neunzehn Jahre, Wünsche, Taten, Gedanken, Träume, waren zu nichts anderem dagewesen, als sie gerade für diesen Augenblick, gerade auf diesen Brief vorzubereiten. Plötzlich war da eine Menge von Erfahrung, die sie gar nicht selbst gesammelt hatte. Wie jedes Mädchen war sie sicher, daß vor ihr keine und keine nach ihr gefühlt hatte und fühlen konnte, was sie jetzt empfand.

Sie trat vor den Spiegel. Sie war rot bis an die braunen Haarwurzeln, gleichzeitig lächelte sie, auf neue Weise bescheiden, auf neue Weise überlegen.

Sie wußte, es war genug an ihr, was ihm gefiel und immer gefallen würde.

»Der Held meiner Geschichte«, begann er nach einer Weile, »hatte in seinem kleinen norddeutschen Heimatort das Gymnasium absolviert. Mit neunzehn oder zwanzig Jahren bezog er die Universität P., eine übermittelgroße Stadt Süddeutschlands.

Er war der vollendete ›gute Kerl‹. Kein Mensch konnte ihm böse sein. Lustig und gutmütig-verträglich war er gleich der Liebling aller seiner Kameraden. Er war ein hübscher, schlanker Junge mit weichen Gesichtszügen, munteren braunen Augen und zärtlich geschwungenen Lippen, über welchen der erste Bart zu sprossen begann. Wenn er, den hellen runden Hut auf den schwarzen Locken zurückgesetzt, die Hände in den Hosentaschen, durch die Straßen flanierte, neugierig um sich schauend, warfen ihm die Mädchen verliebte Blicke zu.

Dabei war er unschuldig, – rein am Leibe wie an der Seele. Er konnte mit Tilly von sich sagen, er habe noch keine Schlacht verloren und kein Weib berührt. Das erste, weil er noch keine Gelegenheit dazu gehabt hatte, und das zweite, weil er ebenfalls noch keine Gelegenheit dazu gehabt hatte.–

Kaum war er vierzehn Tage in P., als er sich natürlich verliebte. Nicht in eine Kellnerin, wie es das gewöhnliche ist, sondern in eine junge Schauspielerin, ein Fräulein Weltner, naive Liebhaberin am Goethe-Theater.

Man sieht zwar, wie der Dichter so treffend bemerkt, mit dem Trunk der Jugend im Leib – Helenen in jedem Weib; aber das Mädchen war wirklich hübsch. Kindlich zarte Gestalt, mattblondes Haar, fromme, lustige graublaue Augen, feines Näschen, unschuldig-süßer Mund und weiches, rundes Kinn.

Er verliebte sich zuerst in ihr Gesicht, dann in ihre Hände, dann in ihre Arme, welche er gelegentlich einer antiken Rolle entblößt sah, – und eines Tages liebte er sie ganz und gar. Auch ihre Seele, welche er noch gar nicht kannte.

Seine Liebe kostete ihn ein Heidengeld. Mindestens jeden zweiten Abend hatte er einen Parkettplatz im Goethe-Theater. Alle Augenblicke mußte er der Mama um Geld schreiben, wofür er die abenteuerlichsten Erklärungen ausheckte. Aber er log ja um ihretwillen. Das entschuldigte alles.

Als er wußte, daß er sie liebte, war das erste, daß er Gedichte machte. Die bekannte, deutsche ›stille Lyrik‹.

Damit saß er oft bis spät in die Nacht unter seinen Büchern. Nur die kleine Weckuhr auf seiner Kommode klapperte einförmig, und draußen verhallten hin und wieder einsame Schritte. – Ganz oben in der Brust, wo der Hals beginnt, saß ihm ein weicher, lauer, flüssiger Schmerz, welcher oft in die schweren Augen hinaufquellen wollte. Aber weil er sich schämte, wirklich zu weinen, so weinte er es nur in Worten auf das geduldige Papier hinunter.

Da sagte er es sich in weichen Versen, wehmütigen Klangfalls, wie sie so süß und lieblich sei und er so krank und müde, und wie eine große Unrast in seiner Seele sei, welche ins Vage trieb, weit – weit, wo unter lauter Rosen und Veilchen ein süßes Glück schlummerte, aber er war gefesselt...

Gewiß, es war lächerlich. Ein jeder würde lachen. Die Worte waren ja auch so dumm, so nichtssagend hilflos.

Aber er liebte sie! Er liebte sie!

Gleich natürlich, nach dem Selbstgeständnis, schämte er sich. Es war ja eine so armselige, kniende Liebe, daß er nur still ihr Füßchen hätte küssen mögen, weil sie gar so lieblich, oder ihre weiße Hand, dann wollte er ja gerne sterben. An den Mund wagte er gar nicht zu denken.–

Als er einmal nachts erwachte, stellte er sich vor, wie sie nun wohl daläge, das liebe Haupt in den weißen Kissen, den süßen Mund ein wenig geöffnet, und die Hände, diese unbeschreiblichen Hände mit dem zartblauen Geäder auf der Decke gefaltet. Dann warf er sich plötzlich herum, drückte das Gesicht ins Kopfkissen und weinte lange in der Dunkelheit.

Damit war der Höhepunkt erreicht. Er war nun so weit, daß er keine Gedichte mehr machen und nicht mehr essen konnte. Er mied seine Bekannten, ging kaum noch aus und hatte tiefe, dunkle Ränder unter den Augen. Dabei arbeitete er gar nicht mehr und mochte auch nichts lesen. Er wollte nur immer so vor ihrem Bilde, das er sich längst gekauft, müde weiterdämmern, in Tränen und Liebe.–

Eines Abends saß er mit seinem Freunde Rölling, mit dem er schon früher auf der Schule vertraut gewesen war und der Mediziner war wie er, aber schon in höheren Semestern, bei einem beschaulichen Glase Bier in irgendeinem Kneipenwinkel.

Da stellte Rölling plötzlich resolut seinen Maßkrug auf den Tisch.

›So, Kleiner; nun sag mal, was dir eigentlich ist.‹

›Mir?‹

Aber dann gab er es doch auf und sprach sich aus, über sie und sich.–

Rölling wackelte mißlich mit dem Kopfe.

›Schlimm, Kleiner. Nichts zu machen. Bist nicht der erste. Völlig unnahbar. Lebte bislang bei ihrer Mutter. Die ist zwar seit einiger Zeit tot, aber trotzdem – durchaus nichts zu machen. Gräßlich anständiges Mädel.‹

›Ja glaubtest du denn, ich...‹

›Na, ich glaubte, du hofftest...‹

›Ach Rölling!...‹

›...Ah – a so. Pardon, nun komm' ich erst ins klare. So sentimentalisch hatte ich mir das ja gar nicht gedacht. – Also dann schick ihr ein Bukett, schreib ihr dazu keusch und ehrfurchtsvoll, flehe um schriftliche Erlaubnis ihrerseits, ihr deine Aufwartung machen zu dürfen, zum mündlichen Ausdruck deiner Bewunderung.‹

Er wurde ganz blaß und zitterte am ganzen Leibe.

›Aber... aber das geht ja nicht!‹

›Warum nicht? Jeder Dienstmann geht für vierzig Pfennig.‹

Er zitterte noch mehr.

›Herrgott, – wenn das möglich wäre!‹

›Wo wohnt sie noch gleich?‹

›Ich – weiß nicht.‹

›*Das* weißt du noch nicht mal?! Kellner! Das Adreßbuch.‹

Rölling hatte es schnell gefunden.

›Gelt? Solange lebte sie in einer höheren Welt, nun wohnt sie auf einmal Heustraße 6 a, dritte Etage; siehst du, hier steht's: Irma Weltner, Mitglied des Goethe-Theaters... Du, das ist übrigens eine scheußlich billige Gegend. So wird die Tugend belohnt.‹

›Bitte, Rölling...!‹

›Na ja, schon gut. Also das machst du. Vielleicht darfst

du ihr mal die Hand küssen, – Gemütsmensch! Die drei Meter für den Parkettplatz wendest du diesmal an das Bukett.–‹

›Ach Gott, was kümmert mich das lumpige Geld!‹

›Es ist doch schön, von Sinnen zu sein!‹ deklamierte Rölling.

Am folgenden Vormittag schon ging ein rührend naiver Brief nebst einem wunderschönen Bukett nach der Heustraße ab. – Wenn er eine Antwort von ihr erhielte, – irgendeine Antwort! Wie wollte er aufjubelnd die Zeilen küssen! –

Nach acht Tagen war die Klappe des Briefkastens an der Haustür abgebrochen von dem vielen Öffnen und Schließen. Die Wirtin schimpfte.

Die Ränder unter seinen Augen waren noch tiefer geworden; er sah wirklich recht elend aus. Wenn er sich im Spiegel sah, erschrak er ordentlich; und dann weinte er vor Selbstmitleid.

›Du, Kleiner‹, sagte Rölling eines Tages sehr entschieden, ›das geht nicht so weiter. Du gerätst ja immer mehr in Dekadenz. Da muß etwas geschehn. Morgen gehst du einfach zu ihr.‹

Er machte seine kränkelnden Augen ganz groß.

›Einfach... zu ihr...‹

›Ja.‹

›Ach das geht ja nicht; sie hat es mir ja nicht erlaubt.‹

›Das war ja überhaupt dumm mit dem Geschreibsel. Das hätten wir uns auch gleich denken können, daß sie dir nicht unbekannterweise gleich schriftliche Avancen machen würde. Du mußt ein-fach zu ihr gehn. Du bist ja doch schon glückstrunken, wenn sie einmal guten Tag zu dir gesagt hat. Ein Scheusal bist du ja auch nicht gerade.

Sie wird dich schon nicht ohne weiteres hinauswerfen. – Morgen gehst du.‹

Ihm war ganz schwindlig.

›Ich werde nicht können‹, sagte er leise.

›Dann ist dir nicht zu helfen!‹ Rölling wurde ärgerlich.

›Dann mußt du halt sehen, wie du's allein überwindest!‹ –

Nun kamen, wie draußen mit dem Mai der Winter ein letztes Ringen versuchte, Tage schweren Kampfes.

Aber als er dann eines Morgens aus tiefem Schlaf erwachte, nachdem er sie im Traum gesehen, und sein Fenster öffnete, da war es Frühling.

Der Himmel war licht – ganz lichtblau, wie in einem milden Lächeln, und die Luft hatte ein so süßes Gewürz.

Er fühlte, roch, schmeckte, sah und hörte den Frühling. Alle Sinne waren ganz Frühling. Und es war ihm, wie wenn der breite Sonnenstreif, der drüben über dem Hause lag, in zitternden Schwingungen bis in sein Herz flösse, klärend und stärkend.

Und dann küßte er stumm ihr Bild und zog ein reines Hemd an und seinen guten Anzug und rasierte sich die Stoppeln am Kinn und ging in die Heustraße. –

Es war eine seltsame Ruhe über ihn gekommen, vor der er fast erschrak. Aber sie blieb doch. Eine traumhafte Ruhe, als ob er es gar nicht selbst wäre, der da die Treppen hinaufging und nun vor der Tür stand und die Karte las: Irma Weltner. –

Da auf einmal durchfuhr es ihn, daß es ein Wahnsinn sei, und was er denn wollte, und daß er schnell umkehren müsse, bevor ihn jemand sähe.

Aber es war nur, wie wenn durch dieses letzte Aufstöhnen seiner Scheu der irre Zustand von vorhin endgültig abgeschüttelt sei, dann zog eine große, sichere, heitere Zuversicht in sein Gemüt, und während er bislang wie unter einem Druck gestanden, unter einer lastenden Notwendigkeit, wie in der Hypnose, handelte er nun mit freiem, zielsicherem, jauchzendem Willen.

Es war ja Frühling! –

Die Glocke klapperte blechern durch die Etage. Ein Mädchen kam und öffnete.

›Das gnädige Fräulein zu Hause?‹ fragte er munter.

›Zu Hause – ja – aber wen darf ich ...‹

›Hier.‹

Er gab ihr seine Karte, und während sie dieselbe forttrug, ging er mit einem übermütigen Lachen im Herzen einfach gleich hinterher. Als das Mädchen ihrer jungen Herrin die Karte überreichte, stand er auch schon im Zimmer, aufrecht, den Hut in der Hand.

Es war ein mäßig großer Raum mit einfachem, dunklem Ameublement.

Die junge Dame hatte sich von ihrem Platz am Fenster erhoben; ein Buch auf dem Tischchen neben ihr schien eben beiseite gelegt. Er hatte sie niemals so reizend gesehen, in keiner Rolle, wie in der Wirklichkeit. Das graue Kleid mit dunklerem Brusteinsatz, das ihre feine Gestalt umschloß, war von schlichter Eleganz. In dem blonden Gekraus über ihrer Stirn zitterte die Maisonne.

Sein Blut quirlte und rauschte vor Entzücken, und als sie nun einen erstaunten Blick auf seine Karte warf und dann einen erstaunteren auf ihn selbst, da brach, indem er zwei schnelle Schritte auf sie zu tat, seine warme Sehnsucht in ein paar bangen, heftigen Worten hervor:

›Ach nein ... böse dürfen Sie nicht sein!!‹

›Was ist denn das für ein Überfall?‹ fragte sie belustigt.

›Aber ich mußte Ihnen doch, wenn Sie mir's auch nicht erlaubt haben, ich mußte Ihnen doch einmal mündlich sagen, *wie* ich Sie bewundere, gnädiges Fräulein –‹ Sie deutete freundlich auf einen Sessel, und indem sie sich setzten, fuhr er etwas stockend fort: ›Sehen Sie, – ich bin nun schon mal so einer, der immer gleich alles sagen muß und nicht nur so immer alles... alles mit sich herumtragen kann, und da bat ich denn... warum haben Sie mir eigentlich gar nicht geantwortet, gnädiges Fräulein?‹ unterbrach er sich treuherzig.

›Ja – ich kann Ihnen nicht sagen‹, erwiderte sie lächelnd, ›wie aufrichtig mich Ihre anerkennenden Worte und der schöne Strauß erfreut haben, aber... das ging doch nicht, daß ich da gleich so... ich konnte ja nicht wissen...‹

›Nein, nein, das kann ich mir nun auch ganz gut denken, aber nicht wahr, jetzt sind Sie mir auch nicht böse, daß ich so ohne Erlaubnis...‹

›Ach nein, wie kann ich wohl!‹

›Sie sind erst seit ganz kurzer Zeit in P.?‹ fügte sie schnell hinzu, feinfühlig eine verlegene Pause verhütend.

›Doch schon etwa sechs bis sieben Wochen, gnädiges Fräulein.‹

›So lange? Ich dachte, Sie hätten mich vor anderthalb Wochen zuerst spielen sehen, als ich Ihre freundlichen Zeilen erhielt?‹

›Ich bitte Sie, gnädiges Fräulein!! Ich hab' Sie ja während der ganzen Zeit beinah jeden Abend gesehen! In allen Ihren Rollen!‹

›Ja, warum sind Sie denn da nicht schon früher gekommen?‹ fragte sie harmlos erstaunt.

›Hätte ich schon früher kommen sollen –?‹ erwiderte er

ganz kokett. Er fühlte sich so namenlos glücklich ihr gegenüber im Sessel, mit ihr in zutraulichem Gespräch, und so unfaßlich war ihm die Situation, daß er fast fürchtete, es möchte wieder wie sonst ein trauriges Erwachen dem süßen Traume folgen. So munter-behaglich war ihm zu Sinn, daß er fast ganz gemütlich ein Bein über das andere geschlagen hätte, und dann wieder so überschwenglich selig, daß er ihr am liebsten gleich aufjauchzend zu Füßen gesunken wäre... Das ist ja alles dumme Mimerei! Ich habe dich ja so lieb... so lieb!!...

Sie wurde ein bißchen rot, lachte aber herzlich erheitert über seine lustige Replik.

›Pardon, – Sie mißverstehen mich. Ich sagte das allerdings etwas ungeschickt, aber Sie müssen nicht so schwer von Begriffen sein...‹

›Ich werde mich bemühen, gnädiges Fräulein, von jetzt an – noch leichter von Begriffen zu sein...‹

Er war vollkommen außer Rand und Band. Das erzählte er sich nach dieser Erwiderung gleich noch einmal. Da saß sie! Da saß sie! Und er bei ihr! Er raffte immer wieder all sein Bewußtsein zusammen, um sich zu zeigen, daß er es wirklich selbst war, und seine ungläubig-seligen Blicke glitten immer wieder über ihr Antlitz und ihre Gestalt... Ja, das war ihr mattblondes Haar, ihr süßer Mund, ihr weiches Kinn mit dieser leisen Neigung zur Doppelung, das war ihre helle Kinderstimme, ihre liebliche Sprache, welche jetzt außerhalb des Theaters den süddeutschen Dialekt ein wenig hervortreten ließ; das waren, wie sie nun noch einmal, ohne auf seine letzte Antwort weiter einzugehen, seine Karte vom Tische nahm, um von seinem Namen noch einmal des genaueren Kenntnis zu nehmen, – das waren ihre geliebten

Hände, die er so oft im Traume geküßt, diese unbeschreiblichen Hände, und ihre Augen, die sich nun wieder auf ihn richteten – mit einem Ausdruck, dessen interessierte Freundlichkeit sich noch stetig steigerte! Und ihre Sprache galt wieder ihm, wie sie nun mit Fragen und Antworten das Plaudern fortsetzte, das sich, hin und wieder stockend, dann wieder mit Leichtigkeit von ihrer beider Herkunft über ihre Beschäftigungen und über Irma Weltners Rollen fortspann, deren ›Auffassung‹ ihrerseits er natürlich unumschränkt belobte und bewunderte, obgleich eigentlich, wie sie selbst lachend abwehrte, blitzwenig daran ›aufzufassen‹ war.

Es klang in ihrem lustigen Lachen immer eine kleine Theater-Note mit, wie wenn etwa der dicke Papa soeben einen Moser'schen Witz ins Parkett dirigiert hätte; aber es entzückte ihn, wenn er dazu mit ganz naiv unverhüllter Innigkeit ihr Gesicht betrachtete, dermaßen, daß er mehrmals die Versuchung niederkämpfen mußte, ihr schnell zu Füßen zu sinken und ihr seine große, große Liebe ehrlich zu gestehen. –

Eine volle Stunde mochte vergangen sein, als er endlich ganz bestürzt auf seine Uhr blickte und sich eilig erhob.

›Aber wie lange halte ich Sie denn auf, Fräulein Weltner! Sie hätten mich längst fortschicken sollen! Sie sollten das doch allmählich wissen, daß einem die Zeit in Ihrer Nähe...‹

Er machte es unwissentlich ganz geschickt. Er war schon fast ganz von der lauten Bewunderung des Mädchens als Künstlerin abgekommen; seine treuherzig vorgebrachten Komplimente wurden instinktiv immer mehr rein persönlicher Natur.

›Aber wie spät ist es denn? Warum wollen Sie denn

schon gehen?‹ fragte sie mit einer betrübten Verwunderung, welche, wenn sie gespielt war, jedenfalls realistischer und überzeugender wirkte als jemals auf der Bühne.

›Lieber Gott, ich habe Sie lange genug gelangweilt! Eine ganze Stunde!‹

›Ach nein! Ist mir die Zeit schnell vergangen!‹ rief sie jetzt mit zweifellos aufrichtiger Verwunderung. ›Schon eine Stunde!? Da muß ich mich allerdings beeilen, noch etwas von meiner neuen Rolle in den Kopf zu bekommen – für heute abend –, sind Sie im Theater heute abend? – auf der Probe konnte ich noch gar nichts. Der Regisseur hätte mich beinahe geprügelt!‹

›Wann darf ich ihn umbringen?‹ fragte er feierlich.

›Lieber heut' als morgen!‹ lachte sie, indem sie ihm zum Abschied die Hand reichte.

Da beugte er sich mit aufwallender Leidenschaft nieder auf ihre Hand und preßte seine Lippen darauf in einem langen, unersättlichen Kusse, von dem er sich, wie es auch zur Besonnenheit in ihm mahnte, nicht trennen konnte, nicht trennen von dem süßen Duft dieser Hand, von diesem seligen Gefühlstaumel.

Sie zog ihre Hand etwas hastig zurück, und als er sie wieder anblickte, glaubte er auf ihrem Gesicht einen gewissen Ausdruck der Verwirrung zu bemerken, über den er wahrscheinlich sich hätte von Herzen freuen können, den er aber als Ärger über sein unschickliches Betragen deutete, und über den er sich einen Moment schamvoll grämte.

›Meinen herzlichsten Dank, Fräulein Weltner‹, sagte er schnell und in förmlicher Weise als bisher, ›für die große Freundlichkeit, die Sie mir erwiesen haben –‹

›Ich bitte Sie; ich bin sehr erfreut, Sie kennengelernt zu haben.‹

›Und nicht wahr?‹ bat er nun wieder in seinem früheren treuherzigen Ton, ›eine Bitte werden Sie mir auch nicht abschlagen, gnädiges Fräulein, nämlich – daß... ich einmal wiederkommen darf!‹

›Natürlich!... das heißt... gewiß, – warum nicht!‹ Sie ward ein wenig verlegen. Seine Bitte schien nach dem seltsamen Handkusse etwas unzeitgemäß.

›Ich würde mich sehr freuen, wieder einmal mit Ihnen plaudern zu können‹, fügte sie dann jedoch mit ruhiger Freundschaftlichkeit hinzu und reichte ihm noch einmal die Hand.

›Tausend Dank!‹

Noch eine kurze Verbeugung, dann war er draußen. Auf einmal wieder, als er sie nicht mehr sah, wie im Traum.

Aber dann fühlte er aufs neue die Wärme ihrer Hand in der seinen und auf seinen Lippen, dann wußte er wieder, daß es wirklich Wirklichkeit war und daß seine ›verwegenen‹, seligen Träume wahr geworden. Und er taumelte wie betrunken die Treppe hinunter, seitwärts auf das Geländer gebeugt, welches sie so oft berührt haben mußte, und welches er küßte, mit jubelnden Küssen, – von oben bis unten. –

Unten, vor dem von der Straßenfront ein wenig zurückweichenden Hause, war ein kleiner hof- oder gartenartiger Vorplatz, an dessen linker Seite ein Fliederbusch die ersten Blüten trieb. Da blieb er stehen und barg sein glühendes Gesicht in dem kühlen Gesträuch und trank lange, während sein Herz pochte, den jungen, zarten Duft.

Oh – o wie er sie liebte! –

Rölling und ein paar andere junge Leute waren schon eine Weile mit Essen fertig, als er das Restaurant betrat und sich erhitzt und mit einem flüchtigen Gruße zu ihnen setzte. Einige Minuten saß er ganz still und sah sie nur nach der Reihe mit einem überlegenen Lächeln an, als machte er sich im geheimen über sie lustig, die so dasaßen und Zigaretten rauchten und gar nichts wußten.

›Kinder!!‹ schrie er dann auf einmal, indem er sich über den Tisch beugte, ›wißt ihr was Neues? Ich bin glücklich!!‹

›*Aha?!*‹ sagte Rölling und sah ihm sehr ausdrucksvoll ins Gesicht. Dann reichte er ihm mit einer feierlichen Bewegung über dem Tische die Hand.

›Meinen tiefgefühltesten Glückwunsch, Kleiner.‹

›Wozu denn?‹

›Was ist denn los?‹

›Ja so, das wißt ihr noch gar nicht. Also es ist sein Geburtstag heute. Er feiert Geburtstag. Schaut ihn mal an; – ist er nicht ganz wie neugeboren?!‹

›Nanu!‹

›Donnerwetter!‹

›Gratuliere!‹

›Du, also da müßtest du eigentlich …‹

›Natürlich! – Kell-ner!‹ –

Man mußte ihm zugestehen, er wisse seinen Geburtstag zu feiern. –

Dann, nach mühevoll mit sehnender Ungeduld heruntergewarteten acht Tagen, wiederholte er seinen Besuch. Sie hatte es ihm ja erlaubt. All die exaltierten états d'âme, die das erste Mal die Liebesscheu in ihm wachgerufen, kamen da schon in Wegfall.

Nun, und dann sah und sprach er sie halt öfter. Sie erlaubte es ihm ja immer wieder aufs neue.

Sie plauderten ungezwungen miteinander, und ihr Verkehr wäre fast freundschaftlich zu nennen gewesen, hätte sich nicht hin und wieder plötzlich eine gewisse Verlegenheit und Befangenheit, etwas wie eine vage Ängstlichkeit bemerkbar gemacht, die sich gewöhnlich bei beiden gleichzeitig zeigte. Es konnte in solchen Momenten das Gespräch plötzlich stocken und in einem sekundenlangen, stummen Blick sich verlieren, der dann, gleich dem ersten Handkuß, den Anlaß dazu gab, den Verkehr in augenblicklich steiferer Form fortzusetzen. –

Einige Male durfte er sie nach der Vorstellung nach Hause begleiten. Welche Fülle von Glück bargen für ihn diese Frühlingsabende, wenn er an ihrer Seite durch die Straßen wanderte! Vor ihrer Haustür dankte sie ihm dann herzlich für sein Bemühen, er küßte ihr die Hand und ging mit einer jubelnden Dankbarkeit im Herzen seines Weges.

An einem dieser Abende war es, als er sich nach dem Abschiede, schon einige Schritte von ihr entfernt, noch einmal umwandte. Da sah er, daß sie noch in der Tür stand und scheinbar am Boden etwas suchte. – Doch wollte es ihm dünken, als habe sie erst bei seiner schnellen Wendung plötzlich die Haltung des Suchens angenommen. –

›Gestern abend habe ich euch gesehen!‹ sagte Rölling einmal. ›Kleiner, nimm den Ausdruck meiner Hochachtung. So weit hat's wahrhaftig noch keiner mit ihr gebracht. Du bist ein Hauptkerl. Aber ein Schaf bist du doch. Viel mehr Avancen kann sie dir doch eigentlich gar nicht machen. Dieser notorische Tugendbold! Sie muß ja vollkommen in dich verliebt sein! Daß du da nun nicht mal frisch drauflosgehst!‹

Er sah ihn einen Augenblick verständnislos an. Dann begriff er und sagte: ›Ach schweig!‹ –

Aber er zitterte.

Dann reifte der Frühling. Schon gegen Ende dieses Mai reihte sich eine Anzahl heißer Tage, in denen kein Tropfen Regen fiel. Mit einem fahlen, dunstigen Blau starrte der Himmel auf die dürstende Erde hernieder, und die starre, grausame Hitze des Tages machte gegen Abend einer dumpfen, lastenden Schwüle Platz, die ein matter Luftzug nur desto fühlbarer machte.

An einem dieser Spätnachmittage strich unser braver Junge einsam in den hügeligen Anlagen vor der Stadt umher.

Es hatte ihn daheim nicht gelitten. Er war wieder krank; wieder trieb ihn diese durstige Sehnsucht, die er doch längst gestillt glaubte durch all das Glück. Aber nun mußte er wieder stöhnen. Nach ihr. – Was wollte er noch! –

Von Rölling kam es, diesem Mephisto. Nur gutmütiger und weniger geistvoll.

> Um dann die hohe Intuition –
> Ich darf nicht sagen, wie – zu schließen...

Er schüttelte mit einem Ächzen den Kopf und starrte weit hinaus in die Dämmerung.

Von Rölling kam es! – Oder der hatte es doch, als er ihn wieder bleich werden sah, zuerst in brutalen Worten genannt und nackt vor ihn hingestellt, was sonst noch von den Nebeln weicher, vager Melancholie umhüllt gewesen! –

Und er wanderte immer weiter, in diesem müden und doch strebenden Schritt, in der Schwüle.

Und er konnte den Jasminbusch nicht finden, dessen Duft er schon immerfort empfand. Es konnte ja noch gar kein Jasmin blühen, aber er hatte doch immer diesen süßen, betäubenden Geruch, überall, solange er draußen war. –

An einer Biegung des Weges, gelehnt an einen wallartigen Abhang, auf dem verstreute Bäume standen, war eine Bank. Da setzte er sich und sah geradeaus.

An der anderen Seite des Weges senkte sich bald der dürre Grasboden zum Fluß hinab, der träge vorüberglitt. Jenseits die Chaussee, schnurgerade, zwischen zwei Reihen Pappeln. Dort, mühselig dem fahl-violetten Horizont entlang, schleppte sich einsam ein bäuerischer Wagen.

Er saß und starrte und wagte keine Bewegung, weil sonst auch nichts sich regte.

Und immer und immer dieser schwüle Jasmin!

Und auf der ganzen Welt diese dumpfe Last, diese lauwarme, brütende Stille, so durstig und lechzend. Er fühlte es, daß irgendeine Befreiung kommen mußte, irgendwoher eine Erlösung, eine stürmisch erquickende Befriedigung all dieses Durstes in ihm und der Natur...

Und dann sah er wieder das Mädchen vor sich, in dem hellen antiken Kostüm, und ihren schmalen, weißen Arm, der weich und kühl sein mußte –

Da stand er auf mit einem halben, vagen Entschluß und ging schneller und schneller den Weg zur Stadt. –

Als er stehenblieb mit einem unklaren Bewußtsein, am

Ziele zu sein, schlug plötzlich ein großer Schreck in ihm empor.

Es war völlig Abend geworden. Alles war still und dunkel um ihn. Nur hin und wieder zeigte sich noch ein Mensch um diese Zeit in der noch vorstadtartigen Gegend. Unter vielen leis verschleierten Sternen stand der Mond am Himmel, beinahe voll. Ganz fern das phlegmatische Licht einer Gaslaterne.

Und er stand vor ihrem Hause. –

Nein, er hatte nicht hingehen wollen! aber es hatte in ihm gewollt, ohne daß er es wußte.

Und nun, wie er da stand und regungslos zum Monde emporsah, war es doch wohl richtig so, und sein Platz.

– Es war irgendwoher noch mehr Lichtschein da. –

Es kam von oben, aus dem dritten Stockwerk, aus ihrem Zimmer, wo ein Fenster offenstand. Sie war also nicht im Theater beschäftigt; sie war daheim und noch nicht zur Ruhe gegangen. –

Er weinte. Er lehnte am Zaun und weinte. Es war alles so traurig. Die Welt war so stumm und durstig, und der Mond war so blaß. –

Er weinte lange, weil er das eine Weile als die erdürstete Lösung und Erquickung und Befreiung empfand. Aber dann waren seine Augen trockener und heißer als zuvor.

Und diese dürre Beklommenheit preßte wieder seinen ganzen Leib, daß er stöhnen mußte, stöhnen nach – nach...

– Nachgeben – nachgeben. –

Nein! Nicht nachgeben, sondern selbst –!!

Er reckte sich. Seine Muskeln schwollen.

Aber dann spülte wieder ein stilles, laues Weh seine Kraft hinweg.

Doch lieber nur müde nachgeben.

Er drückte schwach auf den Haustürgriff und ging langsam und schleppend die Treppen hinauf.

Das Dienstmädchen sah ihn doch etwas erstaunt an, zu dieser Stunde; aber das gnädige Fräulein sei daheim.

Sie meldete ihn nicht mehr; er öffnete gleich selbst nach kurzem Klopfen die Tür zu Irma's Wohnzimmer.

Er war sich keines Handelns bewußt. Er ging nicht zu der Tür, sondern er ließ sich gehen. Es war ihm, als habe er irgendeinen Halt aus Schwäche fahrenlassen, und als wiese ihn nun eine stille Notwendigkeit mit ernster, fast trauriger Gebärde dahin. Er fühlte, daß irgendein selbständig überlegter Wille gegen diesen still-mächtigen Befehl sein Inneres nur in wehevollen Widerstreit versetzt hätte. Nachgeben – nachgeben; es würde das Richtige geschehen, das Notwendige. –

Auf sein Klopfen vernahm er ein leises Hüsteln, wie um die Kehle zum Sprechen herzurichten; dann klang ihr ›Herein‹ müde und fragend.

Als er eintrat, saß sie an der Rückwand des Zimmers in der Sofaecke hinter dem runden Tisch im Halbdunkel; die Lampe brannte verhüllt am offenen Fenster auf der kleinen Servante. Sie blickte ihn nicht an, sondern, indem sie zu glauben schien, es sei das Mädchen, verharrte sie in ihrer müden Stellung, die eine Wange an das Rükkenpolster geschmiegt.

›Guten Abend, Fräulein Weltner‹, sagte er leise.

Da hob sie zusammenfahrend den Kopf und sah ihn einen Augenblick mit tiefer Erschrockenheit an.

Sie war bleich und ihre Augen waren gerötet. Ein still hingebender Ausdruck des Leides lag um ihren Mund, und eine namenlos sanfte Müdigkeit klagte in ihrem zu ihm emporgerichteten Blick und in dem Klang ihrer Stimme, als sie dann fragte:

›So spät noch?‹

Da quoll es ihm in die Höhe, was er noch niemals empfunden, weil er noch niemals sich selbst vergessen hatte, ein warmes, inniges Weh, auf diesem süßen, süßen Antlitz, und in diesen geliebten Augen, welche als liebliches, heiteres Glück über seinem Leben geschwebt, den Schmerz zu sehen; ja, während er bisher nur immer Mitleid mit sich selbst empfunden hatte – ein tiefes, unendlich hingebendes Mitleid mit ihr.

Und dann blieb er so stehen wie er stand und fragte nur scheu und leise, aber sein Gefühl sprach in innigen Lauten mit:

›Warum haben Sie geweint, Fräulein Irma?‹

Sie blickte stumm in ihren Schoß nieder, auf das weiße Tüchlein, das sie dort in der Hand zusammenpreßte.

Da trat er auf sie zu, und indem er sich neben ihr niedersetzte, nahm er ihre beiden schmalen, mattweißen Hände, welche kalt und feucht waren, und küßte zärtlich eine jede, und während ihm tief aus der Brust heiße Tränen in die Augen stiegen, wiederholte er mit bebender Stimme: ›Sie haben ... ja geweint?‹

Aber sie ließ den Kopf noch tiefer auf die Brust sinken, daß der leise Duft ihres Haares ihm entgegenhauchte, und während ihre Brust mit einem schweren, angstvollen, lautlosen Leiden rang, und ihre zarten Finger in den seinen zuckten, sah er, wie aus ihren langen, seidenen Wimpern zwei Tränen sich lösten, langsam und schwer.

Da preßte er ihre beiden Hände angstvoll an seine Brust und klagte laut auf vor verzweifeltem Wehgefühl, mit gewürgter Kehle:

›Ich kann das ja nicht... ansehn, daß du weinst! ich halt' das ja nicht aus!!‹

Und sie hob ihr blasses Köpfchen zu ihm empor, daß sie sich in die Augen sehen konnten, tief, tief, bis in die Seele, und einander in diesem Blick sagen, daß sie sich lieb hatten. Und dann durchbrach ein jubelnd-erlösender, verzweifelt-seliger Liebesschrei die letzte Scheu, und während sich ihre jungen Leiber in aufbäumender Krampfspannung umschlangen, preßten sich ihre bebenden Lippen aufeinander, und in den ersten, langen Kuß, um welchen die Welt versank, flutete durch das offene Fenster der Duft des Flieders hinein, der nun schwül und begehrlich geworden war.

Und er hob ihre zarte, fast überschlanke Gestalt vom Sitz empor, und sie stammelten einander in die offenen Lippen, wie sehr sie sich liebten.

Und dann machte es ihn seltsam erschauern, wie sie, die für seine Liebesscheu hohe Gottheit gewesen, vor der er sich stets schwach und ungeschickt und klein gefühlt, unter seinen Küssen zu wanken begann...

Einmal in der Nacht erwachte er.

Das Mondlicht spielte in ihrem Haar, und ihre Hand ruhte auf seiner Brust.

Da sah er empor zu Gott und küßte ihre schlummernden Augen und war ein besserer Kerl als jemals.«

Ich schwätze über meinen vorigen Brief, statt Ihnen das Viele zu schreiben, das ich Ihnen zu schreiben habe. Merken Sie, bitte, woher die Wichtigkeit stammt, die jener Brief für mich bekommen hat. Sie stammt daher, daß Sie mir auf ihn mit diesem Brief geantwortet haben, der da neben mir liegt, der mir eine lächerliche Freude macht und auf den ich jetzt die Hand lege, um seinen Besitz zu fühlen. Schreiben Sie mir doch bald wieder einen. Nehmen Sie sich keine Mühe, ein Brief macht Mühe, wie man es auch anschaut; schreiben Sie mir doch ein kleines Tagebuch, das ist weniger verlangt und mehr gegeben. Natürlich müssen Sie mehr hineinschreiben, als für Sie allein nötig wäre, denn ich kenne Sie doch gar nicht. Sie müssen also einmal auch eintragen, wann Sie ins Bureau kommen, was Sie gefrühstückt haben, wohin die Aussicht aus Ihrem Bureaufenster geht, was das dort für eine Arbeit ist, wie Ihre Freunde und Freundinnen heißen, warum man Ihnen Geschenke macht, wer Ihrer Gesundheit mit Confektgeschenken schaden will und die tausend Dinge, von deren Dasein und Möglichkeit ich gar nicht weiß.

Iwan Turgenjew

Ich hatte damals die Gewohnheit, jeden Abend mit dem Gewehr durch unseren Garten zu streifen und Krähen aufzulauern. – Seit langem haßte ich diese vorsichtigen, listigen, raubgierigen Vögel. An dem Tage, von dem die Rede sein soll, begab ich mich wieder in den Garten, durchwandelte vergeblich die Alleen – die Krähen hatten mich erkannt und krächzten nur aus der Ferne – und näherte mich zufällig dem niedrigen Gartenzaun, der die benachbarten Grundstücke trennte und an dem schmalen Streifen Garten des rechten Flügels entlanglief. – Mit gesenktem Kopf schritt ich dahin. Plötzlich vernahm ich Stimmen, schaute über den Zaun – und erstarrte. Ein merkwürdiger Anblick bot sich mir.

Nur einige Schritte von mir entfernt stand auf einer Wiese zwischen grünen Himbeersträuchern ein hochgewachsenes, schlankes Mädchen in einem gestreiften rosa Kleid, ein weißes Tüchlein auf dem Kopf. Vier junge Männer umringten sie, und sie schlug sie der Reihe nach mit einer jener kleinen grauen Blumen auf die Stirn, deren Namen ich nicht kenne, die den Kindern aber wohlbekannt ist; sie bildet kleine Beutel und zerspringt mit einem Knall, wenn man sie gegen etwas Hartes schlägt. Die jungen Leute hielten dem Mädchen so freudig ihre Stirn hin, und in den Bewegungen des Mädchens, das ich nur von der Seite sehen konnte, lag ein so großer Zauber, etwas so Gebieterisches, Zärtliches, Spöttisches und Liebes, daß ich vor Überraschung und Freude beinah aufgeschrien und in diesem Augenblick wohl alles hingegeben hätte, um von diesen reizenden Fingern auf die Stirn geschlagen zu werden. Mein Gewehr glitt ins Gras, ich vergaß alles und verschlang diese schlanke Gestalt, diesen Hals, die schönen Hände, das ein wenig zerzauste blonde Haar unter dem weißen Tuch, die halbgeschlossenen, klugen Augen, diese Wimpern, die die zarten Wangen beschatteten, mit meinen Blicken.

»Junger Mann, he, junger Mann«, ertönte plötzlich eine Stimme, »ist es denn gestattet, fremde Damen so anzustarren?«

Ich fuhr zusammen und verharrte regungslos... Vor mir stand hinter dem Zaun ein Mann mit kurzgeschnittenem schwarzem Haar und betrachtete mich ironisch. In diesem Augenblick wandte sich auch das Mädchen mir zu... ich erblickte große graue Augen in einem lebhaften, freudig bewegten Gesicht, und dieses Gesicht begann zu beben, entblößte lachend eine Reihe weißer Zähne, die Augenbrauen schnellten drollig in die Höhe... Ich errötete, ergriff das Gewehr und rannte in mein Zimmer, von einem schallenden, aber nicht bösartigen Gelächter begleitet, warf mich auf das Bett und verbarg mein Gesicht in den Händen. – Mein Herz schlug freudig und stark. Ich schämte mich, war gleichzeitig glücklich und fühlte eine Erregung wie nie zuvor.

Nachdem ich mich ausgeruht hatte, kämmte ich mein Haar, machte mich zurecht und ging hinunter zum Tee. Vor mir schwebte immer noch das Bild des jungen Mädchens, mein Herz schlug nicht mehr so heftig, freudig und leicht schien es in meiner Brust zu flattern.

»Was ist mit dir?« fragte mich mein Vater plötzlich. »Hast du eine Krähe geschossen?«

Ich wollte ihm schon alles erzählen, beherrschte mich jedoch und lächelte nur vor mich hin. Als ich mich schlafen legte, drehte ich mich aus mir jetzt unerklärlichen Gründen dreimal im Kreise auf einem Fuß, rieb mein Haar mit einer Pomade ein und schlief die ganze Nacht wie ein Toter. – Gegen Morgen wachte ich einen Augenblick auf, hob den Kopf, sah mich entzückt um und schlief wieder ein.

Auf diesen Wegen war ich häufig am Hause der schönen Judith vorübergekommen und, da ich eben deswegen, weil sie ein schönes Weib war, auch einige Befangenheit fühlte und Anstand nahm einzutreten, von ihr gebieterisch hereingerufen und festgehalten worden. Nach der Weise der aufopfernden und nimmermüden alten Frauen und auch aus unentbehrlicher Gewohnheit befand sich ihre Mutter beinahe immer auf dem warmen Felde, während die kräftige Tochter das leichtere Teil erwählte und im kühlen Haus und Garten gemächlich und halb müßig waltete. Deswegen war diese bei gutem Wetter fast immer allein zu Hause und sah es gern, wenn jemand, den sie leiden mochte, bei ihr vorkehrte und mit ihr plauderte. Als sie meine Malerkünste entdeckt hatte, trug sie mir sogleich auf, ihr ein Blumensträußchen zu malen, welches sie mit Zufriedenheit in ihr Gesangbuch legte. Sie besaß ein kleines Stammbüchelchen von der Stadt her, das nur zwei oder drei Inschriften und eine Menge leerer Blätter mit Goldschnitt enthielt; von diesen gab sie mir bei jedem Besuche einige, daß ich eine Blume oder ein Kränzchen darauf male (Farben und Pinsel hatte ich schon bei ihr deponiert und sie verwahrte dieselben sorgfältig), dann wurde ein Vers oder verliebter Spruch darunter geschrieben und ihr Kirchenbuch mit solchen Bildchen, die ich in ein paar Minuten anfertigte, angefüllt. Die Verse wurden einer großen Sammlung bedruckter Papierstreifchen entnommen, welche sie als Überbleibsel früher genossener Bonbons aufbewahrte. Durch diesen Verkehr war ich heimisch und vertraut bei ihr geworden, und, indem ich immer an die junge Anna dachte, hielt ich mich gern bei der schönen Judith auf, weil ich in jener unbewußten Zeit ein Weib für das andere nahm und nicht im mindesten eine Untreue zu begehen glaubte, wenn ich im Anblicke der entfalteten vollen Frauengestalt behaglicher an die abwesende zarte Knospe dachte, als anderswo, ja als in Gegenwart dieser selbst. Manchmal traf ich sie am Morgen, wie sie ihr üppiges Haar kämmte, welches geöffnet bis auf ihre Hüften fiel. Mit dieser wallenden Seidenflut fing ich neckend an zu spielen und Judith pflegte bald, ihre Hände in den Schoß legend, den meinigen ihr schönes Haupt zu überlassen und lächelnd die Liebkosungen zu erdulden, in welche das Spiel allmählich überging. Das stille Glück, welches ich dabei empfand, nicht fragend, wie es entstanden und wohin es führen könne, wurde mir Gewohnheit und Bedürfnis, daß ich bald täglich in das Haus huschte, um eine halbe Stunde dort zuzubringen, eine Schale Milch zu trinken und der lachenden Frau die Haare aufzulösen, selbst wenn sie schon geflochten waren. Dies tat ich aber nur, wenn sie ganz allein und keine Störung zu befürchten war, so wie sie auch nur dann es sich gefallen ließ, und diese stillschweigende Übereinkunft der Heimlichkeit lieh dem ganzen Verkehre einen süßen Reiz.

So war ich eines Abends, vom Berge kommend, bei ihr eingekehrt; sie saß hinter dem Hause am Brunnen und hatte soeben einen Korb grünen Salat gereinigt, ich hielt ihre Hände unter den klaren Wasserstrahl, wusch und rieb dieselben, wie einem Kinde, ließ ihr kalte Wassertropfen in den Nacken träufeln und spritzte ihr solche endlich mit unbeholfenem Scherze ins Gesicht, bis sie mich beim Kopfe kriegte und ihn auf ihren Schoß preßte, wo sie ihn ziemlich derb zerarbeitete und walkte, daß mir die Ohren sausten. Obgleich ich diese Strafe halb und halb bezweckt hatte, wurde sie mir doch zu arg; ich riß mich los und faßte meine Feindin, nach Rache dürstend, nun meinerseits beim Kopfe. Doch leistete sie, indem sie immer sitzen blieb, so kräftigen Widerstand, daß wir beide zuletzt heftig atmend und erhitzt den Kampf aufgaben und ich, beide Arme um ihren weißen Hals geschlungen, ausruhend an ihr hangen blieb; ihre Brust wogte auf und nieder, indessen sie, die Hände erschöpft auf ihre Knie gelegt, vor sich hin sah.

Meine Augen gingen den ihrigen nach in den roten Abend hinaus, dessen Stille uns umfächelte; Judith saß in tiefen Gedanken versunken und verschloß, die Wallung ihres aufgejagten Blutes bändigend, in ihrer Brust innere Wünsche und Regungen fest vor meiner Jugend, während ich, unbewußt des brennenden Abgrundes, an dem ich ruhte, mich arglos der stillen Seligkeit hingab und in der durchsichtigen Rosenglut des Himmels das feine, schlanke Bild Annas auftauchen sah. Denn nur an sie dachte ich in diesem Augenblicke, ich ahnte das Leben und Weben der Liebe und es war mir, als müßte ich nun das gute Mädchen alsogleich sehen.

Als Tom das kleine, einsam gelegene Schulhaus erreicht hatte, ging er ganz lustig, wie einer, der sich möglichst beeilt hat, hinein. Er hängte seine Mütze an den Haken und setzte sich mit geschäftiger Eile auf seinen Platz. Der Lehrer, der hinter dem Katheder auf einem großen Lehnstuhl thronte, hatte ein bißchen geschlafen und fuhr bei Toms Störung in die Höhe.

»Thomas Sawyer!«

Tom wußte, daß die Situation kritisch war, wenn sein Name in unverkürzter Form ausgesprochen wurde. »Herr Lehrer!« »Komm nach vorn! Warum kommst du schon wieder zu spät?«

Tom wollte seine Zuflucht zu einer Lüge nehmen, als er zwei lange, helle Zöpfe einen Rücken herabhängen sah und sie mit dem Instinkt der Liebe erkannte! Und daneben, auf der Mädchenseite, war der einzige leere Platz! Sofort entgegnete er: »Ich mußte mit Huckleberry etwas besprechen.«

Des Lehrers Pulse stockten, er starrte hilflos um sich. Alles Geräusch der Arbeitenden verstummte. Die Schüler glaubten, Tom habe den Verstand verloren.

Der Lehrer fragte nochmals: »Du – du mußtest was?«

»Mit Huckleberry Finn sprechen.«

Ein Irrtum war ausgeschlossen.

»Thomas Sawyer, das ist die ungeheuerlichste Antwort, die ich je erhalten habe. Darauf kann nur die Rute antworten. Zieh die Jacke aus!«

Des Lehrers Arm arbeitete, bis er völlig ermattet und die Rute zerbrochen war. Dann hieß es: »So, nun geh, und setz dich zu den Mädchen! Und laß dir das zur Warnung dienen!«

Das Kichern, das jetzt durch das Schulzimmer lief, schien Tom in Verlegenheit zu bringen; in Wahrheit war es die wundervolle Nähe seines unbekannten Idols und die mit Ehrfurcht gemischte Freude über diesen Glücksfall. Er ließ sich auf dem Ende der Bank nieder, und das Mädchen wandte sich ab, wobei es den Kopf nachdrücklich zurückwarf. Kichern, Flüstern und Tuscheln erfüllten das Zimmer, aber Tom saß mäuschenstill, die Arme auf das lange niedrige Pult gelegt, und schien eifrig zu lernen. Nach und nach wandte sich die allgemeine Aufmerksamkeit von ihm ab und das gewöhnliche Schulgemurmel erfüllte wieder die Luft. Sofort begann Tom verstohlene Blicke auf das Mädchen zu werfen. Dieses merkte es, schnitt ihm 'ne Grimasse und kehrte ihm für eine volle Minute den Rücken. Als sie sich vorsichtig wieder nach ihm umdrehte, lag ein Pfirsich vor ihr. Sie stieß ihn weg. Tom schob ihn ihr liebenswürdig wieder zu; sie schob ihn abermals weg, aber diesmal schon weniger heftig. Tom legte ihn geduldig zum dritten Mal auf ihren Platz. »Bitte – nimm, ich hab' noch mehr!« Das Mädchen lächelte bei dieser Anrede, machte aber sonst kein Zeichen des Einverständnisses. Nun begann der Bursche etwas auf seine Tafel zu zeichnen, wobei er sein Werk sorgfältig mit der Hand abschirmte. Eine Zeitlang tat das Mädchen gleichgültig; aber ihre Neugier begann sich doch bald bemerkbar zu machen. Tom arbeitete weiter und tat, als achte er nicht auf ihre begehrlichen Blicke. Sie renkte sich fast den Hals aus, um einen Blick auf Toms Werk werfen zu können. Er aber stellte sich so, als merkte er noch immer nichts. Schließlich gab sie nach und flüsterte zögernd: »Laß mich mal sehen!«

Tom enthüllte sofort die klägliche Karikatur eines Hauses mit zwei schiefen Giebeln und korkzieherförmigem Rauch über dem Schornstein. Das Interesse der Kleinen an dem Werk wurde immer lebhafter, sie vergaß alles darüber. Als es beendet war, betrachtete sie es einen Moment und flüsterte dann: »Fein! Jetzt mach noch einen Mann!«

Der Künstler stellte in den Vordergrund einen Mann, einen wahren Mastbaum. Er hätte mit Leichtigkeit über das Haus wegsteigen können; aber das Mädchen war nicht allzu kritisch. Sie war zufrieden mit dem Monstrum.

»Ein wundervoller Mann – jetzt mal mich, wie ich daher komme!«

Tom malte so etwas wie 'ne Eieruhr, darüber einen Vollmond auf einem Strohhalm von Hals, und Arme, in deren ausgespreizten Fingern ein mächtiger Fächer steckte. Das Mädchen sagte: »Reizend, Tom. – Ich wollte, ich könnte auch zeichnen.«

»'s ist ganz leicht«, flüsterte Tom, »ich will's dir beibringen.«

»Ja, wirklich? Wann?«

»Heut' mittag. Gehst du zum Essen nach Haus?«

»Wenn du bleibst, bleib' ich auch.«

»Na, gut. – Wie heißt du denn?«

»Becky Thatcher. – Und du? Ach, ich weiß: Thomas Sawyer.«

»So heiße ich, wenn ich was verbrochen hab'. Wenn ich brav bin, heiß' ich Tom. Du nennst mich doch Tom, nicht?«

»Ja.«

Jetzt begann Tom wieder etwas auf die Tafel zu kritzeln, was das Mädchen wieder nicht sehen sollte. Aber sie ließ sich nicht mehr abweisen. Sie wollte es sehen.

»Es ist nichts«, sagte Tom gleichgültig.

»Es ist doch was.«

»Nein, es ist nichts. Du brauchst's nicht zu sehen.«

»Doch, ich will's sehen. Ich will. – Laß mich sehen, bitte!«

»Du wirst's überall erzählen.«

»Nein, ich erzähl's nicht – ich will, ich will es sehen!«

»Keinem? Solange du lebst nicht?«

»Nein, ich sag's niemand. Jetzt laß mich sehen!« Und sie legte ihre kleine Hand auf die seine, und ein kleiner Kampf entspann sich. Tom tat, als wehrte er sich im Ernst, ließ aber doch seine Hand langsam abgleiten, so daß die Worte sichtbar wurden:

»Ich liebe dich!«

Unica Zürn

In diesem Sommer lernt sie schwimmen. Das ist eine alte hölzerne Badeanstalt, auf Pfählen erbaut. Sie nennt sich ›Sportbad Halensee‹. Wenn man über die Bretter geht, hat man den Eindruck, als schwanke die ganze Badeanstalt, was ein schwebendes, unsicheres Gefühl erzeugt. Die Pfähle sind mit Moos und Algen bewachsen. Sie spiegeln sich in dem grünen, trüben Wasser. Wenn man sich eine Badekabine zum Auskleiden mietet, bekommt man eine runde Messingmarke an einer Kette, die man sich um das Handgelenk macht. Es gibt ein großes, flaches Becken für die Kinder, die noch nicht schwimmen können. Eine Treppe führt ins Wasser hinunter. Zwei große braungebrannte Schwimm-Meister leiten den Unterricht. Man bindet ihr eine große Blechtrommel auf den Rücken und hält sie außerdem noch an einem Angelhaken fest. Der Schwimm-Meister beginnt sein rhythmisches Zählen, nach dem sie die klassischen Schwimmbewegungen ausführen muß. Nach jeder Schwimmstunde bewundert sie den Schwimmlehrer, wenn er sein Bad nimmt und von dem zehn Meter hohen Brett ins Wasser springt. Er fliegt mit ausgebreiteten Armen wie ein Vogel durch die Luft und gleitet in einer eleganten, weichen Bewegung ins Wasser. Nach dem Schwimmen legt sie sich auf die hölzerne Brücke in die Sonne. Die wunderbare Entspannung nach dem Bad macht ihren Körper locker und weich. Für sie, die eine Neigung hat, sich zu verkrampfen, ist das Baden eine nie gekannte Entspannung.

Sie liegt mit ausgebreiteten Armen auf dem Rücken und

empfängt die Sonne wie eine Gnade. Sie ist so mit der Sonne verbunden, daß sie sich endlich einmal nicht einsam fühlt. Aller Kummer ist verschwunden, und sie ist glücklich, daß sie für einige Stunden ihrem Zuhause entwichen ist. Ein wunderbarer Geruch schwebt über der Badeanstalt: der Geruch des Wassers, des in der Sonne trocknenden Holzes, der Geruch von Zigarettenrauch und der Duft von parfümiertem Sonnenöl. Das Wasser schlägt langsam und rhythmisch gegen die Holzpfähle. Das Zählen der Schwimm-Meister klingt eintönig und wie ein Gesang über den See. Die Gespräche der Badegäste sind leise und schläfrig. Sie richtet sich auf und beginnt, die Erwachsenen zu beobachten. Beobachten! Unerschöpfliches Vergnügen für sie. Sie sieht einen dichten schweigenden Kreis von Kindern andächtig um eine Gruppe von fremdländisch aussehenden Männern sitzen. Bei dem Anblick des größeren von ihnen beginnt plötzlich ihr Herz zu schlagen. Er gleicht genau einem der dunklen Männer, die nachts in dem schwarzen Saal mit den brennenden Fackeln auf sie warten, um sie zu töten. Mit einer heftigen und einmaligen Zuneigung wählt sie diesen Mann zu einer tiefen und heimlichen Liebe aus.

Er sieht sie nicht, er kennt sie nicht. Er weiß nichts von der Erschütterung, in die sie sein Anblick versetzt. Endlich hat sie ihr erstes, großes Geheimnis. Diese Männer sprechen eine Sprache die die Kinder nicht verstehen. Das erhöht noch das Gefühl des Geheimnisvollen. Vorsichtig, ohne Aufmerksamkeit zu erregen, steht sie auf und tritt in den Kreis der Kinder ein. Sie will ihm nahe sein. Plötzlich glüht ihr Gesicht vor Erregung und unbändiger Freude. Zugleich fühlt sie sich unendlich traurig. Er ist ein Mann. Er ist unerreichbar für sie.

Sie betrachtet seinen schönen, langen, gebräunten Körper mit den zarten Gelenken, sein dunkles, melancholisches Gesicht. Er atmet ruhig und tief. Auf seiner Brust liegt ein goldenes Amulett, das an einer schwarzen Schnur hängt. Er liegt auf einem blau und rot gestreiften Bademantel, der ihm einen märchenhaften und kostbaren Hintergrund gibt. Seine glänzenden, schwarzen Haare sind etwas gelockt. Seine Augen sind unwahrscheinlich groß und haben einen ernsten und kühnen Ausdruck. Seine drei Freunde machen Scherze mit den Kindern. Er schweigt, obwohl seine Augen in einem fast liebevollen Ausdruck auf den Kindern ruhen. Er scheint alle edlen und schönen Rassen in sich zu vereinigen. Sie betrinkt sich an diesem Gesicht. Sie glaubt, daß sie nie etwas Schöneres in ihrem Leben sehen wird. Zwei melancholische, tiefe Falten führen von seinen Nasenflügeln zum Mund. Jetzt weiß sie endlich, warum sie lebt: um *ihm* begegnet zu sein. Sie hat sich in hoffnungslosen und schwarzen Stunden oft gefragt, warum sie auf dieser Welt sein muß. Sie nahm es ihren Eltern übel, daß sie sie gezeugt haben. Diese Welt, die ihr feindlich und unliebenswürdig vorkam. Sie ist so ergriffen von seiner Erscheinung, daß sie sofort gerne sterben würde. Es gibt nichts für sie, was großartiger oder erregender sein könnte als die Betrachtung dieses Fremden. Zum ersten Mal in ihrem Leben liebt sie jemanden, der nicht ihr Vater ist. Es ist das ernsteste Gefühl, das sie jemals empfunden hat. Sie beginnt zu zittern und ihre Augen sind voll Tränen. Heute abend wird sie stundenlang in ihrem Zimmer weinen. Sie hat das Gefühl, als ob sie erwürgt wird, und kann kaum noch atmen. Ja, bestimmt wird sie sterben an diesem mächtigen Gefühl. Wer könnte die Liebe ertragen, ohne daran zu sterben? Es ist ihr schweres Schicksal, daß sie ihre erste Liebe als Kind empfindet. Sie hat nicht die geringste Erfahrung und ist ohne Verteidigung. Sie fühlt sich wie ein Stäubchen in einem starken Sturm. Sie befindet sich wie in einem wilden Wirbelsturm. Niemand, der ihr helfen kann, niemand, der etwas davon ahnt. Ja, jetzt ist sie sicher: sie ist auf die Welt gekommen, weil sie ihm begegnen mußte. Und mit dieser Begegnung beginnt ein abgrundtiefes Leid. Sie ist bis zum Rande mit Liebe gefüllt – sie strömt über. Sie ist noch zu klein, um dieses Gefühl zu fassen. Es ist ernst – so tief ernst. Wird er denn niemals seine Augen zu ihr wenden? Zugleich weiß sie, daß sie seinen Blick nicht ertragen könnte. Sie würde, so glaubt sie, sofort unter diesen schwarzen Augen verbrennen, wenn er sie ansähe. Noch bleibt sie vor diesem ersten Blick, den sie mit aller Sehnsucht herbeiwünscht, verschont. Sie vergißt die Zeit. Sie vergißt ihre Eltern und das Haus, in dem sie lebt. Sie vergißt, daß die Stunde gekommen ist, nach Hause zu gehen und Schularbeiten zu machen!

José Donoso

In diesem Winter hatte Juan Acevedo kein Geld in der Tasche, weil er ohne Arbeit war. Aber er ließ es sich nicht sauer ankommen, da er Aussicht auf eine Stelle als Mechaniker hatte, mit der er sich in den Monaten durchzuschlagen gedachte, bis er seinen Militärdienst antreten würde. Außerdem hatte ihn jeder gern. Er war klein, mager und braunhäutig, sein schwarzes Haar war hoch über der Stirn zurechtpomadisiert, und er achtete darauf, stets so sauber zu sein wie möglich. Oft schneite er in das Lokal von Señor Hernandez hinein, und dieser lud ihn zu ein paar Gläsern Bier ein, während sie Domino spielten. Juan ging bald wieder, weil er seriös war und nicht gern die Leute ausnutzte, um sich ein schönes Leben zu machen.

Señor Hernandez' Lokal war eine Konditorei in einer ziemlich belebten Straße in der Nähe des Bahnhofs. Ein kleiner, himmelblau ausgemalter Raum, eine Theke und vier ebenfalls himmelblaue Tische und Stühle. Die Törtchen lagen freudlos unter einem Glassturz, denn die Leute schienen wenig für Kuchen übrig zu haben. Hinter der Theke, in einem winzigen, durch einen Vorhang aus Perkal abgetrennten Zimmerchen, gab es eine Geschirrspüle neben dem Klosettbecken. Juana bereitete die Sandwiches mit Braten und Ajipfeffer in dem dampfenden Apparat neben dem Regal mit den Getränken zu. Das Problem war das Licht. Der Patron sparte, weil er seiner Mutter ein Haus kaufen wollte, und konnte sich vorläufig keine Neonbeleuchtung leisten, wie sie die größeren Geschäfte in der Straße hatten.

»Es würde mich reich machen, wenn ich dieses Neonlicht hier hätte. Es würde mir Leute bringen«, vertraute der Patron Juan Acevedo an.

»Na klar. Und warum bezahlen Sie es nicht mit dem, was Sie zurückgelegt haben? Sie würden den großen Reibach machen, und dann können Sie das Geld für das Haus Ihrer Mutter bar auf den Tisch legen.«

»Nein, mein Lieber, so was liegt mir nicht. Das Geld für die Anzahlung würde mir durch die Finger rinnen, wenn ich anfange, es auszugeben. Zuerst kaufe ich das Häuschen, und dann spar ich mir die Beleuchtung zusammen.«

Señor Hernandez war es gewohnt, daß Juan Acevedo ungefähr einmal in der Woche bei ihm auftauchte, kurz bevor er zumachte. Ihm gefiel der wohlgepflegte Kopf des Jungen und die Ruhe in seinem Gesicht, in dem immer ein Lachen spielte. Auch Juana hatte sich an sein Erscheinen gewöhnt. Sobald sie ihn erblickte, wie er durch seinen Atemdampf auf der Fensterscheibe spähte, holte sie das Domino hervor, weil sie sicher war, daß er mit dem Patron bis nach Geschäftsschluß spielen würde. Wenn der Junge kam, erlaubte Señor Hernandez Juana oft, früher zu gehen, und manchmal ging sie, aber andere Male blieb sie und spülte Teller und Gläser aus purem Vergnügen daran, Juan Acevedo reden zu hören.

Juana war winzigklein, mollig und weich. Sie war nicht älter als siebzehn. Sie war zufrieden mit der Arbeit, die ihre Patentante ihr besorgt hatte, als sie zu ihr gezogen war, nachdem ihre Mutter sich mit diesem unnützen Säufer zusammengetan hatte. Der Chef war rücksichtsvoll zu ihr, und die Konditorei lag nahe, so daß sie nicht so lange den Respektlosigkeiten der Männer ausgesetzt war, die ihr abends an den Ecken hinterherpfiffen. Und dann wurde im Lokal auch von so vielen interessanten Dingen geredet. Am liebsten hörte sie jedoch Juan Acevedo zu. Er hatte eine eigene Art zu sprechen. Einmal versuchte sie, es Rosa zu erklären, der Tochter ihrer Patentante, die meinte, er sei Argentinier. Juana mußte lachen, weil ihr das unmöglich schien. Sie ließ sich erst überzeugen, nachdem sie einen argentinischen Film gesehen hatte, und erkundigte sich verwundert bei Juan, sobald sie konnte.

»Nein«, antwortete der Junge. »Aber Buenos Aires kennenzulernen ist mein größter Wunsch. Würden Sie nicht auch gerne mal nach Buenos Aires gehen, Namensschwester?«

Juana wußte nicht, was sie antworten sollte, sie hatte nie darüber nachgedacht. Daß er sie Namensschwester genannt hatte, bereitete ihr außerdem ein komisches Gefühl, so als hätte das Wort sich warm und wohlig im Nacken, unter ihrem Haarschopf zusammengerollt. Danach wartete sie darauf, daß Juan sie wieder Namensschwester nennen würde, aber zwei Wochen vergingen, ohne daß er in der Konditorei auftauchte.

Sie machte ihrer Ungeduld bei Rosa Luft, die feststellte, daß sie verliebt sei. Das war eine wunderbare Entdekkung, weil es ihre erste Liebe war, wie in den Filmen. Rosa berichtete ihr oft von ihren Liebeserfahrungen, und Juana wünschte sich neidisch den Tag herbei, an dem sie ihr nicht nur sagen könnte, daß sie verliebt sei, sondern daß sie ›was Festes‹ habe. Sie begriff den Ernst des Unterschieds. Und es war ein bißchen demütigend für sie, daß Rosa ihre Gefühle definieren konnte, bevor sie selbst wußte, wie sie sie bezeichnen sollte. Aber das war nicht weiter seltsam, weil Rosa drei Jahre älter war als sie und blonde Haare hatte.

Als Juan Acevedo nach diesen zwei Wochen wiederkam, nannte er sie nicht ein einziges Mal Namensschwester, während er im Lokal war. Tatsächlich richtete er so gut wie kein Wort an sie, wenn er sie auch mit der gleichen Liebenswürdigkeit wie immer behandelte. Unterdessen beobachtete Juana die großen braunen Hände des Jungen, die die Dominokarten auf dem Tisch umdrehten. Sie stellte sich diese Hände auf ihrem runden und glatten Körper vor oder wie sie ihre kalten Hände berührten. Sie hatte Angst, aber sie konnte nicht aufhören, sie sich vorzustellen. Der Patron mußte zweimal Bier bei ihr bestellen, bevor Juana ihn hörte. Als sie eine Flasche vor Juan hinstellte, griff er unter dem Tisch nach ihrem Oberschenkel. Juana zitterte. Sie wußte nicht, ob es Wirklichkeit war oder in ihrer Einbildung geschah.

Der Patron gab ihr die Erlaubnis zu gehen. Dieses Mal blieb Juana nicht. Sie zog ihren Mantel an und ging nach Hause. Sie spürte eine eigenartige, ruhelose und hartnäckige Wärme, die sich plötzlich an den unerwartetsten Stellen ihres Körpers bemerkbar machte.

In dieser Woche fand sie kaum Schlaf. Obwohl sie nicht viel an Juan dachte, kam ihr doch plötzlich der Gedanke, daß er in der Nähe sei, an der Straßenecke zum Beispiel oder unter ihrem Bett, und daß er sie gleich berühren würde. Als der Junge schließlich wieder im Lokal auftauchte, hatte er ölbefleckte Hände und ein großes Lächeln um den Mund. Er rief:

»Ein frisches Brötchen mit Bratenfleisch! Und ein halbes Dutzend Malzbier auf den Tisch! Señor Hernandez, dieses Mal sind Sie mein Gast!«

Er war froh, weil er endlich die Arbeit in der Garage hatte. Er unterhielt sich mit den Männern am Nebentisch und zahlte ihnen eine Runde Malzbier. Sein Lachen war selbstsicher, und noch nie hatte das Gold seiner Zähne unter dem Flaumbart, den er trotz seiner jungen Jahre schon stutzte, so geblitzt.

Als Juana dabei war, ein paar Gläser in dem kleinen angrenzenden Raum abzuspülen, teilten sich die Vorhänge, und Juan trat ein.

»Darf man, Sie wissen, das Bier...«, sagte er.

»Kommen Sie nur, ich wollte gerade gehen«, antwortete sie.

Aber sie rührte sich nicht. Im Spülbecken rauschte der Wasserstrahl heftig auf die Gläser. Jenseits des Vorhangs waren Stimmen zu hören und das Geräusch des Dominos auf dem Tisch. Das Zimmer war winzig und dunkel. Acevedo faßte Juana um die Taille und drückte sie an sich. Auf der Straße tönte eine Hupe durch die Nacht, und das Mädchen versuchte erschreckt, sich loszureißen. Aber nur eine Sekunde. Als sie sah, daß ein schmaler Lichtstreif Juans Gesicht wie eine Wunde zerschnitt, fuhr sie liebkosend mit dem Finger über diese Wunde. Er wühlte mit seiner heißen, öligen Hand in Juanas Halsausschnitt. Sie spürte, wie er sich hart und gefährlich an ihren Körper drängte, und hatte wieder Angst.

»Nein, nein, bitte...«

»Komm doch, Juana, sei nicht dumm.«

Er sagte nicht Namensschwester zu ihr. Sie riß sich heftig los und ging zur Theke zurück. Von dort hörte sie, wie Juan urinierte.

Sie war wütend, als sie nach Hause kam. Wütend, aber dabei voller Lust, ganz allein zu lachen und Dinge anzufassen. In dieser Nacht betastete sie, im Bett liegend, die Nacktheiten ihres Körpers, aber ihre Hände waren nicht wie die rauhen und heißen Hände des Jungen. Es dauerte lange, bis sie einschlafen konnte.

Danach kam Acevedo weniger oft in die Konditorei. Der Patron, der sentimental war, wie es sich für einen richtigen, dicken Junggesellen gehört, meinte, daß er jetzt, wo er Geld verdiente und seinen Verzehr bezahlte, lieber in flottere und beliebtere Lokale ginge.

Aber obwohl er nicht mehr so oft wie früher in Señor Hernandez' Lokal kam, kam er doch noch hin und wieder. Er tauchte gegen elf auf, wenn nur noch wenige Leute da waren und die Nacht klar, kalt und ruhig um die Straßenlaternen lag. Er kam, trank ein Malzbier, hielt einen kleinen Schwatz mit dem Patron und ging wieder. Juana sah er so gut wie nicht an. Aber sie hörte nicht auf, ihn zu beobachten: Er hatte sich einen kaffeefarbenen Anzug aus zweiter Hand gekauft. Das Jackett paßte gut, aber die Hose war ihm zu weit, so daß der Gürtel sie in der Taille bauschte. Trotzdem sah er nicht schlecht aus, vor allem, wenn er sich das bläuliche Tuch um den Hals gebunden hatte.

Eines Abends kam er fröhlicher denn je und erzählte, er müsse innerhalb von zwei Tagen nach Los Andes, um seinen Militärdienst anzutreten. Hernandez wünschte ihm Glück, und Juana lächelte ihm von der Theke aus zu. Aber dann ging sie in das Hinterzimmer, um ein bißchen zu weinen.

Als Juana an diesem Abend nach Hause ging, trat Acevedo ihr an einer Ecke in den Weg. Sie beschleunigte ihre Schritte und hielt sich eine Zeitung über den Kopf, um sich vor dem Nieselregen zu schützen. Er sprach sie an:

»Beeilen Sie sich doch nicht so. Warum haben Sie Angst vor mir?«

Juana verlangsamte ihre Schritte, ohne zu antworten. Eine Weile liefen sie schweigend. Dann faßte er sie um die Taille und führte sie in eine Straße ohne Beleuchtung.

»Kommen Sie«, sagte er und drängte sie zur Schwelle eines Hauses. »Ich möchte mich gerne von Ihnen verabschieden.«

Er umarmte sie, küßte sie auf den Mund. Sie ließ es geschehen, während sie die ganze angespannte Kraft des Jungen gegen ihren Körper spürte. Aber sie rührte sich nicht, weil sie nicht wußte, was sie tun sollte. Sie hatte Angst. Sie zitterte vor Kälte, als Juan ihre Bluse aufknöpfte. In der Tür erschien ein Hund, wedelte mit dem Schwanz und verschwand wieder. Aber wenn das Unbekannte, das sie zittern ließ, nicht geschähe, würde sie vor Verzweiflung sterben. Sie wollte sie nicht, und doch hätte sie es nicht ertragen, wenn sie verschwunden wären, diese gierigen, regennassen Hände, die die laue Haut ihrer Brüste liebkosten, ihre kleinen Brustwarzen, die gleich explodieren würden. Draußen fuhr ein Auto vorbei, der Junge hörte auf, bis das Licht verschwunden war, und machte dann weiter. Als ihr klar wurde, daß der Augenblick nahe war, begann Juana zu wimmern:

»Nein, nein, bitte, seien Sie nicht gemein, lassen Sie mich...«

Aber sie streichelte ihn, während er der Wärme ihres Bauches und ihrer Beine nachspürte. Plötzlich war der Schmerz da, grausam, aber sie wehrte sich nicht, weil Aufbegehren noch schlimmer wäre. Es wäre schlimmer, und sie würde ihn obendrein verlieren. Außerdem hatte er sie gegen den Türgriff gedrängt. Juan schnaufte und schnaufte, aber er sagte nicht Namensschwester zu ihr. Dann ließ er sich gegen den Körper seiner Gefährtin fallen, die wimmerte, vor Schmerz und Nässe. Unter ihren Empfindungen suchte sie nach einer, die sie Lust nennen könnte. Juans Gesicht war auf den Hals des Mädchens gesunken, und sie liebkoste seinen Nacken. Als sie an ihrem Ohr Juans Wimpernschlag spürte, mit dem er auf ihre Liebkosungen antwortete, murmelte Juana:

»Namensbruder…«

Er lachte, und sein Lachen war ein lauwarmer Hauch an Juanas Hals.

»Namensschwester…«, antwortete er.

Und eine Weile blieben sie reglos, beide erschöpft und traurig und unbequem.

Dann begleitete Juan Acevedo seine Freundin zu ihrer Wohnung, im nächsten Häuserblock. Sie fragte ihn, wie lange er in Los Andes bleiben würde, und er sagte, mindestens ein Jahr. Er war froh. Juana freute sich mit ihm. An der Haustür wünschte sie ihm viel Glück, und sie gaben sich zum Abschied die Hand. Juans Hand war warm, weil er sie in der Hosentasche gehabt hatte. Ihre Hand war sehr klein und kalt und matt.

Als Juana zu Bett ging, fühlte sie einen schrecklichen Schmerz. Aber da sie müde war, schlief sie rasch ein, während sie an das Gesicht dachte, das Rosa am nächsten Tag machen würde, wenn sie ihr erzählte, daß sie endlich ›was Festes‹ hatte.

Ihr Vater lebte in der Hauptstadt, wie es überhaupt seine Gewohnheit war, der Ruf von der Schönheit seiner Töchter flog durch das Land – Gesellschaft an Gesellschaft drängte sich, Glanz an Glanz strömte allerwärts, und manches Herz schlug heftig und unruhig nach dem Besitze der Kleinode, die in dem Meere dieses Glanzes schwammen – aber die Kleinode achteten dessen nicht, oder verstanden es nicht: Brigitta war ein dunkler unheimlicher Punkt in diesem Glanze, man wußte nicht, suche sie denselben, oder verachte sie ihn; oft stand sie mitten drinnen, umhüllt von dem weiten schwarzseidenen Kleide, das sie immer trug, oft mied sie ihn, und saß auf ihrem Zimmer – man wußte auch nicht, was sie dort tat – dennoch war es eben eine solche Gesellschaft, in der sich ihr künftiges seltsames Schicksal erfüllen sollte.

Es war damals die ganze Stadt voll Gerede über einen jungen Mann, Stephan Murai, der als eine Erscheinung unerhörter Art aufgetaucht sei. Weiß Gott, in welchem Walde ihn sein Vater erzogen, und dann in die Welt geschleudert habe – auf einmal war er da, und machte großen Aufwand. Er hatte Reisen gemacht, und besuchte nun die gewählte Gesellschaft seines Vaterlandes. Einige wollten nie etwas Schöneres gesehen haben, als ihn, andere rühmten seinen Adel und sein Benehmen, dann sein Genie, seine Bescheidenheit, u. s. w. – andere aber redeten von seinem wildscheuen Charakter. Der alte Graf Marosheli hatte seinen verstorbenen Vater, auch ein Sonderling, gekannt, er kannte auch den jetzigen Zustand und Wert der Güter, und dachte, wenn der Mann von reinen Sitten und festem Charakter sei, so wäre er ein erwünschter Bräutigam für eine seiner Töchter – ähnliches dachten aber auch andere Väter und Mütter, und manches junge weibliche Herz war wenigstens neugierig, ihn zu sehen: nur Brigitta mochte die einzige sein, an der solche Gespräche völlig abglitten, und dennoch war sie es allein, die von diesem Manne unsägliches Glück und Wehe empfangen, und ihm auch unsägliches Glück und Wehe bereiten sollte. Es trafen hier zwei Charaktere zusammen, die so weit über das Maß des Tages hinausragten, daß es nicht anders sein konnte, als daß sie sich an einander rissen und Blitze warfen – ob segnend ob zerstörend, wer konnte das wissen – sie selbst nicht.

Aus einer unbegreiflichen Ursache, wenn es nicht Fügung war (denn sie tat es sonst nie), ließ sich Brigitta von ihrem Oheime bewegen, einem seiner Abendfeste beizuwohnen. Sie war in dem gewöhnlichen schwarzen Kleide und einem abenteuerlichen Kopfputze erschienen, den die Schwestern häßlich nannten, wenigstens war er in der ganzen Stadt nicht Mode, aber er stand zu ihrer dunklen Farbe gut, beinahe fantastisch.

An jenem Abende nun war es, daß sie einmal durch einen Menschenknäuel blickend, ein Paar große, dunkle, sanfte Jünglingsaugen auf sich geheftet fand – sie erschrak und ergrimmte fast – aber noch öfter des Abends, wenn sie hinsah, begegnete sie denselben Augen, still und suchend gegen sie gerichtet – sonst war der Mann sehr zurückgezogen und scheu. Es war Stephan Murai, der sie angeblickt hatte.

Ein andermal wurde bei ihrem Vater getanzt, sie ging in

den Saal – da kam sogleich Murai auf sie zu, und bat mit sanfter Stimme um einen Tanz – sie aber warf im höchsten Erstaunen ihre glänzenden Augen auf sein Antlitz, sagte, daß sie nie tanzen gelernt, wandte sich wild ab, und trat an ein Fenster. Er kümmerte sich nun nicht mehr um sie, sprach, scherzte und tanzte mit andern: aber wenn nun *sie* nach ihm blickte, so sah sie dieselben schönen, geistreichen, lodernden Augen, die früher auf sie geschaut, und es däuchte ihr, als wären diese Augen zu viel tieferen Dingen gemacht, als eben rings um dieselben aufgeführt wurden. In dieser Nacht, als sie sich entkleidete, schoß sie im Vorbeistreifen einen Blick in den Spiegel, und sah die braune Stirne durch denselben gleiten, und die rabenschwarze Locke, die sich um die Stirne schlang. Ein Hohnlächeln war um ihre Züge. Später lag sie mit den schlaflosen Augen auf dem schlanken Arme.

Und oft und oft waren Feste, und immer sah sie sich von demselben dunklen rätselhaften Männerauge gesucht, das sanft hinblickte, wenn sie sprach, und zu trauern schien, wenn sie sich an andere Dinge wandte – es war ihr unglaublich, unbegreiflich – wann sie ging, brachte er ihr das Tuch, wenn sie fort war, hörte man auch sogleich seinen Wagen durch die nächtlichen Gassen rollen – ja als sie einmal bei ihrem Oheime wegen Hitze aus dem Saale auf den Balkon hinausgetreten war, und dichte Nacht um sie lag: vernahm sie seinen Tritt zu ihr, und vernahm sie seine Stimme, sie wußte die Worte nicht mehr, aber daß die Stimme gebebt habe, wußte sie, daß sie flehend an der Hand gefaßt wurde, wußte sie – und wie sie sich stolz abgewendet, wie sie zu Hause und in ihrem Zimmer war, und wie sie den Putzflitter Stück um Stück vom Leibe genommen, trat sie im Nachtgewande vor den Spiegel, und sah lange, lange hinein – dann floß zuerst sanft und langsam *eine* Träne aus ihrem Auge, dann eine zweite, dann immer mehr und mehr, es waren die ersten Seelentränen in ihrem ganzen Leben, aber sie brachen nun so heiß und flutend, so gewaltsam und in solchen Strömen hervor, als müßten sie in diesem Momente ein ganzes versäumtes Leben nachholen, sie meinte, wenn sie nur das heftige Herz heraus geweint hätte, dann müßte ihr leichter sein. Sie war in die Knie gesunken, und mußte ein zufällig da liegendes Bildchen – es war ein Kinderbildchen, auf dem dargestellt war, wie sich ein Bruder für den andern opfere – dieses Bildchen mußte sie unaufhörlich, und mit Glut auf ihre Lippen drücken, bis es ganz zerknittert und durchnäßt war.

Endlich, da die Quellen doch versiegt waren, und die Kerze herabgebrannt, saß sie noch, wie ein ausgeweintes Kind auf der Erde, vor dem Spiegeltische, und sann und brütete – die Hände lagen in dem Schoße, die Schleifen und Krausen des Nachtgewandes waren feucht, und hingen ohne Schönheit um den keuschen Busen – sie ward stiller und stiller – endlich schöpfte sie ein paar Mal frischen Atem, wischte sich mit der flachen Hand die Augenwimpern ab, und ging zu Bette: allein noch spät, als schon der Schlummer um die ermatteten Augen spielte, schlüpfte noch der Hauch der leisen Worte über ihre Lippen: »Es ist nicht möglich, es ist ja nicht möglich!«

Darum geschah es auch, als wieder einmal eine Gelegenheit kam, wo er sie allein sprechen konnte, und als er sie bat, sie möchte ihn doch kennen lernen, vielleicht sei er ihrer nicht so ganz unwert, daß sie mit fester Sanftmut antwortete: »Tun Sie es nicht, tun Sie es nicht, werben Sie nicht um mich, Sie würden es bereuen.«

»Warum denn, Brigitta, warum denn?«

»Weil«, antwortete sie leise, »weil ich keine andere Liebe fordern kann, als die allerhöchste, ja eine höhere, als das schönste Mädchen dieser Erde – ich weiß selbst nicht, wie hoch, aber mir ist, als sollte sie ohne Maß und Ende sein. Seh'n Sie, da nun dies unmöglich ist, so werben Sie nicht um mich – Sie sind der Einzige, der darnach fragte, ob ich auch ein Herz habe – gegen Sie kann ich nicht falsch sein. – –«

Sie hätte vielleicht noch mehr gesagt, wenn nicht Leute herzu gekommen wären, aber ihre Lippe bebte vor Schmerz.

Daß Murais Herz durch diese Worte nicht beschwichtigt, sondern nur noch mehr entflammt wurde, begreift sich, – waltete nun ein rätselhaftes Verhängnis über diesen zwei Menschen, oder waren sie von einem Zuge ihrer Seelen getrieben: es mußte sich erfüllen – wie an einem Engel des Lichtes hing fortan sein Auge auf ihr, den größten Schönheiten flog es vorüber, das ihre zu suchen, das nun auch begann im tiefen Gefühle und in dunkler Leidenschaft zu lodern – die Umgebungen begannen das Unglaubliche zu ahnen, und man erstaunte unverhohlen – Murai drückte seine Liebe und Verehrung nur noch offner und entschiedner vor dem Angesichte aller Welt aus – Brigittas Herz schwoll namenlos voll Stolz und Liebe – und eines Tages in einem einsamen Zimmer, da ferne die düstre Musik scholl, da er vor ihr stand bittend und beschwörend, da sein trübes, ernstes, aufrichtiges Auge so nahe an ihrem schwebte, da vergaß sie sich, sie schlang mit eins den Arm um ihn, und empfing den Kuß des heißgeliebten Mannes – und nie, hatte er selbst nach langen Jahren noch gesagt, nie habe er mehr die reine Freude empfunden, wie damals, als er zum ersten Male diese vereinsamte, selbst von keiner Mutter noch berührte Lippe auf der seinen fühlte.

Ich wollte das nicht. Ich begreife nicht, wie es so weit kommen konnte. Es war nur ein Blick. Es fing damit an, daß er mich ansah, nicht flüchtig und auch nicht neugierig. Er sah mich an, wie mich seit Jahren kein Mann mehr angesehen hatte. Ich hatte die Fenster offen gelassen, und er war einfach eingestiegen.

Ich war aufgewacht, im dunklen Zimmer, aus einem Traum heraus, dachte, in meinem Traum ist etwas herumgetappt, aber ich hörte immer noch eine leise Bewegung im Haus, wollte nicht glauben, daß da jemand ist, nach all den Jahren, in denen nie etwas war, wollte weiterschlafen und stand doch auf, ohne Licht zu machen, ging barfuß die Treppe hinunter.

Unten im Flur tastete ich nach dem Lichtschalter. Auf einmal war es hell, und in der Wohnzimmertür stand ein Mann, stand da und blinzelte ins Licht. Ich wollte schreien. Da sah ich, daß er sehr jung war, und hatte keine Angst mehr, ging auf ihn zu, redete, ich weiß nicht mehr was, irgend etwas. Er rührte sich nicht und sagte nichts, schaute mich mißtrauisch an, und als ich vor ihm stand, packte er mich hart am Arm. Sein Mund zuckte, und ich wußte, eine falsche Bewegung, und er schlägt zu, aber sein Blick hatte nichts Gewalttätiges, eher etwas Fragendes. Und etwas Erstauntes.

– Ich koche Tee, sagte ich, und er ließ los und steckte die Hand in die Hosentasche, und ich drehte mich um, spürte meinen Rücken, den Nacken, den Hinterkopf, wenn er ein Messer, wenn er in den Rücken hinein. Ich ging zur Küche, sah mich, wie er mich von hinten sah, im

Nachthemd, barfuß, mit plattgedrückten Haaren. Er folgte zögernd und blieb dann stehen, mitten im Raum.

– Setzen Sie sich, sagte ich, während ich den Küchenschrank öffnete und die Teedose herausholte und Tassen bereitstellte, und noch einmal – Setzen Sie sich, weil er sich nicht rührte. Ich zog einen der immer leeren Stühle vom Tisch weg, sah aus den Augenwinkeln, wie er sich mürrisch, verlegen auf die Stuhlkante setzte, und hantierte belustigt in der Küche, als plötzlich das Geschirr vom Tisch flog und in der nächtlichen Stille auf dem Boden zerschellte. Ich bückte mich und sammelte die Scherben auf, eine nach der anderen, und versuchte, mich an die Nummer des Überfallkommandos zu erinnern und dachte, die spitzen Scherben in der Hand und einen Henkel am kleinen Finger, ich sollte fortlaufen, aus dem Haus, zu den Nachbarn, trug die Scherben zum Mülleimer, ohne ihn anzuschauen, und stellte zwei neue Tassen auf den Tisch und sagte: Bitte, ich habe nicht so viel Geschirr, und goß das kochende Wasser über den Tee, während er mit vor der Brust verschränkten Armen zusah.

Wenn ich auch den Augenblick nicht wiederfinde, wo ich nicht mehr zurück konnte, so weiß ich doch genau, wann ich seine Stimme zum ersten Mal hörte und was er sagte. Er sagte, er sagte es sachlich: Glauben Sie nur ja nicht, Sie können die Polizei rufen. Und ich hatte mich so weit erholt, daß ich erstaunt fragen konnte: Warum sollte ich die Polizei rufen?

Bis dahin ist mir alles klar. Ein Dieb war in mein Haus eingedrungen, er war jung, und ich hielt ihn mit der Gelassenheit meines Alters in Schach. Plötzlich war es so still in der Küche, daß das leise Rauschen der Autobahn von fern her zu hören war. Beide sahen wir schweigend in unsere Tassen hinein. Ich spürte noch den Druck seiner Hand auf meinem Arm, das ungekämmte Haar, das unansehnliche Nachthemd machten mich verlegen, die Sicherheit verging mir, ich wagte nicht mehr aufzublikken, ihn anzusehen, spürte, wie mein Mund trocken wurde und sah dann doch auf, direkt in seine Augen, die mich anschauten, als sähe er mich jetzt zum ersten Mal, mit einer Zärtlichkeit, deren ich mich nicht erwehren konnte. Ich vergaß, wie er gekommen war, sein Hemd stand offen, und draußen wurde es hell, der erste Vogel fing an zu singen.

Als er mich fragte, ob ich allein lebe, hätte ich sagen sollen, nein, oben schläft mein Mann, und ich wäre in Sicherheit gewesen. Er hätte seinen Tee ausgetrunken und wäre gegangen. Ich hätte die Haustür für ihn aufgeschlossen und mich von ihm verabschiedet wie von irgendeinem Besucher, und dann hätte ich den Schlüssel zweimal herumgedreht und die Fenster im Wohnzimmer geschlossen, und vielleicht hätte ich sogar die Polizei angerufen. Aber ich nickte, ohne ihn anzusehen, wußte, daß ich jetzt aufstehen und ins Bad gehen konnte, um mir die Haare zu kämmen, dachte in den Spiegel hinein, du bist verrückt, hättest du, warum hast du nicht, hatte es eilig, wieder in die Küche zu kommen. Du mußt ihm jetzt sagen, daß er gehen soll.

Als ich zurückkam, war er aufgestanden, hatte die Arme wieder vor der Brust verschränkt, und ich dachte, du brauchst es ihm gar nicht zu sagen, wagte nicht zu fragen, ob er noch Tee wolle, die Nachbarn würden bald aufstehen, es war gut, wenn er jetzt, solange ihn niemand. Aber er ging nicht, schaute aus dem Fenster in den dämmernden Morgen hinaus, drehte sich dann zu mir um, und ich vergaß die Nachbarn und ließ zu, daß er mich an sich zog, spürte seinen jugendlichen Körper, mitten in der Küche, mitten zwischen den weißen Küchenmöbeln war ich einen Augenblick lang klein und geborgen. Aber dann sah ich zu ihm auf ins Licht der Küchenlampe, und die Falten in meinem Gesicht fielen mir ein, während er mich küßte mit Lippen, die behutsam waren wie ein Tiermaul. Ich weiß noch, daß ich glaubte, er würde gehen, als er unvermittelt, fast grob, losließ, aber er ging nicht, sah auf einmal hilflos aus, daß ich ihm übers Haar strich, die schwarzen Haare aus der Stirn, mich wieder hinsetzte, Tee einschenkte, in der Verwirrung.

An den schrecklichen Nachmittag, als er gegangen war, mit einer kurzen Umarmung in der offenen Haustür, erinnere ich mich genau. Ich hatte geglaubt, ruhiger geworden zu sein in den letzten Jahren, war mir meiner so sicher gewesen. Aber schon als ich die Küche aufräumte, spürte ich die ersten Anzeichen. Das Haus war leer wie lange nicht mehr. Ich setzte mich an den Tisch und rauchte, eine Zigarette und noch eine, alles stand reglos. Es regnete. Nur diese rinnenden Tropfen an den Fensterscheiben, der Himmel grau, der Garten trostlos. Ich verkroch mich ins Bett und versuchte zu schlafen. Warum hast du, könnte dein Sohn, mein Sohn könnte das sein. Seine Hände, so schmal und kräftig. Ich stand auf und zog das Bett ab. Der Geruch blieb. Und die Scham. Nicht mehr dran denken, kann es vergessen, nicht ans Telefon, ihn nie wiedersehen. Und als ich es in den folgenden Tagen tatsächlich über mich brachte, das Telefon klingeln zu lassen, dachte ich, du hast doch gelernt. Bloß hatte ich zu nichts Lust, trieb mich in der Wohnung herum, hockte am Küchentisch und rauchte, lag im Bett und rauchte, und manchmal erinnerte ich mich, wie er den Arm ausgestreckt hatte, damit ich mich in die Armbeuge legen konnte, der beißende Geruch seiner warmen, schweißfeuchten Schulter.

Wäre ich doch nicht schwach geworden. Aber das Haus war zum Verrücktwerden leer. Wenn ich eine Platte auflegte, machte die Musik mich nervös, und wenn ich sie abstellte, machte die Stille mich noch nervöser. Es regnete, es regnete tagelang, und der Himmel war trüb, wie ich in meiner Vernunft. Dann gab ich auf, ich weiß nicht mehr wann, irgendwann ging ich ans Telefon.

Ich hörte kaum, was er sagte, horchte nur auf die Stimme, und es war, als läge ich neben ihm, mit geschlossenen Augen, satt und schwer. Ich antwortete, ohne zu wissen was, und kam erst wieder zu mir, als ich den Hörer aufgelegt und die Einladung angenommen hatte. Und sofort dachte ich, natürlich gehst du nicht hin, auf gar keinen Fall gehst du. Jeder würde sehen, daß wir nicht Mutter und Sohn. Nicht mehr daran denken. Leben wie zuvor. Und ich ging zur Nachbarin hinüber, eine Lüge bereit, sollte sie mich nach dem jungen Mann fragen, der neulich das Haus verlassen hatte. Nur ein paar Worte, bloß nicht rechtfertigen, und alles beim alten, diese beschämende Geschichte wie nie gewesen.

Ich erinnere mich nicht mehr, warum ich hinging. Ich weiß nur noch, daß ich in der Nacht zuvor, kurz vor dem Einschlafen, einen Augenblick lang den schweren Duft seines verschlafenen Körpers gerochen hatte, am Morgen aber ernüchtert und vollkommen vernünftig aufgewacht war. Wahrscheinlich wurde ich übermütig, weil ich mich so sicher fühlte, und vielleicht dachte ich auch, du kannst den Jungen nicht einfach sitzenlassen. Auf jeden Fall erwischte ich mich dabei, wie ich mich umzog, obwohl ich mich gar nicht entschlossen hatte hinzugehen. Ich weiß noch ganz genau, wie ich im Auto saß, verstimmt, weil ich zu früh war, mich fragte, was tust du hier, mit dem Gedanken spielte, wieder nach Hause zu fahren.

Er sah ganz anders aus, als ich ihn in Erinnerung hatte. Noch jünger, bloß schön, zu schön und viel zu lässig. Ich ging auf seinen Tisch zu und fragte mich, wie ich diesen Abend jemals hinter mich bringen sollte, schämte mich, weil ich gekommen war.

Ich denke nicht gerne daran, wie ich ihn mit weit ausgestreckter Hand begrüßte und, kaum daß ich saß, anfing, in meiner Tasche nach den Zigaretten zu kramen. Er hielt mir sein Päckchen hin und sagte, ich weiß nicht mehr was, weiß nur noch, daß ich erstaunt war, als er mich duzte, daß ich würdig auf meinem Stuhl saß, den Rauch ausblies und verwirrt war, als er mich fragte, was ich essen wolle. Ich starrte auf die Karte, am liebsten hätte ich gar nichts gegessen. Heute weiß ich, daß auch er verlegen war und deshalb redete, während ich ihn ansah und nicht zuhörte. Auf dem Tisch brannte eine Kerze, und ich beobachtete seine Hand, wie sie langsam unter das offene Hemd fuhr, über die Haut strich, zur Schulter hin, auf der Armkugel liegenblieb, dort, wo sie glatt und rund und fest ist, und als ich wieder zuhörte, saß eine alte Frau mit wirrem Haar stocksteif im Bett und kreischte Diebe, Mörder, schrie noch, als er sich längst umgedreht hatte, geflüchtet war, zum Fenster hinaus, an der Regenrinne hinunter, über sich dieses gellende Diebe, Mörder, und er war schnell, aber nicht zu schnell die Straße hinuntergegangen, hinter sich das allmählich leiser werdende Diebe Mörder. Und er aß und lachte, und ich lachte auch und dachte, mein Gott, hoffentlich hört keiner zu. Er sah mich ein wenig spöttisch an, und nach dem Essen entzündete er zwei Zigaretten, reichte mir eine herüber und berührte dabei ganz leicht meine Hand, und plötzlich grinsten wir beide, grinsten uns an, als hätten wir Kirschen gestohlen und säßen nun hinter einem Mäuerchen versteckt und spuckten die Kerne aus.

Ich erinnere mich daran, daß ich mir eine Zeitlang einredete, muß aufhören, machst dich lächerlich, muß aufhören, brauche einen Mann, einen Mann brauche ich und kein Kind. Wie töricht, mir einzubilden, ich sei entschlossen, fest entschlossen, diese Geschichte zu beenden, ein für allemal, sobald er wieder anruft. Er rief nicht an. Zuerst wurde ich unruhig, dann wütend, und schließlich hatte ich Sehnsucht und wartete und wartete und horchte auf das Telefon, das nicht klingeln wollte, und verfluchte ihn und schlief nicht mehr und dachte, vielleicht haben sie ihn schon, und erschrak, wenn ich Polizei auf der Straße sah. Einmal fuhr am Haus ein Polizeiwagen vorbei, in dem zwei junge Polizisten saßen, die mich unverschämt musterten. Da war ich sicher, daß sie ihn erwischt hatten, und wollte es nicht glauben, als er am Tag darauf vor der Tür stand, im Regen, lachend, mit einem tropfenden, duftenden Blumenstrauß.

Ich vergesse nicht, wie er mich in den Regen hinauszog. Die Tropfen fielen uns warm ins Gesicht, und er stellte mir die Bäume im Tannenwäldchen vor, in dem ich sonst immer alleine spazierenging, von Innstetten, sagte er, ein Herr mit Grundsätzen, sterbenslangweilig, und es tropfte von den Zweigen einer ehrwürdigen alten Tanne, der Duft nach Tannennadeln und der Boden weich, und als wir aus dem Wald herauskamen, hatte es aufgehört zu regnen. Die Sonne schien, vor uns das hügelige Land, Weiden, das Gras stand noch nicht hoch, noch frisch das Grün und darunter noch sichtbar die wollüstigen Rundungen der Erde. Wir kletterten über einen Weidezaun und stiegen einen Hügel hinauf, und oben spürte ich das rissige Holz eines Baumstammes im Rücken, an den Baum gepreßt, die kratzende Borke, seinen Körper, die Hände, und ich dachte, dafür bist du zu alt. Wir glitten hinab in das feuchte Gras. Den Himmel sah ich, oben, der nicht mehr grau war. Ich sah in einen kleinen blauen See in den Wolken, und das Gras roch frisch und ein bißchen scharf.

Die Erinnerung kommt und geht. Manchmal, wenn ich an etwas ganz anderes denke, ist sie plötzlich da, und so sehr ich mich auch bemühe, sie abzuschütteln, es ist nichts zu machen. Dann wieder, wenn ich tagelang wie ein Stein bin und lieber den Schmerz ertrüge, entzieht sie sich, ich habe alles vergessen, bin wie eine vernagelte Tür. Wenn ich aber endlich in den Alltag zurückgefunden habe und nichts mehr wissen will, dann liegt dieser Junge auf einmal wieder da und sagt: Ich will nicht funktionieren. Will mich nicht einspannen lassen. Will mich nicht gewöhnen.

Ich fühlte mich überlegen. Wenn alle so denken würden, wenn jeder? Und die Leute, die er bestiehlt, die sollen arbeiten? Habe ich mir damals wirklich eingebildet, ich sei geheilt? Doch, ja, ich dachte, jetzt oder nie, und versuchte, mich von ihm zu trennen. Ich wartete auch nicht, nicht in den ersten Tagen.

Das war eine Zeit, in der jeder mir sagte, ich sähe gut aus, und ich schaute nicht mehr resigniert in den Spiegel, sondern lachte mir zu, als sei etwas hinter der Zeit und meinem Entschluß zurückgeblieben. Und dann merkte ich, daß ich wartete. Ich merkte es daran, wie ich zum Telefon stürzte, wenn es klingelte, wie ich aufhorchte, wenn ein Wagen vor dem Haus parkte. Und als er nach einigen Wochen vor der Tür stand, war er da und das Haus wieder bewohnt. Ich lehnte mich an ihn, sah aus dem Fenster in den verwilderten, sonnenbeschienenen Garten hinaus.

War es dieser Augenblick? Von Zeit zu Zeit irre ich in meinem Gedächtnis umher und suche nach dem einen Augenblick. Sollte ich jemals vor Gericht stehen, werden sie ihn genau bestimmen können. Sobald sie sich bereit erklärten, den Schmuck. Aber ich glaube nicht, daß es an dem Tag war, an dem er die Ketten und Armbänder brachte und wir uns zum ersten Mal stritten. Er hatte den Schmuck auf den Tisch gelegt und gefragt: Kannst du das eine Weile für mich aufheben? Es ging nicht darum, daß die Sachen gestohlen waren. Darüber war ich zu dieser Zeit schon hinaus. Sondern daß ich dachte, er benutzt mich, mißbrauchen will er mich.

Schweigend kochte ich Tee. Schweigend rauchte er, deckte ich den Tisch, während er die Arme vor der Brust verschränkt hielt, die Zigarette im Mundwinkel, die Augen zusammengekniffen, um sie vor dem Rauch zu schützen. Ich betrachtete das Muster der Tischdecke, die weißen und blauen Blümchen, umrahmt von weißen und blauen Vierecken, und einen Teefleck, feucht neben seiner Tasse. Als ich aufblickte, sah er verschlossen aus.

– In meinem Keller gibt es ein Loch, sagte ich. Da können wir es verstecken. Und ich nahm eine der Ketten in die Hand und dachte, jetzt hängst du mit drin. Ein paar Tage lang war ich verstört. Aber das gab sich bald. Ich weiß auch genau, wann. Das war, als er mir half, die Reisetasche zu schließen. Ich kann es auch heute noch nicht erklären, dieses Gefühl der Geborgenheit beim Anblick seines Armes. Ich weiß nur, daß ich mich mit dem Schmuck im Keller abfand, als ich ihn meine Tasche tragen sah.

Vielleicht war es während der Reise. Vielleicht schon am ersten Tag, als wir die Schuhe auszogen und über die Felsen kletterten. Er legte den Arm um meine Hüften, und wir wateten ins Wasser. Dann ließ er los, um zu schwimmen. Vielleicht war es der Augenblick, als er lachend aus dem Wasser auftauchte, sich die nassen Haare aus dem Gesicht strich, und das Meer roch nach Salz und Fisch. Oder es war die Nacht am Strand, als wir am Wasser saßen, die Wellen hörten, nur ein dünner Mond, und das immer gleiche Auf und Ab ohne Anfang und ohne Ende. Vielleicht war es aber auch ganz anders, und es erging mir wie dem Reisenden, der in ein Haus kommt, in dem nichts ihm vertraut ist, nicht sein Gastgeber, nicht das Bett, nicht der Geruch seines Zimmers. Und so wie der Reisende, ohne daß es ihm bewußt wird, sich jeden Tag ein bißchen mehr an das fremde Haus gewöhnt, so kann auch er mein Zuhause geworden sein, dieser heftige Mensch, der vor seinen Ängsten davonlief, ihnen entgegenlief, dieser Alltagshasser, der sich verbrauchte in den Sonntagen, die er sich schuf.

Ich war nicht dabei, als sie ihn erwischten. Er wollte nicht, daß ich mitkomme.

– Diesmal nicht. Es ist zu riskant. Das war das letzte,

was er gesagt hat. Erst war ich gekränkt, dann war ich wütend, dann fing ich an, mir Sorgen zu machen, und dann war auf einmal das Mißtrauen da. Und wenn er gar nicht, wenn er ein Mädchen kennengelernt hat, ein junges Mädchen, und mit dem Mißtrauen kam die Angst, die Angst, ihn an dieses Mädchen zu verlieren, ein Mädchen mit festen Brüsten und einem noch jungen Körper, und schon fragte ich mich, wie sie heißt und wie lange er sie wohl kannte, schon war ich ganz sicher, daß er mich belogen hatte, sonst hätte er mich ja mitgenommen, und ich dachte nur noch an dieses Mädchen mit dem jungen Gesicht. Ich versuchte, mich damit zu trösten, daß sie vielleicht dumm und gewöhnlich war, und fühlte mich dennoch unterlegen, weil sie ohne Mißtrauen war, ohne Schwermut, dumm aber unverbraucht, und ich konnte es ihm nicht einmal übelnehmen, sie paßte besser zu ihm. Bis zum Morgen lag ich im Bett und wartete, und als es hell wurde und er immer noch nicht gekommen war, stand ich auf und zog mich an. Ich brauchte nicht in den Spiegel zu sehen, um zu wissen, daß ich mein altes Gesicht wiederhatte.

Ich wartete den ganzen Tag. Am Abend hielt ich es nicht mehr aus. Ich suchte in Cafés und Kneipen und Bars, und jedesmal, wenn ich eine Tür öffnete, die Hoffnung, hier wird er sein, und manchmal, wenn ich von ferne einen jungen Mann sah, dachte ich, das ist er. Ich schaute in alle Gesichter hinein und sah keines und dachte, vielleicht liegen sie noch im Bett.

Als ein Polizeiwagen langsam an mir vorbeifuhr, kehrte ich um, nach Hause. Noch im Mantel fing ich an zu trinken. Ich wartete und trank und wartete und horchte. Kurz bevor ich wach wurde, hatte ich einen Augenblick die wahnsinnige Hoffnung, er sei in der Nacht gekommen und liege jetzt neben mir. Ich hielt die Augen noch eine Weile geschlossen, fast glücklich, fast sicher, daß er da war und ich nur den Arm auszustrecken brauchte, um ihn zu berühren. Ich nahm mir vor, ihm keine Vorwürfe zu machen, und obwohl ich genau wußte, daß er nicht da lag, tastete ich das Bett ab.

Ich erinnere mich, daß ich die Zeitung aufschlug und den Satz las: *Er führte ein Leben, das uns allen ins Gesicht schlug*. Ich erinnere mich, daß ich aufstand und die Fenster aufmachte, weit auf.

Ljubotschka tat, als pflücke sie irgendwelche amerikanischen Früchte von einem Baum, und plötzlich riß sie ein Blatt ab, auf dem eine riesige Raupe saß. Sie warf es erschrocken auf die Erde, hob die Hände und sprang zurück, als fürchtete sie, daß die Raupe sie bespritzen würde. Wir hörten auf zu spielen, warfen uns alle auf die Erde und steckten die Köpfe zusammen, um diese Seltenheit zu betrachten.

Ich schaute über Katenkas Schulter; sie versuchte, die Raupe auf ein Blatt kriechen zu lassen, das sie ihr in den Weg hielt.

Ich hatte schon früher bemerkt, daß viele Mädchen die Gewohnheit haben, mit den Schultern zu zucken, um durch diese Bewegung das herabgeglittene ausgeschnittene Kleid wieder an die richtige Stelle zu bringen. Ich erinnere mich noch, daß Mimi sich immer über die Bewegung ärgerte und sagte: »C'est un geste de femme de chambre.« Als Katja sich über die Raupe beugte, machte sie diese Bewegung, und gleichzeitig hob der Wind das Tuch um ihren weißen Hals. Ihre kleine Schulter war bei dieser Bewegung nur zwei Fingerlängen von meinen Lippen entfernt. Ich schaute nicht mehr auf die Raupe, ich sah nur noch Katenkas Schulter, und auf einmal küßte ich sie mit aller Kraft. Katenka dreht sich nicht um, aber ich sah, wie ihr Hals und ihre Ohren erröteten. Wolodja sagte, ohne den Kopf zu heben, voller Verachtung:

»Was sind denn das für Zärtlichkeiten?«

Ich hatte Tränen in den Augen.

Ich verwandte kein Auge von Katenka. Ich war schon

lange an ihr frisches Gesichtchen und ihre blonden Haare gewöhnt und hatte es immer liebgehabt; aber jetzt begann ich es aufmerksam zu betrachten und gewann es noch lieber. Als wir wieder zu den Erwachsenen kamen, erklärte Papa zu unserer großen Freude, unsere Abreise sei auf Mamas Bitte bis morgen früh verschoben worden.

Auf dem Heimweg ritten wir neben dem Kremser. Wolodja und ich wollten unsere Reitkünste zeigen und einander an Schneid übertreffen und tummelten unsere Pferde neben dem Wagen. Mein Schatten war länger als vorher, und deshalb glaubte ich, das Aussehen eines ziemlich stattlichen Reiters zu haben, aber meine Selbstzufriedenheit erlitt bald einen argen Stoß: Ich wollte endgültig die Bewunderung aller Insassen des Wagens gewinnen, blieb darum ein wenig zurück, trieb mein Pferd mit Peitsche und Schenkel an, gab mir eine ungezwungen-anmutige Haltung und wollte in vollem Galopp an ihnen vorbeisausen, und zwar an der Seite, wo Katenka saß. Ich wußte nur nicht, was besser sei: schweigend vorbeizugaloppieren oder mit lautem Geschrei. Aber sobald mein Pferd die Wagenpferde erreicht hatte, blieb dieser unausstehliche Klepper trotz aller meiner Anstrengungen so unerwartet stehen, daß ich aus dem Sattel auf den Hals flog und um ein Haar heruntergefallen wäre.

»In wen bist du verliebt?« fragte Lord Henry nach einer Pause.

»In eine Schauspielerin«, sagte Dorian Gray errötend.

Lord Henry zuckte die Achseln. »Das ist ein recht gewöhnliches Debüt.«

»Das sagtest du nicht, wenn du sie sähest, Harry.«

»Wer ist es?«

»Sie heißt Sibyl Vane.«

»Habe nie von ihr gehört.«

»Niemand kennt sie. Aber die Menschen werden eines Tages von ihr hören. Sie ist ein Genie!«

»Mein lieber Junge, kein Weib ist ein Genie. Die Weiber sind das dekorative Geschlecht. Sie haben nie etwas zu sagen, aber sie sagen es entzückend. Die Weiber verkörpern den Triumph der Materie über den Geist, so wie die Männer den Triumph des Geistes über die Moral vorstellen.«

»Harry, wie kannst du!«

»Lieber Dorian, das ist sehr wahr. Ich bin gerade mit einer Analyse der Weiber beschäftigt, daher muß ich es wissen. Der Gegenstand ist nicht so verworren, wie ich dachte. Ich finde, es gibt schließlich nur zwei Arten von Frauen, die schlichten und die geschminkten. Die schlichten sind sehr nützlich. Wenn du in den Ruf der Ehrbarkeit kommen willst, mußt du nur mit einer von ihnen zu Abend essen gehn. Die andern Frauen sind sehr reizend. Einen Fehler jedoch begehen sie: sie gebrauchen Farbe in der Absicht, jung auszusehen. Unsere Großmütter gebrauchten Farbe, um glänzend zu plaudern. *Rouge* und *Esprit* gingen gewöhnlich zusammen. Das ist jetzt alles vorbei. Solange eine Frau zehn Jahre jünger aussehn kann als ihre Tochter, ist sie völlig zufriedengestellt. Was die Unterhaltung angeht, so gibt es nur fünf Frauen in London, mit denen es sich zu reden lohnt, und zwei davon sind in anständiger Gesellschaft unmöglich. Indessen, erzähle mir von deinem Genie! Seit wann kennst du sie?«

»Ach, Harry, deine Worte entsetzen mich!«

»Kümmere dich nicht darum. Seit wann kennst du sie?«

»Seit ungefähr drei Wochen.«

»Und wie kamst du mit ihr zusammen?«

»Ich will es dir erzählen, Harry; aber du darfst es nicht leichthin nehmen. Schließlich wäre es nie dazu gekommen, wenn ich dich nicht gefunden hätte. Du fülltest mich mit einem wilden Verlangen, alles im Leben kennen zu lernen. Viele Tage, nachdem ich dich kennen gelernt hatte, schien etwas in meinen Adern zu pochen. Wenn ich im Park spazierte oder nach Piccadilly schlenderte, schaute ich jeden an, der mir begegnete, und wollte mit wilder Neugier herausbekommen, was für ein Leben sie alle führten. Einige von ihnen zogen mich an, andere füllten mich mit Schauder. Es lag ein verführerisches Gift in der Luft. Meine Sinne dürsteten nach Erlebnissen... Nun, eines Abends gegen sieben Uhr beschloß ich auszugehn, auf die Suche nach einem Abenteuer. Ich empfand, unser graues, ungeheures London mit seinen vielen Hunderttausenden, seinen schmutzigen Sündern und seinen glänzenden Sünden, wie du dich einmal ausdrücktest, müsse etwas für mich in Bereitschaft halten. Ich träumte von tausend Dingen. Schon die bloße Gefahr machte mir

Genuß. Ich erinnerte mich an die Worte, die du an dem wundervollen Abend zu mir sprachst, als wir zuerst zusammen speisten, von dem Suchen nach der Schönheit, die das wahre Geheimnis des Lebens ist. Ich weiß nicht, was ich erwartete, aber ich ging los und wanderte in den Osten, wo ich bald in einem Gewirr von rußigen Gassen und schwarzen Plätzen, die kein Fleckchen Grün hatten, meinen Weg verlor. Gegen halb acht Uhr kam ich an einem komischen kleinen Theater mit großen flackernden Gasflammen und grellen Ankündigungen vorbei. Ein scheußlicher Jude, der das absonderlichste Wams trug, das ich in meinem Leben gesehen habe, stand am Eingang und rauchte eine stinkende Zigarre. Er hatte fettige Ringellöckchen, und ein riesiger Diamant blitzte auf seiner schmutzigen Hemdenbrust. ›Billett gefällig, Herr Baron?‹ fragte er, als er mich sah, und nahm mit einer Miene großartiger Unterwürfigkeit den Hut ab. Es war so erlesen scheußlich. Du wirst mich natürlich auslachen, aber ich trat tatsächlich ein und zahlte zwanzig Mark für die Proszeniumsloge. Noch heute weiß ich nicht, warum ich das tat; und doch, wenn es nicht geschehen wäre – liebster Harry, wenn es nicht geschehen wäre, würde mir das größte Ereignis meines Lebens entgangen sein. Ich sehe, du lachst. Es ist abscheulich von dir!«

»Ich lache nicht, Dorian; wenigstens lache ich nicht über dich. Aber du solltest es nicht das größte Ereignis deines Lebens nennen. Es wäre eher das erste Ereignis deines Lebens zu nennen. Du wirst immer geliebt werden, und du wirst immer in die Liebe verliebt sein. Eine *grande passion* ist das Vorrecht der Menschen, die nichts zu tun haben. Das ist der einzige Nutzen der Faulenzerklasse eines Landes. Sei nicht zaghaft! Köstliche Dinge warten auf dich. Das ist nur der Anfang.«

»Hältst du meine Natur für so oberflächlich?« rief Dorian zornig.

»Nein, ich halte sie für so tief.«

»Wie verstehst du das?«

»Mein lieber Sohn, die Menschen, die nur einmal im Leben lieben, sind in Wahrheit die Oberflächlichen. Was sie ihre Treue nennen, nenne ich entweder die Trägheit der Gewohnheit oder ihren Mangel an Phantasie. Treue ist für das Gefühls- und Triebleben, was die Konsequenz für das geistige Leben ist – weiter nichts als ein Eingeständnis der Schwäche. Treue! Ich muß mich einmal daran machen, sie zu analysieren. Es liegt Besitzgier in ihr. Wie viele Dinge würden wir wegwerfen, wenn wir nicht fürchteten, andre würden sie aufheben. Aber ich will dich nicht unterbrechen. Erzähle weiter!«

»Also, ich saß in einer schauderhaften, kleinen verhängten Loge und hatte den gemeinen Vorhang direkt vor den Augen. Ich blickte hinter der Gardine vor und sah mich im Hause um. Es war alles lächerlich ausgeputzt, lauter Kupidos und Füllhörner, wie auf einem Hochzeitskuchen schlimmster Sorte. Die Galerie und der Stehplatz waren ziemlich voll, aber die beiden Reihen schmutziger Sperrsitze waren ganz leer, und kaum ein Mensch war auf dem Platz, den sie vermutlich den ersten Rang nannten. Frauen liefen mit Orangen und Ingwerbier herum, und schrecklich viele Haselnüsse wurden aufgeknackt.«

»Es muß genau wie in der Blütezeit des englischen Dramas gewesen sein.«

»Genau so, glaube ich, und sehr deprimierend. Ich

hatte angefangen, mir zu überlegen, was in aller Welt ich tun sollte, als mein Blick auf den Theaterzettel fiel. Was glaubst du, das sie spielten, Harry?«

»Ich sollte meinen: ›Der arme Kretin oder Blödsinn und Unschuld‹. Unsre Väter liebten diese Art Stücke, glaube ich. Je länger ich lebe, Dorian, um so stärker fühle ich, daß alles, was für unsere Väter gut genug war, für uns nicht gut genug ist. In der Kunst wie in der Politik *les grand-pères ont toujours tort.*«

»Das Stück, das da gespielt wurde, war gut genug für uns, Harry. Es war ›Romeo und Julia‹. Ich muß gestehn, ich war bei dem Gedanken, Shakespeare in so einem elenden Loche spielen zu sehen, ziemlich niedergeschlagen. Und doch war ich in gewisser Weise interessiert. Jedenfalls beschloß ich, den ersten Akt abzuwarten. Es spielte ein schreckliches Orchester, das ein junger Hebräer leitete. Er saß an einem schetterigen Klavier, das mich beinahe vertrieben hätte; aber endlich ging der Vorhang auf, und das Stück begann. Romeo war ein vierschrötiger älterer Herr mit geschwärzten Brauen, einer heisern Komödiantenstimme und einer Gestalt wie ein Bierfaß. Mercutio war fast ebenso schlimm. Er wurde vom Komiker gespielt, der neue Stellen von sich aus improvisiert hatte und mit der Galerie auf bestem Fuße stand. Sie waren beide so grotesk wie die Dekoration, und die sah aus, als käme sie aus einer Jahrmarktsbude. Aber Julia! Harry, stell dir ein Mädchen vor, kaum siebzehn Jahre alt, mit kleinem blumenhaften Gesicht, schmalem griechischen Kopf mit dunkelbraunen Zöpfen, mit Augen wie blaue Brunnen der Glut, mit Lippen, die wie Rosenblätter waren. Ich habe nie etwas Schöneres im Leben gesehn. Du sagtest einmal zu mir, Pathos lasse dich ungerührt, aber Schönheit, reine Schönheit an sich könne deine Augen mit Tränen füllen. Ich sage dir, Harry, ich konnte dieses Mädchen vor dem Tränenschleier, der mein Auge verdunkelte, kaum sehen. Und ihre Stimme – ich habe nie eine solche Stimme gehört. Sie war zuerst sehr leise, mit tiefen, vollen Tönen, die einem jeder für sich ins Ohr zu fallen schienen. Dann wurde sie ein wenig lauter und klang wie eine Flöte oder eine entfernte Oboe. In der Gartenszene hatte sie all die zitternde Inbrunst, die man hört, wenn die Nachtigallen vor Morgengrauen singen. Es gab im weitern Augenblicke, wo die Stimme die glühende Wildheit der Geige hatte. Du weißt, wie eine Stimme einen erschüttern kann. Deine Stimme und die Stimme Sibyl Vanes, die beiden werde ich niemals vergessen. Wenn ich die Augen schließe, höre ich sie, und jede von ihnen sagt etwas andres. Ich weiß nicht, welcher ich folgen soll. Warum sollte ich sie nicht lieben? Harry, ich liebe sie! Sie ist mir alles im Leben. Abend für Abend gehe ich hin, um sie spielen zu sehen. An einem Abend ist sie Rosalinde, am nächsten Imogen. Ich habe sie im Dunkel eines italienischen Grabgewölbes gesehn, wie sie das Gift von den Lippen ihres Geliebten küßte und starb. Ich habe gesehen, wie sie durch die Ardennen wanderte, als hübscher Knabe verkleidet, in kurzen Hosen und im Wams und mit kecker Mütze. Sie ist wahnsinnig gewesen und ist vor einen schuldvollen König getreten und gab ihm Raute zu tragen und bittere Kräuter zu kosten. Sie ist unschuldig gewesen, und die schwarzen Hände der Eifersucht würgten ihren zarten Hals. Ich sah sie in jedem Jahrhundert und in jeder Tracht. Gewöhnliche Frauen erwecken einem nie die Phantasie. Sie bleiben in ihrem Jahrhundert. Kein Zauber verklärt sie und gibt ihnen neue Gestalt. Man erkennt ihren Geist so leicht wie ihre Hüte. Man findet sie immer heraus. Nichts Geheimes ist in ihnen. Sie reiten morgens in den Park und schnattern nachmittags beim Tee. Sie haben ihr stereotypes Lächeln und ihr Benehmen nach der Mode. Sie liegen völlig auf der Hand. Aber eine Schauspielerin! Wie anders ist es mit einer Schauspielerin! Harry! Warum sagtest du mir nicht, daß nichts wert ist, geliebt zu werden, als eine Schauspielerin?«

Roland Barthes

Ein Tropfen *Verliebtsein*, in einer vagen freundschaftlichen Beziehung aufgelöst, macht sie unvergleichlich ...

Gustave Flaubert

Bei dreiunddreißig Grad im Schatten lag der Boulevard Bourdon vollständig verlassen da. Etwas weiter unten gluckste zwischen den beiden geschlossenen Schleusen das tintenfarbene Wasser des Kanals Saint-Martin. In der Mitte lag ein holzbeladener Kahn; an der Ufermauer standen zwei Reihen Fässer.

Jenseits des Kanals, zwischen den durch Lagerschuppen getrennten Häusern, hob sich der reine Himmel in ultramarinblauen Flecken ab und warf das blendende Licht der Sonne auf die weißen Fassaden zurück, auf die Schieferdächer und die Quais aus Granit. Verworrener Lärm erhob sich fern in die laue Luft, und in der Trägheit des Sonntags, in der Traurigkeit der Sommertage schien alles erschlafft.

Zwei Männer tauchten auf.

Der eine kam von der Bastille, der andere aus dem Jardin des Plantes. Der Größere trug einen Leinenanzug, hatte den Hut in den Nacken geschoben, die Weste aufgeknöpft und sein Halstuch in der Hand. Der Kleinere, dessen Gestalt in einem kastanienbraunen Gehrock steckte, hielt den Kopf unter einer Mütze mit spitzem Schirm gesenkt.

Als sie die Mitte des Boulevards erreicht hatten, setzten sie sich gleichzeitig auf dieselbe Bank.

Um sich die Stirn abzuwischen, nahmen sie ihre Kopfbedeckung ab, die jeder neben sich legte, und der kleine Mann sah, daß in dem Hut seines Nachbarn ›Bouvard‹ geschrieben stand, während dieser mühelos in der Mütze des Mannes im Gehrock das Wort ›Pécuchet‹ entzifferte.

»Sieh an«, sagte er, »beide haben wir den Gedanken gehabt, unseren Namen in unsere Kopfbedeckung zu schreiben.«

»Weiß Gott, ja; man könnte mir meine sonst im Büro vertauschen.«

»Genau wie bei mir; ich bin auch Angestellter.«

Und sie betrachteten sich.

Das liebenswürdige Äußere Bouvards gefiel Pécuchet sofort. Seine bläulichen, immer halbgeschlossenen Augen lächelten in seinem gesunden Gesicht. Eine Hose mit großer Klappe, die auf seinen Kastorschuhen Falten warf, saß um den Leib wie angegossen und bauschte sein Hemd über dem Gürtel; sein blondes, von Natur leicht gewelltes Haar verlieh ihm etwas Kindliches.

Von seinen Lippen tönte ständig ein leises Pfeifen.

Das ernste Aussehen Pécuchets fesselte Bouvard.

Man hätte annehmen können, er trüge eine Perücke, so schlicht waren die schwarzen Strähnen, die seinen hohen Schädel bedeckten. Die sehr lange Nase gab seinem Gesicht etwas Scharfes. Seine Beine, die in Lastingröhren steckten, standen in keinem Verhältnis zur Länge des Oberkörpers; seine Stimme klang laut und hohl.

»Wie herrlich wäre es jetzt auf dem Lande«, sagte er.

Aber nach Bouvards Ansicht waren die Vorstädte wegen des Lärms in den Kneipen unerträglich. Das war auch Pécuchets Meinung. Trotzdem war er, genau wie Bouvard, die Hauptstadt leid.

Und ihre Augen schweiften über Haufen von Bausteinen, über das häßliche Wasser, in dem ein Strohbündel schwamm, über den Schornstein einer Fabrik, der sich am Horizont abhob; der Gestank der Abflüsse verpestete die Luft. Sie wandten sich nach der anderen Seite und hatten nun die Mauern eines Getreidespeichers vor sich.

Ganz entschieden – und Pécuchet war hierüber sehr erstaunt – war es in den Straßen noch heißer als zu Hause.

Bouvard redete ihm zu, seinen Rock auszuziehen. Er kümmere sich nicht um das, was die Leute dazu sagen würden.

Plötzlich torkelte ein Betrunkener über den Bürgersteig; und da er anscheinend zur Arbeiterklasse gehörte, fingen sie ein politisches Gespräch an. Sie hatten die gleichen Ansichten, wenn Bouvard vielleicht auch liberaler war.

Jetzt kam etwas in einer Staubwolke über das Pflaster gerasselt. Es waren drei Mietkutschen, die in der Richtung nach Bercy fuhren: eine eben getraute junge Frau, mit einem Blumenstrauß im Schoß, Bürger in weißer Halsbinde, Damen, die bis zu den Achseln in ihren Kleidern vergraben waren, zwei oder drei junge Mädchen und ein Schüler unternahmen eine Spazierfahrt.

Als Bouvard und Pécuchet diese Hochzeitsgesellschaft sahen, kamen sie auf die Frauen zu sprechen, die sie für frivol, widerspenstig und eigensinnig erklärten. Trotzdem waren sie oft besser als die Männer; manchmal aber auch schlimmer. Kurz, es war klüger, ohne sie zu leben; deshalb war Pécuchet Junggeselle geblieben.

»Ich bin Witwer«, sagte Bouvard, »und habe keine Kinder.«

»Vielleicht ist das Ihr Glück? Aber die Einsamkeit ist auf die Dauer doch sehr traurig.«

Dann erschien am Rande des Quais eine Dirne mit einem Soldaten. Sie war blaß, hatte schwarze Haare und Blatternarben im Gesicht; sie hing am Arm des Soldaten, schlurrte in ihren abgetragenen Schuhen und wiegte sich in den Hüften. Als sie vorüber war, erlaubte sich Bouvard eine obszöne Bemerkung. Pécuchet errötete und wies, um nicht antworten zu müssen, mit dem Blick auf einen Priester, der näherkam.

Der Geistliche schritt gemächlich über die Avenue mit den mageren Ulmen, die die Linie des Fußwegs andeuteten; als Bouvard den Dreispitz nicht mehr sah, sagte er, er fühle sich wie erleichtert, denn er hasse die Jesuiten. Pécuchet sprach sie zwar nicht frei, zeigte aber doch eine gewisse Achtung vor der Religion.

Unterdessen fing es an zu dämmern; die Jalousien gegenüber waren schon aufgezogen. Die Passanten wurden jetzt zahlreicher. Es schlug sieben Uhr.

Unaufhörlich sprachen sie, Bemerkungen wechselten mit Anekdoten, philosophische Betrachtungen mit persönlichen Meinungen.

Sie schimpften auf die Brücken- und Straßenbauämter, die Tabakregie, den Handel, die Theater, die Marine und die ganze Menschheit wie Leute, die schweren Verdruß gehabt haben. Während sie einander zuhörten, glaubte der eine, im anderen etwas von seinem eigenen Wesen wiederzufinden, das er vergessen hatte. Und lag auch das Alter kindlicher Begeisterungsfähigkeit hinter ihnen, so empfanden sie doch beide ein neues Vergnügen, etwas wie herzliche Freude, wie den Reiz der zärtlichen Gefühle in ihrem Entstehen.

Zwanzigmal waren sie schon aufgestanden, hatten sich aber jedesmal wieder gesetzt, waren über den Boulevard von der oberen bis zur unteren Schleuse gegangen, wollten sich trennen, fanden aber nicht die Kraft und wurden jedesmal wie durch einen Zauber festgehalten.

Endlich verabschiedeten sie sich; und als sie einander die Hand schüttelten, sagte Bouvard:

»Wie wär's denn, wenn wir noch zusammen essen gingen?«

»Daran habe ich auch schon gedacht«, erwiderte Pécuchet, »aber ich wagte nicht, Ihnen den Vorschlag zu machen.«

Und er ließ sich in ein kleines Restaurant führen, in dem es gemütlich sein sollte. Es lag dem Rathaus gegenüber.

Bouvard bestellte das Menü.

Pécuchet vermied ängstlich jedes Gewürz, denn er fürchtete, es könne ihm das Blut erhitzen. Das gab Anlaß zu einer Unterhaltung über Medizin.

Dann priesen sie den Nutzen der Wissenschaften: Was gab es nicht alles zu lernen und zu erforschen... wenn man nur Zeit hätte! Ach, der Beruf nahm sie ganz in Anspruch; und sie hoben die Arme vor Staunen, sie hätten sich beinahe über den Tisch hinweg umarmt, als sie entdeckten, daß sie beide Schreiber waren: Bouvard in einem Handelshaus, Pécuchet im Marineministerium, was ihn nicht hinderte, jeden Abend einige Augenblicke dem Studium zu widmen. Er hatte in Thiers' Werken Fehler entdeckt und sprach mit größter Achtung von einem gewissen Professor Dumouchel. Bouvard war ihm in anderer Hinsicht überlegen. Seine Uhrkette aus Haaren und die Art, wie er die Remoulade rührte, verrieten den erfahrenen Schlemmer; er hatte einen Zipfel der Serviette in die Achselhöhle gesteckt und erzählte während des Essens allerlei, worüber Pécuchet lachte. Es war ein ganz besonderes Lachen, ein einziger, sehr tiefer Ton, der immer derselbe blieb und in langen Zwischenräumen neu ausgestoßen wurde. Bouvard lachte anhaltend und laut;

er zeigte dabei seine Zähne, bewegte lebhaft die Schultern, und die Gäste in der Tür drehten sich nach ihm um.

Als sie gegessen hatten, gingen sie in ein anderes Lokal, um Kaffee zu trinken. Pécuchet betrachtete die Gaslampen, seufzte über das Überhandnehmen des Luxus und schob dann mit verächtlicher Miene die Zeitungen beiseite. Bouvard war nachsichtiger. Er liebte alle Schriftsteller im allgemeinen und hatte in seiner Jugend Lust gehabt, Schauspieler zu werden. Er wollte equilibristische Kunststücke mit einem Billardqueue und zwei Elfenbeinkugeln machen, wie Barberou, einer seiner Freunde, sie auszuführen pflegte. Aber immer wieder fielen die Kugeln auf den Fußboden, rollten den Gästen zwischen die Beine und verschwanden im Hintergrund. Der Kellner, der jedesmal aufstand und sie auf allen vieren kriechend unter den Bänken suchte, wurde es schließlich leid. Pécuchet geriet mit ihm in Streit; der Wirt kam hinzu, hörte nicht auf seine Entschuldigungen und machte sogar bissige Bemerkungen über die Zeche.

Pécuchet schlug dem neuen Freund vor, den Abend friedlich in seiner Wohnung zu beschließen, die ganz in der Nähe, in der Rue St. Martin, lag.

Kaum hatte er das Zimmer betreten, als er eine Art Wams aus Kattun anzog und dann den liebenswürdigen Wirt spielte.

Ein Schreibtisch aus Tannenholz, der genau in der Mitte stand, störte durch seine Ecken; überall, auf Brettern, auf den drei Stühlen, auf dem alten Lehnsessel und in den Ecken, lagen in wildem Durcheinander mehrere Bände der *Encyclopédie Roret*, der *Manuel du Magnétiseur*, ein Band Fénelon, andere Schmöker, dazu Haufen von Papieren, zwei Kokosnüsse, verschiedene Denkmünzen, ein Fez und Muscheln, die Dumouchel aus Le Havre mitgebracht hatte. Eine Schicht von Staub überzog samtartig die Wände, die früher gelb gestrichen waren. Die Schuhbürste lag auf dem Rand des Bettes, aus dem die Laken heraushingen. An der Decke sah man einen großen schwarzen Fleck, der durch den Rauch der Lampe entstanden war.

Bouvard bat um die Erlaubnis, das Fenster öffnen zu dürfen – zweifellos wegen der schlechten Luft im Zimmer.

»Die Papiere würden fortfliegen«, rief Pécuchet, der vor jedem Luftzug Angst hatte.

Dabei schnappte auch er nach Luft in diesem kleinen Zimmer, das seit dem Morgen durch die Schiefer des Daches erhitzt war.

Bouvard sagte zu ihm:

»An Ihrer Stelle würde ich die Unterjacke ausziehen.«

»Was?«

Bei dem Gedanken, seine Gesundheitsweste nicht mehr tragen zu sollen, senkte Pécuchet erschreckt den Kopf.

»Begleiten Sie mich«, fing Bouvard wieder an, »die Luft draußen wird Sie erfrischen.«

Brummend zog Pécuchet seine Stiefel wieder an:

»Sie behexen mich; auf Ehrenwort.«

Und trotz der Entfernung begleitete er Bouvard bis zu seiner Wohnung, die an der Ecke der Rue de Béthune lag, dem Ponte de la Tournelle gegenüber.

Bouvards Zimmer war fein gebohnert, vor den Fenstern hingen Perkalvorhänge, die Möbel waren aus Mahagoni. Es hatte einen Balkon, von dem man auf den Fluß sah. Die beiden Hauptschmuckstücke waren ein Likörservice, das auf der Kommode stand, und längs des

Spiegels Daguerreotypien, die seine Freunde darstellten. Ein Ölgemälde hing im Alkoven.

»Mein Onkel.«

Und das Licht des Leuchters, den er hielt, fiel auf einen Herrn. Rote Koteletten umsäumten das Gesicht; eine Locke hing ihm in die Stirn. Seine hohe Halsbinde, der Hemdkragen, der Aufschlag der Samtweste und der des schwarzen Rocks ließen ihn gedrungen erscheinen. Auf das Jabot waren Diamanten gemalt. Seine Augen waren zu den Backenknochen hin geschlitzt; er lächelte verschmitzt.

Pécuchet konnte sich nicht enthalten zu Bouvard zu sagen:

»Man könnte es tatsächlich für ein Bild Ihres Vaters halten.«

»Es ist mein Pate«, erwiderte Bouvard leichthin; dann fügte er hinzu, daß seine Taufnamen François Dénys Bartholomée wären. Pécuchet hieß Juste Romain Cyrille, und beide hatten dasselbe Alter: siebenundvierzig Jahre. Dieser Zufall machte ihnen Freude, überraschte sie aber auch, denn jeder hatte den anderen für älter gehalten. Dann staunten sie über die Vorsehung, deren Wege oft wunderbar sind.

»Wären wir vorhin nicht spazierengegangen, wären wir vielleicht gestorben, ohne uns kennengelernt zu haben.«

Dann tauschten sie die Adressen ihrer Brotherren aus und wünschten einander gute Nacht.

»Laufen Sie nicht mehr zu den Mädchen!« rief Bouvard auf der Treppe.

Pécuchet ging die Stufen hinunter, ohne auf den Scherz zu antworten.

Am nächsten Morgen rief im Hof der Herren Gebrüder Descambos, Elsässische Stoffe, Rue Hautefeuille 92, eine Stimme:

»Bouvard! Herr Bouvard!«

Dieser streckte den Kopf zum Fenster heraus und erkannte Pécuchet, der deutlicher und noch lauter rief:

»Ich bin nicht krank. Ich habe sie ausgezogen.«

»Was denn?«

»Sie«, sagte Pécuchet und deutete auf seine Brust.

Was sie am Tage gesprochen, dazu die Temperatur im Zimmer und die Verdauungsarbeit, hatten ihn am Schlaf gehindert, so daß er schließlich, als er es nicht mehr aushalten konnte, seine Flanellunterjacke weit von sich warf. Am Morgen hatte er sich dieser Handlung, die glücklicherweise ohne Folgen geblieben war, erinnert und wollte sie Bouvard mitteilen, der jetzt gewaltig in seiner Achtung gestiegen war.

Pécuchet war der Sohn eines kleinen Kaufmanns. Seine Mutter, die sehr früh gestorben war, hatte er nicht gekannt. Als er fünfzehn Jahre alt war, hatte man ihn aus dem Internat genommen und zu einem Gerichtsvollzieher getan. Unvermutet kamen die Gendarmen, und der Prinzipal wurde auf die Galeeren geschickt; eine grausige Geschichte, an die er heute noch nicht ohne Entsetzen denken konnte. Dann hatte er sich in mehreren Berufen versucht: Apothekerlehrling, Studienaufseher, Rechnungsführer auf einem der Postschiffe auf der oberen Seine. Schließlich hatte ihn dann ein Abteilungsvorsteher, von seiner schönen Handschrift angetan, als Expedienten eingestellt. Aber das Bewußtsein einer mangelhaften Vorbildung und die geistigen Bedürfnisse, die er in sich fühlte, reizten ihn beständig und machten ihn mürrisch; er lebte ganz allein, ohne Verwandte und ohne Freundin. Seine einzige Zerstreuung war am Sonntag die Besichtigung der öffentlichen Anlagen.

Die ältesten Erinnerungen Bouvards versetzten ihn an die Ufer der Loire auf einen Pachthof. Ein Mann, der sein Onkel war, hatte ihn mit nach Paris genommen, wo er den Kaufmannsberuf erlernen sollte. Als er großjährig war, zahlte man ihm ein paar tausend Francs aus. Dann hatte er geheiratet und einen Süßwarenladen eröffnet. Sechs Monate später ging seine Frau mit der Kasse durch. Die Freunde, das gute Leben und vor allem seine Faulheit ruinierten ihn bald völlig. Aber ihm kam der gute Gedanke, aus seiner schönen Handschrift Nutzen zu ziehen; und seit zwölf Jahren hatte er nun schon die Stelle bei den Gebrüdern Descambos, Elsässische Stoffe, Rue Hautefeuille 92. Was seinen Onkel betrifft, der ihm seiner Zeit als Andenken besagtes Bild geschickt hatte, so wußte Bouvard nicht einmal, wo er wohnte, und erwartete nichts mehr von ihm. Fünfzehnhundert Francs Rente und sein Schreibergehalt erlaubten ihm, jeden Abend in einer Kneipe ein Schläfchen zu machen. So erhielt ihre Begegnung die Bedeutung eines Abenteuers. Gleich hatten sie sich wie durch geheime Fäden miteinander verbunden gefühlt.

Wie soll man Sympathien erklären?

Warum bezaubert bei dem einen eine Eigentümlichkeit, eine Unvollkommenheit, die bei jedem anderen gleichgültig oder gar hassenswert ist? Was man den zündenden Blitz nennt, gilt für jede Leidenschaft. Bevor noch die Woche zu Ende war, duzten sie sich.

James Baldwin

Ich habe lange nicht mehr an diesen Jungen gedacht, doch heute abend sehe ich ihn deutlich vor mir. Die Sache liegt Jahre zurück, ich ging damals noch zur Schule, und Joey war in meinem Alter, vielleicht etwas älter oder jünger als ich. Ein netter Junge, lebhaft, dunkelhaarig, stets zum Lachen aufgelegt. Eine Zeitlang war er mein bester Freund. Später war mir der Gedanke, daß ein solcher Mensch mein bester Freund hatte sein können, Beweis genug für einen entsetzlichen Makel in mir. Also vergaß ich Joey. Aber heute abend sehe ich ihn ganz deutlich vor mir.

Es war Sommer, wir hatten Ferien. Joeys Eltern waren übers Wochenende fortgefahren, und ihr Haus, das in Brooklyn lag, nicht weit von Coney Island, gehörte uns beiden allein. Ich wohnte damals auch in Brooklyn, allerdings in einer besseren Gegend. Joey und ich lagen am Strand, schwammen ein bißchen, beobachteten die halbnackten Mädchen, die vorbeigingen, pfiffen hinter ihnen her und lachten. Hätte eine von ihnen auf unsere Pfiffe reagiert, ich glaube, der Ozean wäre nicht tief genug gewesen, unser Entsetzen und unsere Scham zu verbergen. Aber die Mädchen schienen das zu spüren – vielleicht errieten sie es aus unserer Art zu pfeifen –, und so ignorierten sie uns. Als die Sonne zu sinken begann, zogen wir unsere Sachen über die feuchte Badehose und schlenderten die Uferpromenade entlang.

Zu Hause, beim Duschen hat es wohl angefangen. Ich erinnere mich jedenfalls, daß mich ein nie gekanntes Gefühl überkam, als wir in dem kleinen, dampfigen Raum herumtollten und mit nassen Handtüchern aufeinander einschlugen. Es war ein Gefühl, das auf eine geheimnisvolle, ziellose Weise mit Joey zu tun hatte. Ich weiß auch noch, wie sehr es mir widerstrebte, mich anzukleiden – damals schob ich das auf die Hitze. Schließlich zogen wir uns aber doch an, aßen aus dem Kühlschrank etwas Kaltes zum Abendbrot und tranken dazu eine Menge Bier. Dann gingen wir fort, wahrscheinlich ins Kino, denn ich finde keinen anderen Grund, aus dem wir das Haus hätten verlassen sollen. Ich erinnere mich nur noch, daß wir durch die abendlichen tropisch-heißen Straßen von Brooklyn gingen, wo die Hitze aus dem Asphalt quoll und von den Mauern mit mörderischer Gewalt zurückgeschleudert wurde, wo sämtliche Erwachsenen der Welt ungekämmt und laut schwatzend vor den Haustüren hockten und sämtliche Kinder der Welt auf den Gehsteigen, im Rinnstein oder auf den Feuertreppen spielten. Ich hatte den Arm um Joeys Schultern gelegt und war sehr stolz, weil er mir mit dem Kopf nur bis zum Ohrläppchen reichte. So spazierten wir dahin, Joey riß schmutzige Witze, und wir lachten. Seltsam, daß ich heute zum erstenmal nach so langer Zeit daran denke, wie wohl ich mich an jenem Abend fühlte, wie vernarrt ich in Joey war.

Als wir zurückgingen, war es still auf den Straßen; auch wir waren still. In der Wohnung machten wir keinen Lärm, wir entkleideten uns, müde, wie wir waren, in Joeys Zimmer und gingen zu Bett. Ich schlief gleich ein. Plötzlich – ich hatte wohl schon längere Zeit geschlafen – wachte ich auf. Das Licht brannte, und Joey untersuchte mit geradezu verbissener Sorgfalt das Kopfkissen.

»Was ist los?«

»Ich glaube, mich hat eine Wanze gebissen.«

»Mensch, habt ihr hier Wanzen?«

»Mir war jedenfalls so, als hätte mich eine gebissen.«

»Ist dir das vorher schon mal passiert?«

»Nein.«

»Na, dann schlaf weiter. Du träumst ja.«

Er starrte mich mit offenem Mund an, seine dunklen Augen waren weit aufgerissen, als hätte er soeben zu seiner größten Verblüffung entdeckt, daß ich Fachmann für Bettwanzen war. Ich mußte lachen und packte ihn beim Kopf, wie ich das oft tat, wenn wir uns im Scherz oder im Ernst balgten. Doch als ich ihn diesmal berührte, geschah etwas in ihm und in mir, was bewirkte, daß sich diese Berührung von jeder anderen unterschied, die er oder ich je erlebt hatten. Er wehrte sich auch nicht wie sonst, sondern blieb dort liegen, wo ich ihn hingezogen hatte, an meiner Brust. Ich merkte, daß mein Herz schrecklich klopfte und daß Joey zitterte und daß es im Zimmer sehr hell, sehr warm war. Ich wollte mich bewegen, irgendeine scherzhafte Bemerkung machen, aber Joey murmelte etwas Unverständliches, und ich beugte mich vor, um zu hören, was er sagte. Im gleichen Augenblick hob Joey den Kopf, und so kam es wie von ungefähr, daß wir uns küßten. Zum erstenmal in meinem Leben fühlte ich den Körper eines anderen Wesens, nahm bewußt den Geruch eines anderen Wesens wahr. Wir hielten uns in den Armen. Es war, als umfingen meine Hände einen seltenen, zu Tode erschöpften Vogel, den ich wie durch ein Wunder gefunden hatte. Ich war sehr erschrocken und er sicherlich auch, und wir schlossen beide die Augen. Die schmerzhafte Deutlichkeit, mit der ich mich daran erinnere, beweist mir, daß ich es nie vergessen habe. Noch jetzt spüre ich in mir eine schwache, eine furchtbare Regung von dem, was mich damals mit solcher Gewalt überfiel: eine große durstige Leidenschaft, ein Zittern und Beben, ein so quälendes Verlangen, daß ich glaubte, mein Herz werde zerspringen. Doch aus dieser unerträglich beklemmenden Pein entstand das Entzücken, wir schenkten einander Entzücken in jener Nacht. Ein ganzes Leben, so schien mir, würde nicht ausreichen, das Liebesspiel mit Joey zu spielen.

Aber das Leben war kurz, war begrenzt durch die Nacht – es endete am nächsten Morgen. Als ich aufwachte, schlief Joey noch fest, auf der Seite liegend, zusammengekrümmt wie ein Embryo, mit halb offenem Mund und geröteter Wange. Sein lockiges Haar verdunkelte das Kissen und verdeckte zur Hälfte die feuchte, runde Stirn; die langen Augenwimpern blinkten leicht in der Sommersonne. Wir waren beide nackt, das Laken, das wir als Decke benutzten, hatte sich um unsere Füße gewunden. Joeys Körper, braun und verschwitzt, war die schönste Schöpfung, die ich je gesehen hatte. Schon streckte ich die Hand aus, um ihn zu wecken, doch irgend etwas hemmte mich. Vielleicht zögerte ich, weil er so unschuldig, so vertrauensvoll dalag, vielleicht auch, weil er so viel kleiner war als ich; mein eigener Körper erschien mir in diesem Moment plump und ungeschlacht, und das in mir aufsteigende Verlangen kam mir ungeheuerlich vor. Vor allem jedoch war es Angst, die mich zurückhielt. Wie ein Blitz durchzuckte es mich: *Aber Joey ist ja ein Junge*. Ich sah auf einmal die Kraft in seinen Schenkeln, seinen Armen, seinen locker geballten Fäusten. Die Kraft, die Verheißung, das Geheimnis dieses Körpers jagten mir Angst ein. Plötzlich erschien mir

Joeys Leib wie die dunkle Öffnung zu einer Höhle, in der man mich foltern würde bis zum Wahnsinn, in der ich meine Männlichkeit einbüßen würde. Und doch wollte ich dieses Geheimnis ergründen, diese Kraft spüren, diese Verheißung durch mich erfüllt sehen. Der Schweiß auf meinem Rücken kühlte ab. Ich schämte mich. Das Bett in seiner süßen Unordnung zeugte von Verderbtheit. Was würde wohl Joeys Mutter sagen, wenn sie die Laken sah? Dann dachte ich an meinen Vater, der außer mir niemanden auf der Welt hatte, denn meine Mutter war ja gestorben, als ich noch klein war. Wieder tat sich in meiner Vorstellung die Höhle auf, finster, voll von Gerüchten, Verdächtigungen, schmutzigen Worten und halbgehörten, halbvergessenen, halbverstandenen Geschichten. In dieser Höhle liegt meine Zukunft, dachte ich, und mir wurde angst und bange. Ich hätte weinen mögen, weinen vor Scham und Entsetzen, weinen vor Ratlosigkeit, weil ich nicht begriff, wie so etwas passieren konnte, *mir* passieren konnte. Und ich faßte einen Entschluß. Ich stieg aus dem Bett, nahm eine kalte Dusche und zog mich an. Als Joey aufwachte, hatte ich das Frühstück schon fertig.

Ich sagte ihm nichts von meinem Entschluß – das hätte meine Willenskraft gebrochen. Statt mit ihm gemeinsam zu frühstücken, trank ich nur eine Tasse Kaffee und ging dann unter irgendeinem Vorwand nach Hause. Meine Ausrede konnte Joey natürlich nicht täuschen, aber weder protestierte er, noch drängte er mich zu bleiben; er ahnte ja nicht, daß ein Wort von ihm genügt hätte, mich umzustimmen. Ich, der ich ihn in jenem Sommer fast täglich gesehen hatte, besuchte ihn von nun an nicht mehr. Auch er ließ sich nicht bei mir blicken. Wäre er gekommen, so hätte mich das sehr glücklich gemacht, aber die Art meines Abschiednehmens hatte eine Kettenreaktion ausgelöst, die keiner von uns aufzuhalten wußte. Als ich ihn zufällig gegen Ende der Sommerferien auf der Straße traf, erzählte ich ihm eine ganz und gar unwahre Geschichte von einem Mädchen, mit dem ich jetzt ginge, und als die Schule wieder begann, schloß ich mich einer Gruppe älterer und recht rüpelhafter Jungen an und war sehr garstig zu Joey. Und je trauriger er wurde, desto schlechter behandelte ich ihn. Eines Tages zog er fort, verließ unsere Gegend, unsere Schule, und ich sah ihn nie wieder.

Colette

Der blaue Leutnant an Mitsou

Mitsou, ich habe Ihren Brief. Ich lese ihn voll Staunen darüber, daß ein Mädchen, das sich ohne Scheu nackt zeigt, ihr Wesen doch so sehr verbergen kann. Mitsou, weder jetzt noch in aller Zukunft will ich Ihre stolze Gelassenheit vergessen, dank welcher ich aus der Tiefe des Wandschranks Ihre entzückende Gestalt habe bewundern dürfen. Doch als ich damals in Betrachtung versunken stand, wandelte mich durchaus nicht die Lust an, Ihnen zuzurufen. »Wer sind Sie, Mitsou?« Ich frage es heute, als ob ich Sie nie gesehen hätte. Dieser Mitsou, die keinerlei stilistische Gewandtheit besitzt, dieser Mitsou mit der Schülerinnenhandschrift ist es niemals mißlungen, mich in ihren Briefen *das* durchblicken zu lassen, was ich erfahren sollte – um nichts mehr und nichts weniger. Sie haben mir nicht geantwortet, Mitsou, als ich Sie in einer etwas plumpen Art nach dem bevorzugten Gegenstand Ihrer Gedanken fragte. Sie haben mir nicht darauf geantwortet, aber – Sie haben mir einen genauen Stundenplan der Briefzustellung in Paris geschrieben.

O kluge Mitsou, Sie haben mich gelehrt, daß auch ein Eisenbahnfahrplan Romantik enthalten kann. Welch entzückendes und aufregendes Abenteuer, daß zwei Wesen, die noch nichts voneinander wissen, doch schon die gebieterische Notwendigkeit fühlen, zu gewissen Stunden beieinander zu sein!... Mitsou, ich will Sie von nun ab einfach nur Mitsou nennen. Mitsou, ein Wort noch, und ich sage »Du« zu Ihnen... Nein, ich tue es nicht. Das erste »Du« ist ein Aufschrei, und in einem Briefe schreit man nicht.

Nein, meine liebe Mitsou, eine Wachtpostennacht ist nicht sehr gefährlich. Aber sie ist eine Probe, die einem zweierlei auferlegt: Verantwortung und Einsamkeit; und beide Bürden werden von Stunde zu Stunde schwerer. Die leichtere von beiden ist die Verantwortung; man kennt sie, man zeigt sich gerne ihrer würdig. Die Einsamkeit aber überwältigt einen mit Träumen, Schaudern, unheimlichen Bildern, deren man sich nicht erwehrt, mit einer Überempfindlichkeit, die man kaum unterdrücken kann... Eigentlich dürfte ich das gar nicht gestehen, Mitsou.

Sie wollen mir also unbedingt das schenken, was Richard Wagner – in wahrhaft gutem Französisch – *l'enivrant superflu* nannte. (Ihre allerliebste, schlichte Wendung »Brauchen Sie nicht ein paar unnütze Dinge« wäre ihm niemals eingefallen.)

Nun gut denn! Ich brauche:

1. Eine Photographie von Mitsou.

2. Ein Stück fraisefarbenen Samt, so groß etwa wie meine beiden großen Hände, um ein Buch, das ich liebe, darein zu hüllen. Welche Nuance? Die der Strümpfe der »Rose Jacqueminot«.

Das ist vorläufig alles. Bitte machen Sie sich aber auf weitere Forderungen gefaßt. Liebe Mitsou, ich küsse ehrfurchtsvoll Ihre schmalen kleinen Hände und bin

Ihr blauer Leutnant

Mitsou an den blauen Leutnant

Mein lieber blauer Leutnant,
so manche Frau hätte beim Lesen Ihres letzten Briefes geglaubt, es sei ein Liebesbrief. Ich nicht, glücklicherweise! Obwohl Sie hie und da schwierige Ausdrücke gebrauchen, so ist doch keine Gefahr, daß ich mich darüber täusche, was sie wirklich bedeuten. Ich bin schon geschmeichelt genug und bilde mir nichts Unmögliches ein.

Ein Bild Mitsous und der Samt gehen heute in einem kleinen Paket ab. Die Farbe des Samtes stimmt genau. Und die Photographie ist auch ›Rose Jacqueminot‹. Aber wie düster ist dieses Rot auf dem Bild! Von nun an will ich keine Rollen in Rot mehr – es kommt mir ganz traurig vor.

Petite Chose hat gemeint, ich soll Ihnen ein Sachet schicken, so wie sie es an ihre Freunde schickt. Es sind dies kleine Säckchen aus Seide, in die sie nichts anderes hineintut als Küsse. Ich aber schicke Ihnen, wie immer, nur meinen innigen Wunsch, daß Ihnen nichts Böses geschehe. Dieser Satz klingt so ähnlich wie diejenigen, die ich als Kind zu Neujahr auf feines Spitzenpapier schreiben mußte. Es tut mir leid, daß ich keinen schöneren für Sie erfinden kann. Aber das macht nichts. Mein Wunsch ist mehr wert als ein schöner Satz. Ein Satz lebt nicht, mein Wunsch aber lebt. Er lebt, ebenso wie früher einmal für mich die kleine Schwalbe oder Taube auf dem altmodischen Briefpapier. Ich sehe ihn, er wandert zu Ihnen, er fliegt, er hat ein Gesicht, er ist rings um Sie, über Ihrem Kopf, an Ihrer Brust – ich sehe ihn so gut, als ob ich selbst ganz nah bei Ihnen wäre... Das Sachet von Petite Chose wäre sicher sehr hübsch und sehr schön bestickt, aber es würde nur eine zu kleine Stelle von Ihnen beschützen. Mit meinem Wunsch bin ich viel beruhigter, da sind Sie ganz eingewickelt.

Wie sind Sie doch komisch, mein lieber blauer Leutnant, mit Ihrem »Wer sind Sie, Mitsou?« Ich hätte niemals gedacht, daß Sie die Rolle des alten Herrn in der Revue so gut spielen können: »Wer sind Sie denn, mein schönes Kind?« Wenn ich noch bei Mayol in der Weihnachtsrevue spielte, würde ich Ihnen mit Flügeln, Helm und Lanze antworten: »Ich? Ich bin die heroische Liebe!«

Ich bin nicht die heroische Liebe. Ich bin gar nichts Besonderes, das kann ich Ihnen versichern. Sie haben mich ja damals aus dem Wandschrank ganz gesehen: eine kleine Künstlerin, jung, nicht häßlich, die dem Publikum gefällt und nicht viel Talent hat. Sind Sie erstaunt über meine Bescheidenheit? Sehn Sie, wir in der Music Hall wissen fast alle recht gut, was wir wert sind, trotz des Ansehens, das wir uns geben. Nehmen wir einmal Petite Chose: sie versucht dadurch interessant und originell zu wirken, daß sie nie still hält; das ist ein Gedrehe, das ist ein Gedrehe! Und ich, die ich ein kindlicher Typ bin, ein glattes Gesicht habe und Augen, die ich so aufreiße, daß mir die Stirn weh tut, weil sich das zu den langen Beinen, dem kleinen Mund und meinem Nichts von einer Nase gut macht – von mir haben die Revueverfasser gedacht: »Die wird in den unanständigen Rollen glänzend wirken, also wollen wir sie ihr geben.« Sie sehn, wie einfach das ist. Sie aber, der Sie kein Revueschreiber sind, suchen Sie keine andere Mitsou als die, die Sie gesehen haben! Ich habe mich vor Ihnen ausgezogen? Weil ich nichts Böses dabei gedacht habe, sonst hätte ich den Wandschirm vorgestellt. Ich habe keine drei Worte gesprochen? Das kommt daher, weil ich das Pulver nicht erfunden habe, wie man so sagt. Beweis dafür ist, daß ich kein Wort herausgebracht habe, um die Situation zu retten, als die bewußte Person in meine Garderobe gekommen ist. So, das ist alles. Mehr ist von Mitsou nicht zu sagen – höchstens noch, daß sie eine brave kleine Modistin war und sich vor dem Elend und der Arbeit fürchtete, weil sie beides sehr gut kannte. Und deshalb hatte sie Lust, das zu versuchen, was sie am wenigsten kannte, nämlich zur Bühne zu gehen. Man glaubt immer, man wird in dem, was man nicht gelernt hat, leichter Erfolg haben, als in dem, was man gelernt hat. Das ist ganz natürlich.

Das Übrige, mein Privatleben, können Sie sich wohl vorstellen. Sie haben ja gesehn, von wem es abhängt – bis zu dem Tage, wo mir das nicht mehr paßt. Meine Freunde? Da ist die Runde leicht gemacht. Ich bin zu jung, um Freunde zu haben – in meinem Alter hält die Freundschaft mit einem Mann nicht lang. Und Freundinnen, das ist auch nicht so einfach. Da stößt man auf ganz närrische Weiber, die vor nichts mehr Ehrfurcht haben. Sie trinken und rauchen Opium. Manche, die ich kenne, sind seit dem Krieg Maschinenschreiberinnen oder Telephonistinnen und behandeln unsereinen, als wären wir Luft. Andere wieder sind dasselbe wie ich, und das sind die allerärgsten! Wenn ich eine Stunde lang mit ihnen beisammen war, frage ich mich: »Was, bin ich am Ende auch so? Bin ich wirklich in meinem Alter auch so öde und langweilig, wenn ich nicht auf der Bühne stehe?« Da bleibe ich gleich lieber vor meinem Spiegel sitzen, das ist weniger beschämend. Was will man machen! Man gewöhnt sich bald daran, allein zu sein, und ist dabei zufrieden, wenn nicht irgendein Ereignis... In unserem Leben gibt es nur drei mögliche Ereignisse: den Tod, die Berühmtheit oder die Liebe. Mein lieber blauer Leutnant, welches von den dreien wird mir wohl zuerst zustoßen? Ich warte.

Nein, nein, küssen Sie mir nicht die Hände, nicht einmal in einem Brief. Sie sind nicht schön genug, die weiße Schminke verdirbt sie, und dann habe ich mir auch zu viel roten Lack auf die Nägel getan. Nun pflege und schone ich sie, damit sie besser sind, wenn Sie kommen. Küssen Sie mir lieber den Arm, innen, wo die vielen grünen und blauen Linien laufen, dann können Sie auch während des Küssens an nichts anderes als an Ihre Generalstabskarte denken.

Ihre Mitsou

P.S. Aber ich will auch eine Photographie!

Der blaue Leutnant an Mitsou

Liebe Mitsou, ich möchte Sie sehn! Ich möchte Sie sehn! Was soll ich sonst noch sagen? Ich möchte Sie sehn! Ich bin sanft, schwach und wie umnebelt. Mich lockt, mich zieht ein Weiches, Tiefes, Unbestimmtes. Ich fühle mich glücklich und gleichzeitig jeglichen Glücks beraubt. Eine Unruhe ist es und doch wieder eine Art Lässigkeit, und das eine wie das andere hat seinen eigenen Zauber. Ein Zustand der Jugend... Ihre Photographie erinnert vor allem an Sie und dann an einen Satz von Francis Jammes über ein junges Mädchen, »*qui avait l'air d'une sombre petite rose et qui chantait...*« Mitsou, möchten Sie mich küssen? Ich frage das, weil *ich* es sehr gern möchte. Die acht Wochen unbedingter Aufrichtigkeit, die hinter uns liegen, verpflichten mich dazu, Ihnen nichts zu verschweigen. Mitsou, küssen Sie mich! Wenn ich denke, daß ich Ihnen einen Ripsgürtel zugemacht und dabei nur aufgepaßt habe, Ihre von Tüll wenig verhüllte Haut zwischen den Haken nicht einzuzwicken... Ich erinnere mich, daß Ihre Arme und die Einbuchtung Ihres Rückens neben dem Begonienrot Ihrer Wangen im grellen Licht ganz grün ausgesehen haben. Grün wie weißer Flieder, den man im Winter künstlich zum Blühen zwingt... Ich erinnere mich, daß Sie kalt und keusch Ihre schlanken Arme gehoben haben, um mir zu helfen... Mitsou, ich kann Verveine-Parfum nicht leiden. Ich liebe nur *ein* Parfum, den Duft von Teerosenblättern in einer Sandelbüchse, die vorher ein wenig feinen Tabak enthalten hat – Mitsous Parfum.

»Viele Veränderungen« in Ihrer Garderobe? Warum? Warten Sie noch. Lassen Sie mich sie wiedersehen, so wie ich sie seinerzeit aus der Tiefe des Wandschrankes gesehen habe. Verändern Sie nichts, verbannen Sie daraus nur *ein* Möbel. Ein Möbel, das kam, als ich da war, ein fünfzig-, sechsundfünfzigjähriges Möbelstück. Sehr schlechter Stil! – Und dann wird alles gut sein. Ach, liebe, liebe Mitsou, wie mir alles an Ihnen gefällt, und besonders Ihr Bemühen, mir in Ihren Briefen Ihr Leben eintönig und öde zu schildern und leer wie eine Mansarde! Wissen Sie, daß meines auch nicht möbliert ist? Mitsou, uns, die wir vierundzwanzigjährige Jungen sind, hat der Krieg von der Tür des Gymnasiums weggeholt. Er hat Männer aus uns gemacht; aber ich glaube, es wird uns immer fehlen, daß wir nie *junge* Männer waren. Sie ist für uns verloren, jene kostbare Zeit, in der man lernen kann, wie man seine Stimme und seine Bewegungen beherrscht, seinen Freiheitsdrang einschränkt, sich der Familie anpaßt und vor allem sich ohne Angst, aber auch ohne kannibalische Gier Frauen nähert, die nicht nur an unsere Lust oder an unser Geld denken... Mitsou, verzeihen Sie mir, daß ich Sie mit solchen Dingen langweile. Mein Kummer hat aber nun einen neuen Stachel, ich schwanke zwischen zwei Befürchtungen: werde ich als ein gealterter Gymnasiast vor Ihnen stehen oder als ein *zu* junger Mann, gleichsam eine abgefallene Frucht, auf der einen Seite schon reif, auf der andern noch grün?...

Mitsou, hören Sie: in zehn Tagen, Mitsou, werde ich... ja, Mitsou, in zehn Tagen werde ich in Paris sein. Auf achtundvierzig Stunden. Eine kurze Mission... Die Brutalität meines Geständnisses erschreckt mich selbst. Ich bin eben darüber rot geworden, wie über eine Gebärde, die man im Gedränge gegen einen Busen oder eine Hüfte unternimmt und deren man sich später schämt.

Hier ist die Photographie, die Sie von mir verlangt haben. Sie ist gelb und nicht aufgeklebt, und ich bin recht häßlich darauf, weil ich die Nase in der Sonne verziehe. Die kleinen Erhebungen im Hintergrund, die Sie durch den Einschnitt in die Erdhügel sehen, sind die deutschen Linien – zum Teufel! nur vierhundert Meter entfernt. Mitsou, wie der purpurne Samt doch duftet – ich bin mit dem Kopf darauf eingeschlafen.

Ihr blauer Leutnant

Mitsou an den blauen Leutnant

Lieber blauer Leutnant, ach, ich habe nicht mehr den Mut, Ihnen zu schreiben. Denn ich werde Sie wiedersehn. Ich habe Sie schon auf der Photographie gesehn, von der Sie behaupten, sie sei häßlich. Trotzdem fühle ich es, fühle es so deutlich, daß ich fast den Verstand darüber verliere: Sie haben sie just deswegen ausgesucht, weil darauf Ihre Gestalt, die sich gegen den Himmel abhebt, unerhört hübsch ist, und weil man Ihre ganze elegante Erscheinung gut sieht und Ihre Kopfhaltung und Ihre eigene Art, das Kinn zu heben. Nein, nein, sagen Sie nicht, daß sie häßlich ist; sie gefällt mir, sie macht mir Herzklopfen, sie bringt mich außer Fassung. Ich kann mich nicht länger beherrschen, müssen Sie wissen. Ich habe mich nämlich sehr zurückhalten müssen seit dem Tag, wo ich Ihnen, anstatt einen so dummen Brief zu schreiben, ganz einfach hätte schreiben wollen: »Ich muß Sie wiedersehn, ich bin ganz verändert, ich glaube wirklich, ich liebe Sie...« Und wie gut es doch war, daß ich mich zurückgehalten habe! Schon deswegen, weil es möglicherweise noch gar nicht stimmte. Es war zuerst nur so, als ob ich krank würde, der Anfang einer Grippe in mir steckte. Ich kann nicht sagen, wie mir war. Ich habe mich bei Petite Chose beklagt, daß ich mich erkältet oder überhitzt haben müsse, und habe mir von der Garderobière Pulver gegen Kopf- und Magenweh geben lassen. Ich wußte nicht, verstehn Sie? Auch mit Ihren Geschenken war es sonderbar – ich sah sie an, als ob sie mir etwas zuleid getan hätten, ich beschimpfte sie, ich rief: »Dieser blaue Leutnant glaubt wohl, ich habe auf ihn gewartet mit seiner Puderdose.« Kurz, lauter Dummheiten und Mißverständnisse! Ich spreche nicht so gut wie Sie. Es wird immer Feinheiten geben, die ich nicht begreife. Aber wie Petite Chose meint: »Wenn man schweigt, dann sagt man keinen Unsinn.« – Ich erhoffe sehr viel von meinem Schweigen, wenn Sie da sein werden – bei mir... Ich will noch schnell alles vor Ihnen ausleeren, wie man einen Korb ausleert, um zu zeigen, daß das, was unten liegt, ebenso gut ist wie das, was oben liegt. Nämlich, seit zwei Monaten fühle ich mich so sehr von neuen Gedanken erfüllt, süßen, quälenden Gedanken, daß mir keine Worte einfallen, um sie recht auszudrücken.

Eben erst glaubte ich, daß ich Ihnen nicht mehr schreiben könnte. Und jetzt kommt es mir wieder vor, als ob ich Ihnen so viel Wichtiges und so vieles, was mich beruhigt, zu sagen hätte, daß dieser Brief hier kein Ende nehmen wird. Da fällt mir zum Beispiel ein, daß Sie mich niemals im Straßenkleid gesehen haben. Das ist schrecklich! Was soll ich nur machen? Und dann habe ich Sie nie gefragt, ob Sie kleine Hüte mögen. Ich trage nämlich keine anderen. Meine Röcke sind nicht sehr kurz, müssen Sie wissen. Und dann trage ich keine grellen Farben auf der Straße, erstens, weil es Krieg ist, und zweitens, weil ich mich von den Regenbogenfarben, die man auf der Bühne hat, erholen muß. Also nur Dunkelblau, Dunkelgrün, Schwarz und Weiß. Am Tag schminke ich mir auch die Wangen nicht. Meine Frisur ist sehr glatt, und die Ohren sind frei, weil sie ganz klein sind.

Und was wollte ich noch sagen? Fast alles übrige haben Sie ja gesehn, und das tut mir jetzt leid. Ich habe nichts wirklich Häßliches an meinem Körper, außer die Zehen, ein bißchen, durch die Modeschuhe. Und dann habe ich am Nacken, dicht am Haaransatz ein Narbe – die stammt von einem Malheur mit einer Hutnadel. Aber da ich vor Ihnen den Kopf nicht beugen werde, außer ich schäme mich oder ich kränke mich, so hängt es nur von uns beiden ab, ob wir Ihnen Gelegenheit geben, das zu sehn.

Ich weiß nicht recht, was uns geschehen wird. *Ich* weiß nicht einmal, *ob* uns etwas geschehen wird. Aber – oh, ich hoffe es wohl. Wir sind sehr jung und allen Gefahren ausgesetzt. Aber ehe ich Sie noch ganz kenne, und wenn Sie mich auch bald vergessen sollten, sage ich Ihnen von ganzem Herzen: »Danke.« Vielleicht werde ich nun bald vor mir in meinem Spiegel eine freudestrahlende Mitsou sehen – oder auch eine weinende. Auf jeden Fall aber wird es nicht mehr die Mitsou von früher sein. Diese dumme, diese vernünftige, die nicht lachte und niemals weinte; die arme, die nicht einmal einen Kummer hatte. So bin ich Ihnen, mein lieber blauer Leutnant, für mein ganzes Leben zu Dank verpflichtet. Sie haben eine beschenkt, die nichts hatte,

Ihre Mitsou

Sören Kierkegaard

Ein Stelldichein wird im allgemeinen von den Liebenden als der schönste Augenblick angesehen. Ich selbst erinnere mich noch deutlich, als wäre es gestern gewesen, an das erste Mal, als ich zu der verabredeten Stelle eilte, mit einem Herzen ebenso reich an Freude wie unerfahren in der Freude, die mich erwartete, an das erste Mal, als ich dreimal anklopfte, an das erste Mal, als sich ein Fenster öffnete, an das erste Mal, als ein kleines Pförtchen von unsichtbarer Hand von einem Mädchen aufgeschlossen wurde, das sich dabei verbarg, als es öffnete, an das erste Mal, als ich ein Mädchen unter meinem Mantel in der hellen Sommernacht verbarg. Aber es mischt sich viel Illusion in dieses Urteil. Der stille Dritte findet nicht immer, daß die Liebenden in diesem Augenblick am schönsten sind.

Er war als Gastprofessor für sechs Wochen nach Florida gekommen, und die Studenten drängten in seine Vorlesungen, schlugen sich um seine Sprechzeiten, stürmten sein Seminar. Sahen von ihren Büchern auf, wenn er vorbeiging, sahen ihm nach, rannten ihm hinterher, verfolgten ihn übern grünen Campus, und die Mädchen wären gern mit ihm ins Gras gekippt.

Er hatte sich gegen die Jahre etwas Kindliches gerettet, etwas Lebenserwartendes und Stürmisches, dem sie begegnen wollten, an dem sie teilhaben wollten, von dem sie sich mitreißen ließen, hinreißen bis in Traumblasen hinein.

Wendy war in den Nächten wach, saß auf dem Bett mit dem Buch in der Hand, las nicht, konnte nicht, denn die Worte und Bilder, die aus dem Buch in der Hand kamen, die sie im Kopf hatte, wirbelten auf und flogen ab und mischten sich mit ihren eigenen, und Eduard war Eduard, und sie, die in seinen Augen das Dunkle gesehen hatte, was ihr zu bedeuten schien, daß er etwas verloren habe oder nicht gefunden, setzte sich dort ein, wo sie den Mangel, die Entbehrung und die Not zu wissen glaubte. Fand sich Nacht für Nacht dort ein, die dunkle Stelle aufhellend, ihn pflegend, für ihn sorgend. Was er sich wünschte, suchte sie zu erfüllen, was ihn bedrängen könnte, zu verhindern. Und oft in der Nacht stand ihr Eduards Gestalt vor der Tür, so daß sie vom Bett aufstand und hinging und öffnete.

Aber am Morgen, nach Doris Day und Freundin, im Bus, unter den andern, wußte sie: die kann ja nicht ich sein, ich bin viel zu wenig, als daß ich sie sein könnte, ich bin nichts gegen alle, die sie sein könnten, und wenn es eine Menschenkarte gäbe, eine für besondere Menschen, wie für Gebirge oder Bodenschätze, wäre an meiner Stelle ein sauberer weißer Fleck.

Nach zwei Wochen lud Eduard Wendy zum Essen ein. Aus Dank, sagte sich Wendy, nur aus Dank. Denn sie hatte sich um seinen Stundenplan gekümmert, hatte seine Vorlesungen organisiert und seine Sprechzeiten mit all denen abgesprochen, die seine Sprache sprachen, die sie nicht sprach, hatte ihm die Gepflogenheiten des Campus erklärt und hatte ihm ihre Landkarte von Florida geschenkt, weil er sich vergeblich bemüht und selbst bei »Booksmith« keine gefunden hatte.

Gegen jeden war sie hilfsbereit und freundlich, daß sie es gegen ihn am meisten war, war ihm aufgefallen und gefiel ihm.

Er hatte sie von zu Hause abholen wollen, aber sie, bereit, tausend Gründe dagegen zu erfinden, hatte gleich mit dem ersten besten Erfolg: Sie sei in der Nähe seines Hotels, habe dort nach Dienstschluß zu tun, könne gegen sieben in der Halle sein. – Sie, mit dem Apartment in der Südstadt, wo kein Baum steht, wo die Fassaden gammeln, der Beton bricht und die Kinder vertrocknen.

Sie hatten sich verabredet, im Restaurant seines Hotels zu essen. Sie war noch nie in diesem oder einem ähnlichen Restaurant gewesen, hatte kein Kleid für etwas, was über ihren Alltag hinausging, lieh sich bei der Freundin, die wegen der Wochenenden mehr Garderobe hatte, einen grünen Pulli zum roten Rock, schminkte sich stärker und saß noch still auf dem Bett mit dem Buch in der Hand, fünf Minuten noch, und dann ging sie.

Hatte den Bus genommen, war viel zu früh vor dem Hotel angekommen, war die eine Straßenseite hinauf- und die andere hinuntergegangen, hatte sich einen Ruck gegeben und war durch die Drehtür ins Hotel getreten, hatte sich in der Halle in einen bunten Sessel gesetzt, hatte sich eine Cola bestellt, hatte nicht gewagt, aufs Klo zu gehen, um sich frisch zu machen nach dem heißen Bus und der staubigen Straße, denn er hätte ja schon kommen können, und dann hätte sie nicht auf ihrem Platz gesessen, und dann wäre er an ihrem leeren Platz vorbeigegangen, auf die Straße hinaus, über die Straße hinaus, weg, immer weiter weg und nie mehr wieder.

Eduard sah das alles, nichts von ihrer Aufregung und Erwartung entging ihm, er kannte Frauen, hatte jede, die er gekannt hatte, kennengelernt, denn unter denen, die er gekannt hatte, war keine gewesen, deren Lust er nicht gesucht, deren Glück er nicht gefunden hatte. Deshalb war er sorglos.

Sie gingen ins Restaurant, er führte sie, sie spürte seine Hand flach auf ihrer Taille im Rücken.

Sie saßen an einem Tisch, sie aßen und tranken. Er trinkt den Wein wie Wasser, dachte sie, die selten trank, und trank mit. Er sagte schöne Worte, suchte und fand vom Wein noch schönere, erfand sie für sie, schuf sie für sie, Worte, die sie sich gern in einen Rahmen gestickt hätte und hingehängt, in jede Ecke ihres Zimmers. Er spielte mit ihnen, führte sie vor, baute sie bunt und hoch vor ihr auf und warf sie ihr zu Füßen.

Und sie hörte ihn an und sah ihm zu, und Worte aus dem Buch fielen ihr ein, als ob es ihre wären, als ob sie die sei, die von den Worten beschrieben wurde, als käme sie von den Worten, als sei sie durch die Worte, als habe

J. W. sie aus seinen Worten gemacht. Eduard, sagte sie.

Sah ihn, hörte ihn, deutsche Worte, dachte sie, auch wenn es englische sind, und da war ihr, als ob sie nicht allein aus J. W.'s Worten entstanden sei, sondern auch aus Eduards schien sie Gestalt anzunehmen und wuchs hinauf zu ihm und faßte seine Hände. Eduard, sagte sie.

So daß er aufstand, die Hand flach auf ihre Taille im Rücken legte und sie aus dem Restaurant führte und durch die Halle und durch die Glastür, die Drehtür, wo sich alles drehte, Glas, Rahmen, und sie selbst und alles vor und hinter ihr.

Hinausgedreht auf die Straße, hörte sie sich sagen: Nein, nicht zu mir – und fühlte sich zurückgedreht und in der Halle stehngelassen. Draußen war der Moment heiß gewesen, Florida kühlt im August auch nachts nicht ab, drin war es kühl, vor den Kopf wuchs ein Eisbrett.

Sie sah ihn durch Eis oder Milchglas zur Rezeption gehn, er brach das Eis mit jedem Schritt und trieb die Schollen auseinander, sah sich durch die schwankenden Schollen ihm nachgehn, sah ihn vor sich hergehn, in den Fahrstuhl steigen, keine flache Hand auf ihrer Taille im Rücken, sah ihn vor sich hergehn, bis in sein Zimmer.

Er schloß die Türe. Er gab ihr Wein. Sie saßen in zwei Sesseln und tranken. Wendy ging durch Glastüren, drehte sich, es knirschte. Eduard, sagte sie.

Eine Hand kam, war klein, wurde größer, kam nah. Sie konnte die Poren der Handhaut sehen, die standen so dicht, daß Wendy keine Luft bekam, die wirbelten durcheinander, die sprangen auf sie zu. Die große Hand drehte sich, legte sich auf den Rücken und öffnete sich vor ihr. Vor ihr schlug der Puls. Sie sah die Handlinien laufen, sich trennen und sich treffen. Der Puls schlug immer schneller. Eine zweite Hand kam, drehte sich durch die Drehtür, spiegelte sich doppelt im Glas, und legte sich neben die erste. Zwei Hände, andere, deutsche, dachte Wendy, liegen vor mir auf den Knien und fragen mich. Und als sie mit ja antwortete, wurde sie von den Händen aus der Drehtür herausgedreht, wurde sie von den Händen unter die Hände gelegt, konnte sie fühlen, wie der Puls der Hände wuchs, wie die Poren schlugen und die Handlinien sich um sie legten, immer enger, immer fester, bis sie rissen.

Dann streifte Licht, dann waren Stimmen unterwegs, dann fuhr ihre Zunge durch den Mund und fand den Gaumen nicht und fand die Zähne belegt und die feuchte Mundhaut trocken, und dann hörte sie ihn schlafen.

Dann stand das Licht auf ihren Augenlidern fest, dann setzte sie die Füße auf den kühlen Boden neben das Bett, fand mit der Hand eine Wand, die fest war und nicht nachgab, als sie sich an ihr hochzog. Dann sah sie ihn im Bett schlafen.

Dann suchte sie ihren roten Rock und den grünen Pullover der Freundin und fand den Pullover auf einem Teppich mit verschlungenen Ornamenten, deren Verschlingungen sie schwindlig folgte und nicht herausfand, nach welcher Ordnung sie verschlungen waren. Dann lag der rote Rock faltig da.

Dann zog sie sich an und ging zur Tür, blieb stehen, stand still, hörte auf seinen Schlaf, zählte seine Atemzüge, konnte nicht aufhören damit, mußte zählen, bis er einen Zug aussetzte, sich im Bett drehte und in anderem Rhythmus weiteratmete.

Dann machte sie die Tür auf, ging hinaus, fand den Weg zum Aufzug, fand den Weg auf die Straße.

Sie folgte einer Fußspur Schritt für Schritt, die führte sie heim, obwohl unter der Brücke Wasser floß, obwohl die Straßen sich kreuzten.

Die Wohnung war leer, die Freundin war mit einem Gast verreist. Das Buch lag auf dem Bett. Wendy legte sich auf den Boden. – Ob er noch schläft? Ob er noch weiß, wenn er erwacht nach so viel Wein? Sie suchte, bohrte in der Erinnerung und wurde schwindlig, denn immer war die Drehtür zwischen den Bildern, vor den Bildern war Milchglas, und weiter als seine Hände reichten die Bilder nicht.

Paul Eluard

Meine Schöne, meine Angebetete, ohne Dich ist es sterbenslangweilig. Gähnende Leere hier, zum Küssen sind mir nur Deine Kleider geblieben. Deine Augen, Dein Mund, Dein ganzes Wesen, sie fehlen mir. Du bist die einzige, ich liebe Dich in alle Ewigkeit. All die Not, die ich erlitten habe, ist nichts. Meine Liebe, unsere Liebe brennt sie aus. Wenn Du wieder da bist, werde ich Dich herrlich schmücken. Schreibe mir Deine Maße auf, für die Pyjamas (!!!). Alles, was man kriegen kann, sollst Du bekommen, und es soll das Allerschönste sein. Bleibe nicht so lange fort. Komme bald wieder. Ohne Dich bin ich kein Mensch mehr. Alle anderen Wünsche erfülle ich mir im Traume. Der Wunsch nach Dir kann sich nur in der Wirklichkeit erfüllen.

...bei Ana war es nicht vorauszusehen, sie saß sehr gerade auf dem Sitz am Fenster, sie saß dort schon, als ich an der Station Etienne Marcel einstieg und ein Farbiger von dem Platz ihr gegenüber aufstand und anscheinend niemand sich setzen wollte und ich, ein Pardon murmelnd, zwischen den Knien der Fahrgäste auf den Gangsitzen hindurchglitt und mich Ana gegenübersetzte; fast gleich darauf – denn ich war in die Metro hinabgestiegen, um das Spiel ein weiteres Mal zu spielen – suchte ich Margrits Profil in der Spiegelung der Fensterscheibe und fand, daß sie hübsch war, daß mir ihr schwarzes Haar mit dieser Art kurzem Flügel, der ihr schräg in die Stirn hing, gefiel.

Man meine nicht, daß mir die Namen Margrit und Ana hinterher einfielen, oder daß sie mir jetzt beim Schreiben nur dazu dienen, zwischen den beiden Mädchen zu unterscheiden, so etwas ergab sich sofort und durch das Spiel selbst, ich will damit sagen, daß das Spiegelbild in der Fensterscheibe auf keinen Fall Ana heißen konnte, so wie das Mädchen, das mir gegenübersaß, auch nicht Margrit heißen konnte, es saß mir gegenüber, ohne mich anzusehen, der Blick verloren in die Öde dieser Zwischenzeit, wo jeder eine Sphäre zu erforschen scheint, die nicht seine unmittelbare Umgebung ist, ausgenommen die Kinder, die die Dinge direkt und unverwandt anblikken, bis zu dem Tag, da man sie lehrt, sich auch ihrerseits in Zwischenräumen aufzuhalten, zu blicken, ohne zu sehen, höflich all das zu ignorieren, was einen umgibt, jeden Kontakt zu vermeiden, ein jeder in seiner Luftblase, in Parenthese gesetzt, darauf bedacht, sich den kleinsten Freiraum zwischen fremden Knien und Ellbogen zu bewahren, Zuflucht nehmend zu *France-Soir* oder zu einem Taschenbuch, auch wenn fast immer einige Blicke, wie der Blick Anas, in die Leere zwischen den wirklich betrachtbaren Dingen gerichtet sind, in dieses neutrale, stupide Vakuum zwischen meinem Gesicht und dem des Mannes, der in den *Figaro* vertieft ist. Aber dann Margrit, denn wenn ich etwas vorhersehen konnte, so dies, daß Ana sich irgendwann geistesabwesend zum Fenster wenden würde, und dann würde Margrit mein Spiegelbild sehen, unsere Blicke würden sich inmitten der Spiegelbilder dieser Fensterscheibe begegnen, die die Dunkelheit des Tunnels mit ihrem sanften Belag überzieht, mit ihrem dunkelvioletten, dahingleitenden Samt, der den Gesichtern ein Leben in anderen Sphären gibt, ihnen diese schreckliche kreidige Maske nimmt, die von der Beleuchtung des Wagens herrührt, und vor allem, o ja, du kannst es nicht leugnen, Margrit, der sie dieses andere Gesicht in der Fensterscheibe wirklich sehen läßt, denn im Moment des doppelten Blicks gibt es keine Kontrolle, mein Spiegelbild in der Fensterscheibe war nicht der Mann, der Ana gegenübersaß und den Ana in einem Metrowagen nicht ungeniert anblicken durfte, und außerdem war die, die mein Spiegelbild betrachtete, nicht mehr Ana, sondern Margrit, in dem Moment, als Ana rasch ihren Blick von dem Mann, der ihr gegenübersaß, abwandte, weil es sich nicht schickte, ihn anzusehen, und als sie sich der Fensterscheibe zuwandte, erblickte sie mein Spiegelbild, das auf diesen Augenblick gewartet hatte, um sie leicht anzulächeln, weder unverschämt noch erwartungsvoll, sobald Margrits Blick wie ein Vogel in den seinen stürze. Dies muß eine Sekunde gedauert haben, vielleicht auch etwas länger, denn ich spürte, daß Margrit dieses Lächeln bemerkt hatte, das Ana mißbilligte, wenn auch nur dadurch, daß sie den Kopf senkte und vage den Verschluß ihrer Handtasche aus rotem Leder prüfte; es gehörte sich fast, weiter zu lächeln, auch wenn Margrit mich nicht mehr ansah, denn irgendwie bestärkte Anas Verhalten mein Lächeln, sie spürte es noch, und es war nicht nötig, daß sie oder Margrit mich ansahen, beide eifrig damit beschäftigt, den Verschluß der roten Handtasche zu prüfen.

Wie schon bei Paula (bei Ophelia) und so vielen anderen, die sich damit beschäftigt hatten, einen Verschluß, einen Knopf, den Falz einer Zeitschrift zu untersuchen, war da wieder einmal die Grube, wo in einem erbarmungslosen Kribbeln von Spinnen die Hoffnung der Angst ins Netz geht, wo die Zeit wie ein zweites Herz im Puls des Spiels zu pochen beginnt; von diesem Augenblick an entschied jede Metrostation auf ihre Weise über die Zukunft, denn das Spiel wollte es so; Margrits Blick und mein Lächeln, Anas jäher Rückzug zu ihrem Taschenverschluß waren der Anfang eines Rituals, das ich irgendwann wider alle Vernunft auszuführen begonnen hatte, da mir die schlimmsten Fehlschläge lieber waren als die stupiden Verkettungen alltäglicher Kausalität. Es zu erklären ist nicht schwierig, aber es zu spielen hatte viel von einem blinden Kampf, von einem zitternden, kolloidalen Schwebezustand, wo jede Fahrtrichtung ein Baum mit unvorhersehbaren Verzweigungen war. Ein Plan der Pariser Metro bildet mit seinem mondrianesken Skelett, seinen roten, gelben, blauen und schwarzen Verästelungen, eine weite, wenn auch begrenzte Fläche mit ausgestreckten Fühlern, und dieser Baum ist zwanzig von vierundzwanzig Stunden hindurch lebendig, ein Saft quält sich durch ihn hindurch mit genauem Ziel, er fließt in Châtelet hinab oder steigt in Vaugirard auf, fließt am Odéon hinüber nach La Motte-Picquet, zweihundert, dreihundert, wer weiß wie viele mögliche Verbindungen, damit jede Zelle, kodifiziert und programmiert, in einen Abschnitt des Baums Eingang findet und an einem anderen wieder zutage tritt, sie kommt zum Beispiel aus den Galeries Lafayette und gibt ein Paket Handtücher oder eine Lampe in einem dritten Stock in der Rue Gay-Lussac ab.

Meine Spielregel war wahnsinnig einfach, war schön, stupide und tyrannisch; wenn mir eine Frau gefiel, wenn mir eine Frau, die mir gegenübersaß, gefiel, wenn mir eine Frau, die mir gegenüber am Fenster saß, gefiel, wenn der Blick ihres Spiegelbilds im Fenster dem Blick meines Spiegelbilds im Fenster begegnete, wenn mein Lächeln im Spiegelbild des Fensters das Spiegelbild der Frau im Fenster verwirrte oder ihm gefiel oder ihm mißfiel, wenn Margrit mich lächeln sah und Ana den Kopf senkte und eingehend den Verschluß ihrer roten Tasche untersuchte, dann lief das Spiel, ganz gleich, ob mein Lächeln beachtet, erwidert oder ignoriert wurde, die erste Phase des Rituals war damit abgeschlossen: ein Lächeln, das von der Frau, die es verdient hatte, registriert wurde. Dann begann der Kampf in der Grube, kribbelten die Spinnen im Magen, hangelte sich die Hoffnung von Station zu Station. Ich erinnere mich, wieso ich mich an diesen Tag erinnert habe: jetzt waren es Margrit und Ana, aber vor einer Woche waren es Paula und Ophelia gewesen, das blonde Mädchen war an einer der übelsten Stationen ausgestiegen, Montparnasse-Bienvenue, die ihren stinkenden Rachen den größten Möglichkeiten des Scheiterns öffnet. Ich wollte in die Linie Porte de Vanves umsteigen, und schon im ersten Durchgang wurde mir klar, daß Paula (daß Ophelia) in den Gang einbiegen würde, der zur Linie Mairie d'Issy führt. Da war nichts zu machen, ich konnte sie nur ein letztes Mal an der Kreuzung der Gänge anschauen, zusehen, wie sie sich entfernte, eine Treppe hinunterging. Die Spielregel war folgende: ein Lächeln in der Fensterscheibe und das Recht, einer Frau zu folgen und verzweifelt zu hoffen, daß sie in dieselbe Linie umsteigen werde, für die ich mich vor jeder Fahrt entschieden hatte; und dann – bis jetzt jedesmal – mußte ich sehen, wie sie in einen anderen Gang einbog, so daß ich ihr nicht folgen konnte, mich genötigt sah, in die Oberwelt zurückzukehren und ein Café zu betreten und weiterzuleben, bis allmählich, nach Stunden oder Tagen oder Wochen, das Verlangen von neuem die Möglichkeit erheischt, daß einmal alles zusammentrifft, eine Frau, die Fensterscheibe, ein akzeptiertes oder zurückgewiesenes Lächeln, Umsteigestationen und Anschlüsse, und dann, ja dann endlich das Recht, mich ihr zu nähern und das erste Wort zu sagen, zäh von stockender Zeit, vom endlosen Hader mit den kribbelnden Spinnen in der Tiefe der Grube.

Martin Walser

Bei jedem Schritt zögernd, als müsse ich wie ein junger, noch ungeübter Seiltänzer ein bißchen Halt ertasten, die Hände schlaff an den Seiten und nur verhalten atmend, so trat ich in den Saal und ließ mich vom Strom der anderen Besucher auf die Stuhlreihen zutreiben; so betritt einer die Kirche einer fremden Religion. Jeder Besucher im Saal war für mich ein Eingeweihter, von jedem fühlte ich mich beobachtet, beargwöhnt sogar, weil ich ein Neuling war bei diesem Verein; oder war's eine Sekte, eine Partei oder noch Schlimmeres! Jetzt bereute ich es schon fast, daß ich mich hereingewagt hatte.

Aber wie anders konnte ich versuchen, die Dame wiederzufinden, die draußen auf dem Bürgersteig vor mir hergegangen war. Meine Augen hatten sich in ihrem Nacken verfangen, genau an der Stelle, wo aus der kleinen Grube zwischen den Sehnen ihre Haare aufstiegen zu einer Frisur, die ich nicht beschreiben kann, weil ich es nicht vermocht hatte, meine Augen von ihrem Haaransatz zu lösen. Dann war dieser Nacken vor mir plötzlich nach links abgebogen.

Ich hatte es eigentlich erst bemerkt, als ich an der Saaltüre, durch die sie verschwunden war, von einem Saalordner aufgefordert wurde, meine Garderobe abzugeben. Ich hatte wortlos gehorcht, um so rasch als möglich wieder hinter meine Dame zu kommen. Nachgerade hätte mich ihr Gesicht interessiert. Aber als ich in den Saal eingetreten war, sah ich sie nicht mehr. Ich hoffte, sie wiederzufinden, wenn alle Besucher Platz genommen haben würden.

Das dauerte sehr lange.

Es war, als wolle sich keiner zuerst hinsetzen. Alle trippelten durcheinander, schüttelten Hände, wo immer sich Hände boten; viele schienen miteinander befreundet oder doch so gut bekannt zu sein, daß sie es wagen durften, sich auf die Schultern zu klopfen. Ich hatte natürlich nicht die mindeste Lust, mich als erster zu setzen; ich trippelte nicht weniger eifrig, wenn auch viel ängstlicher als die anderen, durch die Stuhlreihen und Seitengänge, hatte ich doch immer noch die Hoffnung, die Dame zu finden, um derentwillen ich mich hier hereingewagt hatte. Sah ich irgendwo eine Frau, spielte ich mich rasch in ihren Rücken, prüfte den Nacken, den Haaransatz und war immer enttäuscht, denn es waren immer andere Nacken, mir ganz fremde Haaransätze. Da sah ich runde Säulenhälse, die jene zarte Grube längst verloren, vielleicht sogar nie besessen hatten! Noch schlimmer waren die dürren Spindelhälse, deren Sehnen messerscharfe Grate bildeten, über die hin geräuschvoll harte Haare raschelten. Nirgends der Hals, nirgends die Nackengrube, die mich hierher gezogen hatten. Und jetzt klingelte es schon. Das Trippeln rundum wurde hastiger, das Händeschütteln verendete, die Grüppchen lösten sich auf, jeder suchte sich eine Stuhlreihe, in der er sich, unter erneuten Verbeugungen nach links und rechts, behutsam setzte.

Ich sah noch einmal über alle hin, strengte meine Augen an, daß sie brannten, dann ließ ich mich auf den ersten besten Stuhl fallen und nahm mir vor, während der Veranstaltung – von deren Verlauf ich noch keine Ahnung hatte – ein bißchen herumzusehen; vor allem aber wollte ich die Pause benützen – wenn es eine solche gab –, meine Suche fortzusetzen. Von einer durch alle Stuhlreihen flutenden Bewegung erfaßt, drehte auch ich meinen Kopf zur vorderen Saalhälfte hin und sah, daß dort eine Bühne war und ein Vorhang, der in diesem Augenblick bewegt wurde, sich teilte und einen Herrn entließ.

Der trat bis an den Bühnenrand auf ein Rednerpult zu --- da interessierte mich der Vorgang schon nicht mehr, ich schweifte ab, konzentrierte meine Augen wieder auf die Stuhlreihen.

Ich hörte reden. Wahrscheinlich war es der Herr, der gerade ans Pult getreten war. Ich suchte nach der Frau. Der Herr redete weiter. Ich aber ließ meine Augen langsam wie Suchscheinwerfer über den Saal gleiten, bewegte dabei den Kopf so gut wie gar nicht, um denen, die um mich her saßen, nicht zu verraten, wie wenig der Redner mich störte.

Manchmal, wenn ich glaubte, jemand habe bemerkt, daß ich nicht zuhörte, erstarrte ich für einige Sekunden völlig und fror vor Angst, man würde mich öffentlich zurechtweisen. Dann nahm ich mir vor, nicht mehr zu suchen, die Pause abzuwarten, fürchtete aber sofort, daß es vielleicht gar keine Pause gebe, daß ich also darauf angewiesen sei, jetzt zu suchen – und ich suchte. Ich weiß nicht, wie lange der Redner sprach, ich weiß nicht, wie viele Redner einander ablösten.

Manchmal brach Beifall aus. Dafür war ich sehr dankbar. Für mich war das doch eine Gelegenheit, rascher umherzuschauen, intensiver zu suchen. Ich klatschte mit, mehr als alle anderen, und schaute hitzig nach allen Seiten, tat so, als hielte ich Ausschau nach einem Bekannten, dem ich zunicken wollte, um ihm dadurch gewissermaßen mitzuteilen, wie sehr wir uns freuen durften, solchen Reden lauschen zu können. Obwohl der Beifall oft lange anhielt und ich sogar manchmal aufsprang und kühn im Saale herumblickte, als wolle ich alle zu noch größerem Beifall auffordern, es gelang mir nicht, jene Frau zu entdecken. Aber ich war nun einmal an diesen Nacken gefesselt; und wer je Ähnliches erlebte, weiß, daß ich mich am Ende der Versammlung nicht mit einem billigen Trost abspeisen konnte, der Art vielleicht, daß ich es am besten dem Zufall überlasse, mich noch einmal in die Nähe dieser Frau zu bringen. Und wenn der Zufall nicht will, dachte ich dann … nein, nein, so leicht konnte ich es mir nicht machen! Ich fragte einen Saalordner, wann wieder eine Versammlung sei. Er sagte mir, wenn ich an einer engeren Verbindung interessiert sei, möchte ich ihm meine Anschrift geben, er werde dafür sorgen, daß ich zu allen Veranstaltungen eingeladen werde.

Ich gab ihm meine Anschrift und ein Trinkgeld dazu, das meine Verhältnisse bei weitem überstieg. Ich war so glücklich! Es handelte sich doch offensichtlich um einen richtigen Verein, dessen Veranstaltungen fast immer nur von Mitgliedern besucht wurden. Wahrscheinlich war sie Mitglied. Dann würde es mir auch gelingen, sie wiederzufinden. Ich frohlockte, als ich wenige Tage später die erste Einladung erhielt und – wer beschreibt meine Freude – ein Formular, das ich nur ausfüllen mußte, um Mitglied dieses Vereins zu werden. Die Statuten durchzulesen war mir unmöglich, weil mich der Gedanke, Mitglied eines Vereins zu werden, dem auch sie angehörte, zu sehr erregte. Als ich dann die zweite Versammlung verließ, ohne sie gesehen zu haben, war ich ein bißchen niedergeschlagen, aber ich sagte mir gleich, daß ich dazu eigentlich keinen Grund hatte. Wie hatte ich hoffen können, daß mich der Zufall gerade auf den Stuhl setzen würde, von dem aus ich ihren Nacken entdecken konnte! Ich mußte meine Suche mit System fortsetzen. Das war mir um so leichter möglich, als der Verein ja auf Jahre hinaus ein reichhaltiges Veranstaltungsprogramm garantierte. Zuerst stellte ich einmal im Mitgliederverzeichnis die Zahl der Frauen fest. Und all diesen weiblichen Mitgliedern mußte ich mich jetzt vorstellen lassen. Das schien eine langwierige und große Gewandtheit erfordernde Arbeit zu werden, genügte es doch nicht, daß ich der jeweiligen Dame verschämt meinen Namen entgegenmurmelte; es genügte auch nicht, daß ich ihr so lange als schicklich und möglich ins Gesicht starrte; ich mußte mich, kaum daß ich ihr ins Gesicht gesehen hatte, in ihren Rücken spielen, um sie auf Haaransatz und Nackengrübchen hin prüfen zu können. Ich war bis dahin ein einsilbiger Mensch gewesen. Diese Aufgabe aber, so vielen Frauen in öffentlicher Gesellschaft in den Nakken zu starren, diesen Anblick sorgfältig und ausgiebig mit dem Bild zu vergleichen, das ich in meiner Erinnerung bewahrte, diese Aufgabe, die ich Abend für Abend unter Wahrung von Sitte und Schicklichkeit zu lösen hatte, machte aus mir einsilbigem Menschen einen geschmeidigen Wortefinder.

Obwohl ich aber in all den zahlreichen Versammlungen in dieser Weise mit meinen eigenen Plänen beschäftigt war, ließ es sich doch nicht verhindern, daß mir gewissermaßen nebenher und ohne meinen Willen die Reden, die hier ununterbrochen gehalten wurden, in die Ohren drangen und sich in meinem Unterbewußten ablagerten und breitmachten. Ohne daß ich je mit wacher Aufmerksamkeit begriffen hätte, welche Ziele mein Verein hatte,

hatte ich doch schon nach wenigen Jahren eine ganze Menge Einzelheiten im Kopf; es waren Fetzen aus vielen Reden, wahrscheinlich immer die lautesten Stellen; aber ich konnte, wenn ich gefragt wurde, mit solchen Brokken, die ich wörtlich aus meinem Unterbewußten heraufzuholen vermochte, wie ein gutes, interessiertes Mitglied antworten. Und dann läßt es sich ja gar nicht vermeiden, daß man als halbwegs intelligenter Mensch ganz von selbst Beziehungen herstellt zwischen solchen unwillkürlich aufgefangenen Bruchstücken. Ich darf von mir behaupten, daß ich solche Beziehungen niemals absichtlich herstellte, dazu war ich viel zu sehr mit der Suche nach jener Dame beschäftigt.

Nun wurde allerdings auch diese Suche mit der Zeit zu einer Tätigkeit, die sich von selbst vollzog. Ohne daß ich mich dazu anhalten mußte, ließ ich mich Abend für Abend weiblichen Mitgliedern vorstellen – der Bestand schien unerschöpflich –, und ohne daß ich noch genau wußte, was ich tat, spielte ich mich alsbald der jeweiligen Dame in den Rücken. Die Enttäuschung, den gesuchten Haaransatz wieder einmal nicht gefunden zu haben, spürte ich allmählich nicht mehr. Für mich war es bloß noch wichtig, auch diese Dame wieder auf der Liste der weiblichen Mitglieder als geprüft abhaken zu können. Vielleicht ist dem und jenem Mitglied aufgefallen, daß ich mich so danach drängte, allen Damen vorgestellt zu werden, vielleicht belächelte man meine Sucht, die Damen aus nächster Nähe von hinten zu bestarren, aber man ließ mich machen, das genügte mir, das erfüllte mich diesem Verein gegenüber mit wirklicher Dankbarkeit. Und wenn man einmal an mich herantreten wird, mich bitten wird, auch einmal eine Rede, ein Referat zu halten, so werde ich – obwohl ich eigentlich uninteressiert bin – diesem Wunsche nachkommen.

Aus dem Verein auszutreten, bloß weil die Zahl der noch zu prüfenden Damen sich im Laufe der Jahre doch sehr verringert hatte, das hätte ich nicht über mich gebracht. Ich verlangsamte mein Arbeitstempo, benützte nur noch jede fünfte und später nur noch jede zehnte Versammlung zu meinen Recherchen. Daß ich Versammlungen überstand, ohne meinen eigenen Plänen nachzugehen, erfüllte mich mit großer Verwunderung. Später beschloß ich sogar, gar nicht alle Damen zu prüfen und die Nachforschungen ganz einschlafen zu lassen. Vielleicht war die Gesuchte ausgetreten, vielleicht hatte sie ihre Frisur geändert oder gar ihre Haarfarbe, vielleicht war dieser Nacken fett geworden, von mir aus: die Reden unzähliger Vereinsabende hatten alles zugedeckt, eingeebnet mit dem Flugsand ihrer unmerklichen Worte. Und heute bin ich soweit gekommen, daß es einer Anstrengung bedarf, wenn ich mich daran erinnern will, daß ich früher einmal die Vereinsabende zu recht persönlichen Zwecken benützte. Wenn ich daran denke, schäme ich mich, und ein schlechtes Gewissen rötet mir die Schläfen.

Mich tröstet der Gedanke, daß meine Verfehlungen einer wohlbehüteten Vergangenheit angehören. Manchmal ertappe ich mich zwar noch dabei, wie ich mich einer Dame, der ich gerade vorgestellt wurde, um die Schulter herumspiele, während meine Lippen irgendeine zarte Ausflucht formulieren, um den Sog, der mich in den Rücken meiner Gesprächspartnerin zerrt, gesellschaftlich zu rechtfertigen; aber ich reiße mich immer noch rechtzeitig zurück, murmle eine Entschuldigung, spiele für einen Augenblick den Zerstreuten, sammle mich dann aber rasch zu heller Aufmerksamkeit und sehe meinem Gegenüber voll und breit ins Gesicht. Diese Anfälle beunruhigen mich nicht weiter. Sie verlieren sich nach und nach, und selbst wenn sie auftreten, sind sie leicht zu bestehen, sie sind gewissermaßen ziellos, und erst eine nachträgliche Gedankenarbeit erweist sie mir als Überbleibsel aus meinem Vorleben.

Was mich aber am meisten über dies Vorleben tröstet, ist der Nutzen, den ich dem Verein dank meiner Erfahrungen gestiftet zu haben glaube. Einmal sollte nämlich darüber abgestimmt werden, ob Nichtmitglieder zu Versammlungen zugelassen werden dürfen oder nicht. Viele plädierten für eine strenge Kontrolle am Saaleingang, um zu verhindern, daß Fremde in den Genuß einer Versammlung kämen. Ich sprach gegen diese Ansicht. Ich hielt bei dieser Gelegenheit die einzige Rede meiner Vereinslaufbahn. Unsere Türen müßten offen bleiben, sagte ich, ganz gleich, wer von der Straße hereinirre und mit welchen Absichten! Der Verein müsse stark genug sein, sagte ich, solche Fremdlinge zu verdauen! Ich sprach dabei vom »mächtigen Schoß unseres Vereins« und fand viel Beifall. Meine Rede bewirkte, daß unsere Türen offen blieben und offen bleiben werden. Ich glaube, darauf darf ich stolz sein, denn wie anders sollten wir je zu neuen Mitgliedern kommen!

Hermann Hesse

Es war der törichtste Tag meiner törichten Jugend. Ich lief damals einer Schülerin des berühmten Gesanglehrers H. nach. Ihr schien es ähnlich zu gehen wie mir, sie war mit großen Hoffnungen gekommen, hatte strenge Lehrer gefunden, war die Arbeit nicht gewohnt und glaubte schließlich sogar ihre Stimme zu verlieren. Sie legte sich auf die leichte Seite, flirtete mit uns Kollegen und wußte uns alle toll zu machen, wozu freilich nicht gar viel gehörte. Sie hatte die feurige, lebhaft farbige Schönheit, die bald verblüht.

Diese schöne Liddy nahm mich mit ihrer naiven Koketterie immer wieder gefangen, wenn ich sie sah. Ich war nie lange Zeit in sie verliebt, ich vergaß sie oft völlig, aber wenn ich bei ihr war, schlug jedesmal die Verliebtheit wieder über mir zusammen. Sie spielte mit mir wie mit andern, reizte uns, genoß ihre Macht und war selber dabei nur mit der neugierigen Sinnlichkeit ihrer Jugend beteiligt. Sie war sehr schön, aber nur wenn sie sprach und in Bewegung war, wenn sie mit ihrer warmen, tiefen Stimme lachte, wenn sie tanzte oder sich an der Eifersucht ihrer Liebhaber ergötzte. Sooft ich von einer Gesellschaft heimkam, in der ich sie gesehen hatte, lachte ich mich selber aus und bewies mir, daß ein Mensch von meiner Art unmöglich diese gefällige Lebenskünstlerin im Ernst lieben könne. Manchmal aber gelang es ihr wieder, mich durch eine Geste, durch ein geflüstertes Wort so zu erregen, daß ich die halbe Nacht heiß und wild in der Nähe ihrer Wohnung unterwegs blieb.

Ich hatte damals eine kurze Periode der Wildheit und

eines halb erzwungenen Übermutes. Nach Tagen der Niedergeschlagenheit und dumpfen Stille forderte meine Jugend stürmisch Bewegung und Rausch, und ich ging dann mit einigen gleichaltrigen Kameraden Lustbarkeiten und Streichen nach. Wir galten für lebenslustige, ausgelassene, ja gefährliche Tumultuanten, was bei mir nicht zutraf, und genossen bei Liddy und ihrem kleinen Kreise einen zweifelhaften, doch süßen Heldenruhm. Wieviel von diesem Treiben echte Jugendlust und wieviel gewollte Betäubung war, kann ich heute nimmer entscheiden, da ich jenen Zuständen und aller äußerlichen Jugendlichkeit längst völlig entwachsen bin. Wenn ein Zuviel dabei war, so habe ich es gebüßt. An einem Wintertage, da kein Unterricht war, zogen wir miteinander vor die Stadt hinaus, acht oder zehn junge Leute, darunter Liddy mit drei Freundinnen. Wir hatten Rodelschlitten mit, deren Benützung damals noch für ein Kindervergnügen galt, und suchten in der bergigen Umgebung der Stadt die Straßen und Wiesenhänge nach guten Schlittenbahnen ab. Ich erinnere mich des Tages genau, es war mäßig kalt, zuweilen kam die Sonne für Viertelstunden hervor, die kräftige Luft roch herrlich nach Schnee. Die Mädchen standen mit ihren farbigen Kleidern und Tüchern prächtig im weißen Grunde, die herbe Luft war berauschend und die heftige Bewegung in dieser Frische eine Lust. Unsre kleine Gesellschaft war in fröhlichster Laune, Ulknamen und Hänseleien flogen hin und wider, wurden durch Schneeballen beantwortet und führten zu kleinen Kriegen, bis wir alle heiß und voll Schnee dastanden und eine Weile veratmen mußten, ehe wir von neuem begannen. Es wurde eine große Schneeburg gebaut, belagert und erstürmt, dazwischen fuhren wir da und dort einmal einen kleinen Wiesenhang auf unseren Schlitten hinunter.

Um Mittag, als wir alle von dem Gestürme grimmig hungrig geworden waren, suchten und fanden wir ein Dorf und ein gutes Wirtshaus, ließen sieden und braten, bemächtigten uns des Klaviers, sangen, schrien, bestellten Wein und Grog. Das Essen kam und wurde festlich begangen, der gute Wein floß reichlich, danach begehrten die Mädchen Kaffee, während wir die Liköre versuchten. Es war ein Geschrei und Festlärm in der kleinen Stube, daß uns allen die Köpfe rauchten. Ich war immer in Liddys Nähe, die mich heute in gnädiger Laune durch besondere Gunst auszeichnete. Sie blühte in dieser Luft voll Lustbarkeit und Rausch gar prächtig auf, ließ ihre hübschen Augen blitzen und duldete manche halb kühn, halb ängstlich gewagte Zärtlichkeit. Ein Pfänderspiel wurde begonnen, wobei die Pfänder am Klavier durch Nachahmung irgendeines unserer Lehrer eingelöst werden mußten, manche aber auch durch Küsse, deren Zahl und Beschaffenheit genau beobachtet wurde.

Als wir glühend und lärmend das Haus verließen und den Heimweg antraten, war es noch früh am Nachmittag, doch begann es schon ein wenig zu dämmern. Wieder tollten wir wie ausgelassene Kinder durch den Schnee, ohne Eile durch den leis herankommenden Abend nach der Stadt zurückkehrend. Es gelang mir, an Liddys Seite zu bleiben, zu deren Ritter ich mich nun aufwarf, nicht ohne Widerspruch der andern. Ich zog sie streckenweise auf meinem Schlitten und schützte sie nach Kräften vor den immer wieder versuchten Angriffen mit Schneebällen. Schließlich ließ man uns gewähren, jedes der Mädchen fand seinen Genossen, und nur zwei ledig gebliebene Herrlein zogen neckend und kriegslustig nebenher. Ich war nie so erregt und toll verliebt gewesen wie in jenen Stunden; Liddy hatte meinen Arm genommen und duldete es, daß ich sie im Gehen leise an mich zog. Dabei plauderte sie bald geschwätzig in den Abend hinein, bald schwieg sie glücklich und, wie mir schien, verheißungsvoll an meiner Seite. Ich brannte und war entschlossen, diese Gelegenheit nach Kräften zu benützen, zumindest aber diesen traulich zärtlichen Zustand solange als möglich festzuhalten. Es hatte auch niemand etwas dagegen, als ich kurz vor der Stadt noch einen Umweg vorschlug und in einen schönen Höhenweg einbog, der steil über dem Tale im Halbkreis hinlief, reich an weiten Aussichten auf das Flußtal und die Stadt, die schon mit blitzenden Laternenreihen und tausend roten Lichtern aus der Tiefe glänzte.

Liddy hing noch immer an meinem Arm und ließ mich reden, nahm meine glühenden Überschwenglichkeiten lachend hin und schien doch selber tief erregt zu sein. Als ich sie aber mit leiser Gewalt an mich zog und küssen wollte, machte sie sich los und sprang beiseite.

»Schauen Sie«, rief sie aufatmend, »die Wiese dahinten müssen wir schlitteln! Oder haben Sie Angst, Sie Held?«

Ich schaute hinunter und war erstaunt, denn der Abhang war so jäh, daß mir wirklich einen Augenblick vor dieser frechen Fahrt graute.

»Das geht nicht«, sagte ich leichthin, »es ist schon viel zu dunkel.«

Sofort fiel sie mit Spott und Entrüstung über mich her, nannte mich einen Hasenfuß und verschwor sich, den Hang allein hinabzufahren, wenn ich zu feig sei mitzukommen.

»Umwerfen werden wir natürlich«, meinte sie lachend, »aber das ist ja doch das Lustigste bei der ganzen Fahrerei.«

Da sie mich so reizte, kam mir ein Einfall.

»Liddy«, sagte ich leise, »wir fahren. Wenn wir umwerfen, dürfen Sie mich mit Schnee einreiben, aber wenn wir glatt hinunterkommen, will ich auch meinen Lohn haben.«

Sie lachte nur und setzte sich auf den Schlitten. Ich sah ihr in die Augen, die glühten warm und lustig, da nahm ich ganz vorn Platz, hieß sie sich an mich klammern und fuhr ab. Ich spürte, wie sie mich umfaßte, ihre Hände auf meiner Brust kreuzend, und ich wollte ihr noch etwas zurufen, konnte aber nicht mehr. Die Steile war so jäh, daß ich das Gefühl hatte, in die leere Luft zu stürzen. Sofort suchte ich mit beiden Sohlen den Boden, um anzuhalten oder doch umzuwerfen, denn plötzlich war mir eine Todesangst um Liddy ins Herz gefahren. Es war jedoch zu spät. Der Schlitten sauste unaufhaltsam bergab, ich fühlte nur einen kalten, beißenden Schwall aufgewühlten Schneestaubes im Gesicht, dann hörte ich Liddy angstvoll schreien, dann nichts mehr. Ein ungeheurer Hieb wie von einem Schmiedehammer traf meinen Kopf, irgendwo tat es mir schneidend weh. Das letzte Gefühl, das ich hatte, war das der Kälte.

Mit dieser kurzen flotten Schlittenfahrt habe ich meine Jugendlust und Torheit gebüßt. Nachher war mit vielem anderen auch meine Liebe zu Liddy ganz verflogen.

Dienstag.

Sonnenschein und Stille, ein wunderbarer, heller Tag. Der Schnee war weg; allerorten Leben und Lust und frohe Gesichter, Lächeln und Lachen. Von den Springbrunnen stiegen die Wasserstrahlen im Bogen auf, golden von der Sonne, blau von dem blauen Himmel…

Gegen Mittag trat ich aus meinem Logis in der Tomtestraße, in dem ich immer noch wohnte und es mir für die zehn Kronen des »Kommandeurs« gut gehen ließ, und begab mich in die Stadt. Ich war in der fröhlichsten Stimmung und trieb mich den ganzen Nachmittag in den lebhaftesten Straßen umher und sah den Menschen zu. Noch bevor es sieben Uhr abends wurde, machte ich einen Spaziergang zum St.-Olafsplatz und lugte heimlich zu den Fenstern in Nummer 2 hinauf. In einer Stunde sollte ich sie sehen! Ich ging die ganze Zeit in einer leichten, köstlichen Angst umher. Was würde geschehen? Was sollte ich anfangen, wenn sie die Treppe herunterkam? Guten Abend, Fräulein? Oder nur lächeln? Ich entschloß mich, es beim Lächeln zu lassen. Natürlich würde ich sie tief grüßen.

Ich schlich weg, ein wenig beschämt, weil ich so früh daran war, wanderte eine Weile in der Karl-Johan-Straße auf und ab und behielt die Universitätsuhr im Auge. Als es acht Uhr wurde, ging ich die Universtitässtraße wieder hinauf. Unterwegs fiel es mir ein, daß ich vielleicht ein paar Minuten zu spät kommen könnte, und ich holte aus, so gut ich vermochte. Mein Fuß schmerzte sehr, aber sonst fehlte mir nichts.

Ich nahm meinen Platz beim Springbrunnen ein und

verschnaufte. Ich stand ziemlich lange da und sah nach den Fenstern in Nummer 2 hinauf; aber sie kam nicht. Na, ich würde schon warten, ich hatte keine Eile; sie war vielleicht noch verhindert. Und ich wartete weiterhin. Ich hatte das Ganze doch wohl nicht geträumt, die erste Begegnung mit ihr in der Einbildung erlebt, in jener Nacht, in der ich im Fieber lag? Ratlos begann ich nachzudenken und fühlte mich meiner Sache gar nicht sicher.

Hm! sagte es hinter mir.

Ich hörte dieses Räuspern, ich hörte auch leichte Schritte in meiner Nähe; aber ich drehte mich nicht um, starrte nur auf die große Treppe vor mir.

Guten Abend! sagte es dann.

Ich vergesse zu lächeln, greife nicht einmal sofort zum Hut, ich bin so erstaunt, sie von dieser Seite kommen zu sehen.

Haben Sie lange gewartet? sagt sie, und sie atmet etwas rasch nach dem Lauf.

Nein, gar nicht, ich kam vor kurzem, antwortete ich. Und außerdem, was hätte es geschadet, wenn ich lange gewartet hätte? Ich dachte übrigens, Sie würden von einer anderen Seite kommen?

Ich habe Mama zu Bekannten begleitet, Mama ist heute abend nicht zu Hause.

Ach so! sagte ich.

Wir waren ins Gehen gekommen. An der Straßenecke steht ein Schutzmann und sieht uns an.

Aber wohin gehen wir eigentlich? sagt sie und bleibt stehen.

Wohin Sie wollen, nur wohin Sie wollen.

Uff, ja, aber es ist sehr langweilig, das selbst zu bestimmen.

Pause.

Dann sage ich, nur um etwas zu sagen:

Ihre Fenster sind dunkel, sehe ich.

Ja, freilich! antwortet sie lebhaft. Das Mädchen hat auch frei. So daß ich ganz allein zu Hause bin.

Wir stehen beide da und sehen zu den Fenstern in Nummer 2 hinauf, als ob keines von uns sie früher schon gesehen hätte.

Können wir nicht zu Ihnen hinaufgehen? frage ich. Ich werde die ganze Zeit bei der Türe sitzen bleiben, wenn Sie das wollen...

Aber nun bebte ich vor Erregung und bereute sehr, so frech gewesen zu sein. Wenn sie nun gekränkt war und von mir fortging? Wenn ich sie nun nie mehr sehen durfte? Ach, welch elenden Anzug ich anhatte! Verzweifelt wartete ich auf die Antwort.

Sie brauchen nicht an der Türe zu sitzen, sagte sie.

Wir gingen hinauf.

Auf dem Gang, wo es dunkel war, nahm sie meine Hand und führte mich. Ich brauchte durchaus nicht so still zu sein, sagte sie, ich könnte ruhig sprechen. Und wir kamen hinein. Während sie Licht machte – sie zündete keine Lampe an, sondern eine Kerze – während sie diese Kerze anzündete, sagte sie mit einem kleinen Lachen: Aber nun dürfen Sie mich nicht ansehen. Uff, ich schäme mich! Aber ich werde es nie wieder tun.

Was werden Sie nie wieder tun?

Ich werde nie... uff, nein, Gott behüte mich... ich werde Sie nie wieder küssen.

Werden Sie das nicht? sagte ich, und wir lachten beide. Ich streckte die Arme nach ihr aus, sie glitt zur Seite, schlüpfte weg, zur anderen Seite des Tisches hinüber.

Wir sahen einander eine Weile an, das Licht stand zwischen uns.

Dann löste sie den Schleier und nahm den Hut ab; währenddessen hingen ihre funkelnden Augen an mir und wachten über meine Bewegungen, damit ich sie nicht fassen könnte. Ich machte wieder einen Ausfall, stolperte über den Teppich und fiel; mein verletzter Fuß wollte mich nicht mehr tragen. Ich erhob mich äußerst verlegen.

Gott, wie Sie rot geworden sind! sagte sie. Es war aber auch gräßlich ungeschickt.

Ja, das war es.

Und wir begannen wieder herumzuspringen.

Mir scheint, Sie hinken?

Ich hinke vielleicht ein wenig, aber nur wenig.

Kürzlich hatten Sie einen verletzten Finger, jetzt haben Sie einen verletzten Fuß; Sie haben viele Plagen.

Ich wurde vor einigen Tagen ein wenig überfahren.

Überfahren? Wieder betrunken? Nein, Gott bewahre mich, wie Sie leben, junger Mann! Sie drohte mit dem Zeigefinger und stellte sich ernst. Setzen wir uns also! sagte sie. Nein, nicht dort an die Türe; Sie sind zu zurückhaltend, hierher, Sie dort und ich hier, so, ja... Uff, es ist schrecklich langweilig mit zurückhaltenden Menschen! Da muß man alles selbst tun und sagen, hat nirgends eine Hilfe. Nun könnten Sie zum Beispiel gerne Ihre Hand auf meinen Stuhlrücken legen, Sie hätten das wohl von selbst herausfinden können, das hätten Sie. Und wenn ich so etwas sage, dann machen Sie ein Paar Augen, als glaubten Sie es nicht recht. Ja, das ist wirklich wahr, ich habe es mehrere Male gesehen, jetzt machen Sie es wieder so. Aber Sie dürfen mir ja nur nicht weismachen wollen, daß Sie so bescheiden sind, wenn Sie sich nur getrauen. Sie waren damals ziemlich frech, als Sie betrunken waren und mir bis nach Hause folgten und mich mit Ihren geistreichen Anreden plagten: Sie verlieren Ihr Buch, Fräulein, Sie verlieren ganz bestimmt Ihr Buch, Fräulein! Hahaha! Pfui, das war wirklich schlecht von Ihnen!

Ganz verloren saß ich da und sah sie an. Mein Herz schlug laut, das Blut rann mir warm durch die Adern. Welch ein wundervoller Genuß, wieder in einer menschlichen Wohnung zu sitzen und eine Uhr ticken zu hören und, anstatt mit mir selbst, mit einem jungen, lebendigen Mädchen zu reden!

Weshalb reden Sie nichts?

Nein, wie süß Sie sind! sagte ich. Ich sitze hier und bin ganz benommen von Ihnen, hier in diesem Augenblick innerlich benommen. Dagegen ist nichts zu machen. Sie sind das seltsamste Geschöpf, das... Manchmal strahlen Ihre Augen so, ich habe nie solche Augen gesehen, sie sehen wie Blumen aus. Was? Nein, nein, vielleicht auch nicht wie Blumen, sondern... Ich bin ganz verliebt in Sie, da hilft gar nichts. Wie heißen Sie? Nun müssen Sie mir aber wirklich sagen, wie Sie heißen...

Nein, wie heißen Sie? Gott, nun hätte ich es beinahe wieder vergessen! Ich dachte gestern die ganze Zeit daran, daß ich Sie danach fragen wollte. Ja, das heißt, nicht den ganzen gestrigen Tag, ich dachte durchaus nicht den ganzen Tag an Sie.

Wissen Sie, wie ich Sie genannt habe? Ich habe Sie Ylajali genannt. Wie gefällt Ihnen das? Solch ein gleitender Laut...

Ylajali?

Ja.

Ist das eine fremde Sprache?

Hm. Nein, das nicht.

Ja, es klingt nicht häßlich.

Nach langen Verhandlungen sagten wir einander unsere Namen. Sie setzte sich mir dicht zur Seite auf das Sofa und schob den Stuhl mit dem Fuß fort. Und wir fingen wieder an zu plaudern.

Sie haben sich heute abend auch rasiert, sagte sie. Im ganzen sehen Sie um einiges besser aus als letzthin, aber nur ein ganz klein bißchen übrigens; bilden Sie sich nur ja nicht ein... Nein, neulich sahen Sie wirklich schäbig aus. Und obendrein hatten Sie noch einen scheußlichen Lappen um den Finger. Und in diesem Zustand wollten Sie absolut mit mir irgendwohin gehen und Wein trinken. Nein, danke!

Also um meines miserablen Aussehens willen wollten Sie damals nicht mitkommen? sagte ich.

Nein, antwortete sie und sah nieder. Nein, bei Gott, es war nicht deswegen. Ich dachte nicht einmal daran.

Hören Sie, sagte ich, Sie sitzen hier gewiß in dem Glauben, daß ich genauso leben und mich kleiden könne, wie ich möchte? Aber das kann ich eben nicht, ich bin sehr, sehr arm.

Sie sah mich an.

Sind Sie das? fragte sie.

Ja, das bin ich.

Pause.

Du lieber Gott, das bin ich ja auch, sagte sie mit einer unbefangenen Bewegung des Kopfes.

Jedes ihrer Worte berauschte mich, traf mich wie ein Weintropfen ins Herz, obwohl sie gewißlich ein höchst durchschnittliches Kristianiamädchen war, mit Jargon und kleinen Keckheiten und Geschwätz. Die Gewohnheit, ihren Kopf ein wenig auf die Seite zu legen und zuzuhorchen, wenn ich etwas sagte, entzückte mich. Und ich fühlte ihren Atem dicht an meinem Gesicht.

Wissen Sie, sagte ich, daß... Aber nun dürfen Sie nicht böse werden... Als ich gestern abend zu Bett ging, legte ich den Arm für Sie zurecht... so... als ob Sie darinlägen. Und so schlief ich ein.

Ach nein? Das war schön! Pause. Aber so etwas konnten Sie auch nur auf Abstand tun; denn sonst...

Glauben Sie nicht, daß ich es auch sonst tun könnte?

Nein, das glaube ich nicht.

Doch, von mir können Sie alles erwarten, sagte ich und warf mich in die Brust. Und ich legte den Arm um ihren Leib.

Kann ich das? erwiderte sie nur.

Es ärgerte und kränkte mich, daß sie mich für so sittsam hielt; ich richtete mich auf, faßte mir ein Herz und ergriff ihre Hand. Aber sie zog sie ganz leise weg und rückte von mir ab. Dies nahm mir wieder den Mut, ich schämte mich und sah zum Fenster. Ich war doch zu jämmerlich, wie ich so dasaß, ich brauchte nicht zu versuchen, mir etwas einzubilden. Hätte ich sie damals getroffen, als ich noch wie ein Mensch aussah, in meinen Wohlstandstagen, da ich noch ein wenig Überfluß hatte, so wäre es etwas anderes gewesen. Und ich fühlte mich sehr niedergeschlagen.

Da können Sie sehen! sagte sie, nun können Sie es wieder sehen; man kann Sie schon mit einem kleinen Stirnrunzeln schrecken. Sie kleinkriegen, indem man von Ihnen abrückt... Sie lachte schelmisch, mit ganz geschlossenen Augen, als wenn auch sie es nicht ertrüge, angesehen zu werden.

Nein, du großer Gott! platzte ich heraus. Jetzt sollen Sie aber sehen! Und ich schlang die Arme heftig um ihre Schultern. War das Mädchen von Sinnen? Hielt sie mich für gänzlich unerfahren? He! ich wollte doch zum... Es sollte mir keiner nachsagen, daß ich in diesem Fall zurückstände. Es war doch ein Satansmädchen. Wenn es nur darauf loszugehen galt, dann...

Als wenn ich zu gar nichts in der Welt taugte!

Sie saß ganz ruhig und hatte ihre Augen immer noch geschlossen; keines von uns sprach. Ich drückte sie fest an mich, preßte ihren Körper an meine Brust und sagte kein Wort. Ich hörte unseren Herzschlag, sowohl ihren wie meinen, es klang wie Pferdegetrappel.

Ich küßte sie.

Ich wußte nichts mehr von mir, sagte einigen Unsinn, über den sie lachte, flüsterte Kosenamen gegen ihren Mund, streichelte ihr die Wange, küßte sie viele Male. Ich öffnete einen oder zwei Knöpfe ihres Leibchens und sah ihre Brüste darunter, weiße, runde Brüste, die wie zwei süße Wunder unter dem Hemd schimmerten.

Darf ich sehen! sage ich, und versuche mehrere Knöpfe zu öffnen, versuche die Öffnung größer zu machen; doch meine Erregung ist zu stark, ich komme mit den untersten Knöpfen, wo sich das Leibchen fester anstrammt, nicht zurecht. Darf ich nur ein wenig sehen... ein wenig...

Sie schlingt den Arm um meinen Hals, ganz langsam, zärtlich; ihr Atem haucht mir aus den roten, zitternden Nasenlöchern ins Gesicht; sie beginnt selbst mit der anderen Hand die Knöpfe zu öffnen, einen nach dem anderen. Sie lacht verlegen, lacht kurz und sieht mehrere

Male zu mir auf, prüfend, ob ich wohl bemerke, daß sie furchtsam ist. Sie löst die Bänder, hakt das Korsett auf, ist entzückt und ängstlich. Und mit meinen groben Händen nestle ich an diesen Knöpfen und Bändern...

Sie streicht mir mit ihrer linken Hand über die Schulter, um die Aufmerksamkeit von dem, was sie tut, abzulenken und sagt:

Was hier für eine Menge loser Haare liegt!

Ja, antworte ich und will mit meinem Mund zu ihrer Brust eindringen. In diesem Augenblick liegt sie mit ganz offenen Kleidern da. Plötzlich ist es, als besänne sie sich, als fände sie, daß sie zu weit gegangen sei; sie bedeckt sich wieder und richtet sich ein wenig auf. Und um ihre Verlegenheit über die offenen Kleider zu verbergen, spricht sie wieder von den vielen ausgefallenen Haaren auf meiner Schulter.

Wie kommt es, daß Ihnen das Haar so ausgeht?

Weiß ich nicht.

Sie trinken natürlich zuviel, und vielleicht... Pfui, ich will das nicht sagen! Sie sollten sich schämen! Nein, das hätte ich nicht von Ihnen geglaubt! Daß Sie so jung schon die Haare verlieren!... Nun müssen Sie mir aber, bitte schön, erzählen, wie Sie eigentlich leben. Ich bin sicher, daß es fürchterlich ist! Aber nur die Wahrheit, verstehen Sie, keine Ausflüchte! Ich werde es Ihnen übrigens schon ansehen, wenn Sie etwas verheimlichen wollen. So, nun erzählen Sie!

Ach wie müde ich geworden war! Wie gerne wäre ich lieber still gesessen und hätte sie angesehen, als mich hier aufzuspielen und mich mit allen diesen Versuchen zu quälen. Ich taugte zu nichts, ich war ein Fetzen geworden.

Fangen Sie an! sagte sie.

Ich ergriff die Gelegenheit und erzählte alles, und ich erzählte nur die Wahrheit. Ich machte nichts schlimmer, als es war, es war nicht meine Absicht, ihr Mitleid zu erregen; ich sagte auch, daß ich mir eines Abends fünf Kronen angeeignet hatte.

Sie saß mit offenem Mund da und lauschte, bleich, erschrocken, die blanken Augen ganz verstört. Ich wollte es wieder gutmachen, den traurigen Eindruck, den ich erregt hatte, wieder zerstreuen, und strammte mich deshalb auf:

Es ist ja nun überstanden; jetzt ist keine Rede mehr davon, jetzt bin ich geborgen...

Eines Tages, aber es ist in diesem Fall wohl besser, das Datum zu nennen, es war der 1. April, stand der Blumenstrauß auf des unschönen Fräuleins Platz. Das unschöne Fräulein, wir werden es Brutta nennen, war zum Diktieren beim Direktor gewesen, dachte beim Zurückkommen, da ist doch etwas Fremdes, und nahm es schon wahr, die häßliche Bürovase und schief hineingelehnt das mit glänzendem und zugleich durchsichtigem Papier umwickelte Bukett, das bei näherer Betrachtung aus Tulpen, Narzissen, jungem Buchenlaub und Sumpfschwertlilien bestand. Ein goldenes Schildchen, rundum ausgezackt, hing an einem goldenen Faden, der Name des Blumenladens stand darauf. Ein Irrtum, natürlich, dachte Brutta, wer sollte ihr Blumen schicken, wer hätte ihr je Blumen geschickt. Einen Augenblick lang beugte sie sich über den Strauß, roch die herben und reinen Frühlingsgerüche, dann sah sie zu ihren Zimmergenossinnen hinüber, die aber ihre Köpfe auf die großen Büromaschinen gebeugt hielten. Es war drei Minuten vor zwölf Uhr, die Sonne schien ins Zimmer, der Preßluftbohrer auf der nahen Baustelle ratterte wie toll.

Wem gehört das? fragte Brutta, sie mußte ihre Frage dreimal wiederholen, die Freundinnen zuckten die Achseln und sahen sie geistesabwesend an. Dann hörte der Lärm plötzlich auf, Mittagspause, und nun schrien Fräulein Seifert und Frau Erbe überlaut: Von Herrn Zinn für Sie, von Herrn Zinn für Sie. Dabei lachten sie wie Kobolde, setzten auch hinzu: Dreimal hat er heute schon den Kopf zur Tür hineingestreckt, er hat Sie gesucht. Soviel hörte Brutta noch, dann lief sie weg, Mittagspause, ihre Brote steckten in der Manteltasche, sie lief in den Park.

Um von Bruttas Arbeitsstelle, einer Bank, in den Park zu gelangen, mußte man eine breite, sehr verkehrsreiche Straße überqueren. Brutta ging bis zur Ampel und wartete dort, bis das grüne Licht kam, und währenddessen sah sie in die Kronen der alten Kastanien hinauf, die noch nicht blühten, aber bald blühen würden, und später würden sie all ihre Kraft darauf verwenden, dichtes, dunkles Laub zu bekommen und mit dem Laub ihre Früchte vor den heißen Sonnenstrahlen und den Gewitterstürmen des Sommers zu beschützen. Neben Brutta warteten auch ein paar Schulkinder, die sich damit unterhielten, immer wieder auf den Knopf zu drücken, obwohl doch das rote Licht seine Zeit hat und das grüne Licht auch und der Knopf eigentlich ganz überflüssig ist. Als es schließlich so weit und die Straße frei war, nahm Brutta das kleinste der Kinder, einen Jungen mit stählerner Schielbrille, an die Hand und führte es über die Straße, was ihr sonst nie eingefallen wäre. Drüben, unter den andern, schon ein wenig weiter aufgeblühten Kastanien, riß sich der Junge los und lief weg, aber nun sah Brutta eine Bekannte vor sich hergehen und beeilte sich, an ihre Seite zu kommen. Sie fragte die Bekannte nach ihrem Mann und ihren Kindern, die ihr ganz gleichgültig waren, auch die Bekannte war ihr gleichgültig, und sie tat das alles nur, um nicht an den Blumenstrauß denken zu müssen und an Herrn Zinn, der ihr ebenfalls ganz gleichgültig war. Sie sah diesen Herrn Zinn aber trotzdem die ganze Zeit vor sich, er trat aus jeder Haustüre und bog um jede Straßenecke, und als Brutta endlich im

Park und allein war, ging er sogar neben ihr her. Schließlich kam es so weit, daß er mit ihr auf einer Bank saß und sie ihren Kopf an seine Schulter lehnte. Aber das wird mir niemand glauben, der nicht weiß, wie lang eine Stunde sein kann, sechzig Minuten voll von Gedanken und Träumen, eine unermeßliche Zeit.

Zuerst freilich, als Brutta an dem kleinen von Schilf durchwachsenen Weiher vorbei und an den Gewächshäusern entlangging, war von solcher Intimität die Rede noch nicht. Brutta erinnerte sich daran, wie sie Herrn Zinn zum erstenmal gesehen und wie er sich ihr vorgestellt hatte, kühl, hochmütig, obwohl sie in dem Bankgeschäft viel mehr als eine Schreibkraft war. Das war im vergangenen Spätherbst gewesen, Schnee war bereits gefallen oder ein Gemisch aus Schnee und Regen, weswegen Brutta über ihren Filzhut eine Plastikhaube gezogen hatte, auf diese unkleidsame Hülle hatte Herr Zinn seinen Blick gerichtet, voll Widerwillen, wie ihr schien. Auch später hatte sie in seinen Zügen oft Widerwillen, mindestens Abneigung gelesen, er war einige Male, ohne sie zu grüßen, an ihr vorübergegangen, und einmal hatte er ihr, eines kleinen Versehens wegen, vor mehreren Mitarbeitern und sogar in Gegenwart des zweiten Direktors die heftigsten Vorwürfe gemacht. Als sie ihm eines Abends im Symphoniekonzert begegnet war, war es ihr vorgekommen, als ob er, von seinen eleganten Begleitern nach ihr gefragt, achselzuckend und verächtlich von ihr gesprochen habe, und während eines Betriebsausflugs hatte er, um im Autobus nicht neben ihr sitzen zu müssen, die lächerlichsten Ausflüchte gebraucht.

Alle diese kleinen Vorfälle rief Brutta sich ins Gedächtnis zurück, während sie an den Tulpenbeeten entlangging und dann durch den Rosengarten, der gerade neu angelegt worden war und in dem aus einem nierenförmigen Becken viele kleine und ein großer Wasserstrahl sprangen, und während Brutta sich auf diese Vorfälle besann, gewannen sie allmählich ein anderes Gesicht. Die Plastikhaube war in der Tat sehr häßlich gewesen, und Männer, die einen Korridor entlanggehen, mögen oft in Gedanken sein. Als Herr Zinn ihr die Szene gemacht hatte, war sie ihm wohl schon nicht mehr ganz gleichgültig gewesen, er hatte das nur nicht wahrhaben wollen. Aus demselben Grunde hatte er sie im Konzert verleugnet, während er auf dem Betriebsausflug einfach Angst gehabt hatte, neben ihr zu sitzen, nasse Hände zu bekommen und zu zittern unter ihrem erstaunten Blick. Er ist schüchtern, dachte Brutta, das gefällt mir, und hatte er nicht eigentlich eine angenehme Stimme, und war seine etwas lange Nase nicht hübsch geformt? Schüchternheit wirkt oft wie Hochmut: Stell dir vor, zuerst hab ich dich für hochmütig gehalten. Hast du das, Liebe? Ja, das wundert mich nicht. – Und dann würde er von seiner Kindheit erzählen, einer traurigen Kindheit natürlich, alle sympathischen Männer haben eine traurige Kindheit gehabt. Auch keine Freunde? Nein, keine Freunde, keine richtigen wenigstens, aber jetzt habe ich dich. Aber ich bin doch nicht verliebt, dachte Brutta erstaunt und versuchte sich vorzustellen, wie Herr Zinn seinen Arm um sie legen würde, vielleicht schon heute abend, ja gewiß schon heute abend, wenn sie sich für die Blumen bedankt und er sie gefragt hatte, ob er sie nach Hause fahren dürfe. Er hatte natürlich einen Wagen, einen weißen sogar, in dem er schon oft, ohne Brutta zu beachten, an ihr vorübergefahren war. Nun, heute abend würde er um den Wagen herumgehen und die Türe für sie aufmachen, vielleicht machen wir noch einen kleinen Umweg, vielleicht gehen wir ein paar Schritte, es bleibt jetzt schon viel länger hell. Dann, beim Aussteigen am Waldrand, würde Herr Zinn sie an sich ziehen, aber vielleicht auch erst später, wenn sie durch die schon dämmerige Schneise gingen, sie mit einem Mann, der ihr immer gleichgültig gewesen war, aber jetzt sah sie ihn plötzlich anders, daß er sie liebte, machte ihn anders, machte ihn schön und gut.

Während Brutta unter der Blutbuche bei den Springbrunnen saß, sagte sie den Vornamen des Herrn Zinn, Walter, vor sich hin, was niemand hören konnte, weil die Wasserstrahlen im Niederfallen prasselten, ein starker Mittagswind hatte sich erhoben und zog ihr feuchte Schleier über das Gesicht. Bist du naß geworden? fragte Herr Zinn, ja, jetzt, vor halb ein Uhr, saß er schon neben Brutta, zog sein Taschentuch heraus und trocknete damit die Tropfen auf ihren Wangen und auf ihrer Stirn. Wo werden wir wohnen? fragte Brutta, als sie aufgestanden waren und auf den hinteren Teil des Gartens zugingen, dorthin, wo um diese Zeit in langen Beeten die Tulpen blühen. Aber war es denn noch um diese Zeit? Schon öffneten sich die Kelche der Rosen, schon zeigten Rittersporn und Lupinen ihr hochsommerliches Blau. Herr Zinn schlug dieses und jenes vor, ein wenig außerhalb der Stadt gefiel es Brutta am besten, und schon hatten sie eine Wohnung am Stadtrand und traten ans Fenster, um über eine von Herbstzeitlosen bedeckte Wiese aufs Gebirge zu sehen. Als Brutta den Steingarten erreicht hatte und durch die rosa Erikastauden auf den andern, den großen Teich zuging, hatte sich Herrn Zinns Miene verfinstert, so gefiel er ihr noch besser, was hast du, Liebster (Liebster!), ach er war kein ewig sonniger Ehemann, er war schwermütig, oft umwölkten Sinnes, zerfallen mit der Welt.

Es war jetzt zwanzig Minuten vor ein Uhr, auf dem Teich schwammen die Entchen, die von den Einsamen gefüttert werden, und die Schwäne, die sich flügelschlagend den Hoffnungslosen nähern, um sie zu beißen, aber Brutta bissen sie nicht. Sie war keine Einsame, keine Entchenfütterin mehr, ihre Kinder, zwei Knaben, ruderten um die kleine Insel, dann wichen die Ufer des Teiches zurück. Ja, jetzt würden sie reisen, übers Meer fahren, die Welt ist zerfallen, aber wir haben eine neue erfunden, eine Ich-und-Du-Welt, in der niemand verlorengeht. Brutta saß wieder auf einer Bank, jetzt überstürzte sich alles, der Sommer überwältigte den Frühling, der Winter den Herbst, die Bäume knarrten und bogen sich, jetzt war Krieg, jetzt war wieder Frieden, jetzt wanderte sie mit Herrn Zinn und den Kindern schlecht beschuht und in zerrissenen Kleidern durch unwegsames Gelände, jetzt gingen sie schön angezogen über eine Promenade, die Kinder waren nicht mehr dabei. Brutta schloß die Augen, sie hatte eine Uhr in sich, die tickte und schlug wie die Blindenuhren alle fünf Minuten, um fünf Minuten vor eins muß ich den Park verlassen. Herr Zinn saß neben ihr und weinte, weil sie ihn nicht lieben wollte: Aber ich liebe dich doch, ich habe dich immer geliebt.

Als es ein Uhr schlug, diesmal vom Kirchturm, fuhr Brutta auf, nun hatte sie sich wirklich verspätet, Herr Zinn war verschwunden, und eben noch hatte sie ihn geküßt. Sie stand auf und lief durch die Drehtür, den Herrn Zinn gab es zweimal, einer war auf einer Bank am

Meer zurückgeblieben, einer stand an seinem Bürofenster und blickte auf die Straße hinunter, um sie zurückkehren zu sehen, Brutta sah einen Mann dort stehen, als sie die Straße überquerte, sie konnte Herrn Zinn nicht erkennen, aber er mußte es doch sein, er wandte sich jetzt ab, wahrscheinlich um ihr entgegenzugehen. Wo warst du, hätten wir nicht zusammen essen können? Aber wir waren doch zusammen, wir waren es immer, wir werden es immer sein.

Brutta, als sie das Bankgebäude erreicht hatte, ging an dem Pförtner vorbei zur Treppe, da war niemand, schade, wie gut hätten wir zusammen sprechen und uns für den Abend verabreden können. Obwohl es schon so spät war, wartete Brutta auf der Treppe noch ein wenig, Herr Zinn war gewiß aufgehalten worden, das Telefon hatte geläutet, oder es war ein Kunde gekommen, da kann man nichts machen, die Arbeit geht vor. Die Arbeit, dachte Brutta, und hatte ein schlechtes Gewissen, es waren viele Briefe zu schreiben, und sie stand da auf den Stufen und horchte und schaute, aber es kam nur ein Kassenbote vorüber, der sah sie merkwürdig an. Sie lief jetzt schnell die Treppe herauf und den Korridor entlang, der mit einem dicken Teppich belegt war, sie hörte ihre Schritte nicht. Während der Mittagspause mußten sie diesen Teppich ausgebreitet haben, auch ein roter Läufer auf dem Vorplatz war ihr aufgefallen, überhaupt erschien ihr jetzt alles viel vornehmer, auch die Leuchtstäbe an den Wänden des Flurs hatte sie früher nicht bemerkt. Sie öffnete die Türe zu dem Zimmer Nr. 27, ihrem Büro, auch dieser Raum war verändert, statt der drei Schreibtische und dem Regal mit den Ordnern stand da ein einziger großer Mahagonitisch und zwei grüne Sessel, und Brutta dachte gleich, ich habe mich geirrt, und machte die Türe wieder zu. Im nächsten Zimmer hörte sie sprechen, aber es waren keine Frauenstimmen, und im dritten saß ein junger Mann an einer Rechenmaschine und sagte: Nur herein, gnädige Frau, was kann ich für Sie tun? Brutta murmelte eine Entschuldigung, sie mußte das Stockwerk verwechselt haben, wahrscheinlich hatte sie zu lange in der Sonne gesessen, es war ihr auch schwindelig, und die Treppe zum dritten Stockwerk erstieg sie langsam, fast wie eine alte Frau. Auf dem ebenfalls mit einem dicken Teppich belegten Korridor sah sie von weitem Fräulein Seiferts Mutter, die im Begriff war, in den Waschraum zu gehen. Brutta blieb bei der Türe des Waschraums stehen und überlegte, warum wohl Fräulein Seiferts Mutter um diese Zeit hier war, sie hatte weder Hut noch Mantel angehabt, es war aber immerhin denkbar, daß Fräulein Seifert krank geworden war und daß sie ihre Mutter gebeten hatte, ihre Arbeit zu tun. Es war unwahrscheinlich, aber nicht unmöglich, bei dem Personalmangel, und wie viele Mütter haben in ihrer Jugend selbst in Büros gesessen und sind mit allen vorkommenden Arbeiten vertraut.

Was fehlt Ihrer Tochter? fragte Brutta, als Frau Seifert aus dem Waschraum kam, wo sie sich ein bißchen frisch gemacht hatte, sie sah aber noch immer müde und abgearbeitet aus. Meiner Tochter? fragte Fräulein Seiferts Mutter erstaunt, ich glaube, Sie verwechseln mich, wie heißt denn die Dame, die Sie suchen und wo ist sie beschäftigt, ich meine, in welchem Zimmer? und dabei ging sie schon weiter, und Brutta lief wie ein Hündchen hinter ihr her. Lore, wollte sie sagen, Lore heißt sie, und ich sitze mit ihr im Zimmer und mit Frau Erbe, vor einer

Stunde erst haben wir uns getrennt, um mittagessen zu gehen, und Sie kenne ich gar nicht persönlich, nur an der Ähnlichkeit mit Ihrer Tochter habe ich Sie erkannt. Sie sagte aber nichts von dem allen, weil sie jetzt an dem Flurfenster angelangt waren, von dem man auf die Baustelle heruntersah, und da war keine Baustelle mehr, sondern ein Hof und ein riesig hohes Haus, und der Preßluftbohrer war auch nicht mehr zu hören, es war totenstill. Wen suchen Sie also? fragte Fräulein Seiferts Mutter, aber nicht unfreundlich, vielleicht haben Sie sich verlaufen, der Weg zu den Schalterräumen führt durch die Säulenhalle, und damit blieb sie stehen, legte ihre Hand auf eine Türklinke und sah Brutta fragend an. Einen Augenblick nur noch, sagte diese, es handelt sich um eine Auskunft, ihre Stimme flehte und mit den Fingern zog sie Frau Seiferts Hand von der Türklinke weg. Ja nun, sagte Frau Seifert erstaunt, vielleicht hielt sie Brutta für eine Verrückte und begann schon, sich in acht zu nehmen, sie blickte sich auch verstohlen um. Nur eine Auskunft, wiederholte Brutta, ein junges Mädchen ist hier beschäftigt, sie heißt Osten, vielleicht kennen Sie sie. Es war ihr eigener Name, den Brutta genannt hatte, und ihre Stimme hatte dabei gezittert, und nun schloß Fräulein Seiferts Mutter plötzlich die Augen, so als ob sie sich besinnen müßte, und später schaute sie zu Boden, sie sah Brutta gar nicht mehr an.

Warten Sie, sagte sie, da war etwas, aber das ist sehr lange her. Da war etwas mit einem Blumenstrauß, Tulpen und Narzissen, den hatten wir, Frau Erbe und ich, Brutta Osten auf ihren Tisch gestellt, obwohl er nur aus Versehen in unserem Zimmer gelandet und für jemand ganz anderen bestimmt gewesen war, für ein blondes

Mädchen aus der Lochkartenabteilung, das, soviel ich mich erinnere, Eva hieß. Wir haben uns einen Spaß gemacht, verstehen Sie, einen Aprilscherz, es war wie heute der 1. April. Fräulein Osten ist vom Diktieren zurückgekommen und hat den Strauß gesehen, sie hat uns gefragt, und wir haben geantwortet, aber sie hat uns nicht verstanden, es war da eine Maschine, die ratterte vor den Fenstern, in der Nachbarschaft wurde ein Haus gebaut. Schließlich haben wir ihr einen Namen genannt, den Namen eines Prokuristen, eines Herrn Zinn, den Brutta nicht leiden konnte, und am Ende haben wir ganz laut gerufen, April, April. Aber das hat Fräulein Osten nicht mehr gehört. Sie ist gleich weggelaufen, und nach der Mittagspause ist sie nicht mehr wiedergekommen. Später hat die Polizei nach ihr gesucht, auf dem Weg zum Park hat sie ein Kind über die Straße geführt, sie hat auch mit einer Dame gesprochen, dieses Kind und die Dame haben sich erinnert, und im Park hat ein Gärtner sie gesehen. Sie ist aber trotzdem niemals gefunden worden, auch nicht ihre Leiche auf dem Grunde des Teiches, und natürlich haben wir uns die größten Vorwürfe gemacht.

Vielen Dank, sagte Brutta, und Fräulein Seiferts Mutter ging in das Zimmer, ohne sich noch einmal umzusehen. Man konnte ihr anmerken, wie peinlich es ihr war, diese Geschichte zu erzählen, die sie, wie Brutta meinte, gewiß erfunden hatte, weil man ihr sonst hätte kündigen müssen. Aber das ließ sie sich nicht gefallen, eine kleine Verspätung ist kein Kündigungsgrund, und es sollte alles seine Richtigkeit haben, auch wenn Brutta jetzt heiraten würde und keine Stellung mehr brauchte. Herr Zinn, dachte sie, er hat zum Fenster hinausgesehen und auf mich gewartet, ich werde ihn fragen, vielleicht hat auch er das Zimmer gewechselt, aber das weiß der Portier. Sie ging die Stiegen hinunter, der Portier war nicht mehr in seinem Glashäuschen, er stand draußen auf den Stufen und nahm große Kränze entgegen. Der Lieferwagen eines Blumengeschäftes hielt vor dem Portal, es war dasselbe Geschäft, in dem der Blumenstrauß von heute mittag gekauft worden war, das goldene ausgezackte Schildchen war ganz groß auf die Seite des weißen Wagens gemalt. Die Kränze waren aus Tulpen und Narzissen, jungem Birkenlaub und Sumpfiris, sie trugen große seidene Schleifen, und auf den Schleifen stand in Goldbuchstaben: Unserem lieben Walter Zinn, unserem verehrten Direktor Zinn.

Wirklich, für Herrn Zinn? fragte Brutta erstaunt, und der Portier sagte: Ja, und dann fügte er hinzu, da sind Sie ja immer noch, und sah Brutta mißtrauisch an. Brutta wandte sich ab, an allen Pfeilern hingen jetzt Spiegel, auch dort, wo sie stand, hing einer, in dem sah sie eine kleine alte und altmodisch angezogene Dame, die eben ganz leise hereingekommen und hinter sie getreten sein mußte. Es war aber, wie sich herausstellte, niemand hereingekommen und neben sie getreten, sie war mit dem Pförtner allein.

Edgar Allan Poe

Im vorigen Winter betrat ich eines Abends in Gesellschaft eines Freundes, des Mr. Talbot, eine Loge im P.-Theater. Es stand eine Oper auf dem Programm, und der Theaterzettel versprach eine große Attraktion, so daß das Haus völlig überfüllt war. Doch kamen wir rechtzeitig genug, um die Plätze in der ersten Reihe zu erhalten, die man uns reserviert hatte und zu denen wir uns mit einiger Schwierigkeit durchdrängten.

Zwei Stunden lang widmete mein Begleiter, ein wahrer »fanatico« der Musik, seine ungeteilte Aufmerksamkeit der Bühne; währenddessen vergnügte ich mich damit, die Zuschauermenge in Augenschein zu nehmen, die zum überwiegenden Teil aus der Creme der Stadt bestand. Als ich mir in dieser Beziehung Genüge getan hatte und ich eben meine Blicke der Primadonna zuwenden wollte, wurden sie von einer Gestalt in einer der Privatlogen, die meiner Beachtung entgangen war, gefesselt und blieben an ihr haften.

Wenn ich auch tausend Jahre lebe, niemals werde ich die tiefe Erregung vergessen, mit der ich diese Gestalt betrachtete. Es war eine weibliche Gestalt, die wunderbarste, die ich jemals erblickt hatte. Das Gesicht war so ausschließlich der Bühne zugewandt, daß ich in den ersten Minuten nichts von ihm sehen konnte, aber ihre Gestalt war göttlich; kein anderes Wort kann ihr herrliches Ebenmaß zur Genüge ausdrücken – und selbst das Wort göttlich erscheint lächerlich schwach, da ich es niederschreibe.

Der Zauber einer lieblichen Frauengestalt, die Magie

weiblicher Anmut war stets eine Macht, der ich nicht zu widerstehen vermochte. Doch hier war die Anmut verkörpert, le beau idéal meiner kühnsten und verzücktesten Traumbilder zu Fleisch geworden. Die Gestalt, die die Bauart der Loge mir beinahe ganz zu sehen gestattete, war etwas über mittelgroß und näherte sich fast dem Majestätischen, ohne es völlig zu erreichen. Die tadellosen vollen Körperformen waren herrlich. Der Kopf, den man nur von hinten sah, wetteiferte im Umriß mit dem der griechischen Psyche, und eine elegante Haube aus Gaze aérienne, die mir den ventus textilis des Apuleius ins Gedächtnis rief, brachte ihn eher zur Geltung, als daß sie ihn verhüllte. Der rechte Arm hing über die Brüstung der Loge herab, und seine köstliche Bildung machte jeden Nerv in mir erbeben. Der Oberarm war mit einem jener losen offenen Ärmel bekleidet, wie sie jetzt Mode sind; er reichte nur wenig über den Ellbogen. Darunter trug sie einen enganliegenden Unterärmel aus duftigem Stoff, der in eine Manschette von kostbarer Spitze auslief. Die Spitze fiel anmutig über den Handrücken und ließ nur die zarten Finger frei, auf deren einem ein Diamantring glänzte, dessen unschätzbaren Wert ich sofort erkannte. Die bewunderungswürdige Rundung des Handgelenkes wurde durch ein Armband, das es umschloß, gut zur Geltung gebracht, und auch diesem diente als Verzierung und Verschluß eine prächtige Aigrette von Edelsteinen und erzählte in nicht mißzuverstehender Sprache von dem Reichtum und dem anspruchsvollen Geschmack seiner Trägerin.

Ich starrte diese königliche Erscheinung wenigstens eine halbe Stunde lang an, als ob ich mit einemmal zu Stein verwandelt worden wäre; und während dieser Zeit empfand ich die ganze Kraft und Wahrheit all dessen, was über die Liebe auf den ersten Blick jemals gesagt und gesungen worden ist. Meine Empfindungen waren von Grund auf verschieden von all jenen, die ich bisher selbst in Gegenwart der am meisten gefeierten Exemplare weiblicher Holdseligkeit gefühlt hatte. Eine unaussprechliche, eine, wie ich gezwungen bin zu sagen: magnetische Sympathie von Seele zu Seele schien nicht nur mein Auge, sondern all meine Denkfähigkeit und all mein Empfindungsvermögen an das bewunderungswürdige Wesen vor mir zu fesseln. Ich sah – ich fühlte – ich wußte, daß ich abgründig, wahnsinnig, unwiderruflich verliebt war, und das sogar, ehe ich noch das Gesicht des geliebten Wesens gesehen hatte.

Die Leidenschaft, die mich verzehrte, war so heftig, daß ich wirklich glaube, sie hätte nur wenig oder gar keine Verminderung erfahren, wären die Gesichtszüge, die ich bisher noch nicht gesehen hatte, von bloß gewöhnlicher Art gewesen; so unberechenbar ist das Wesen wahrer Liebe – der Liebe auf den ersten Blick –, und so wenig hängt sie tatsächlich von äußeren Voraussetzungen ab, die sie scheinbar allein hervorrufen und beherrschen.

Indes ich so in Bewunderung dieses holden Bildes versunken war, veranlaßte eine plötzliche Unruhe im Zuschauerraum die Dame, den Kopf ein wenig nach mir hinzuwenden, so daß ich das volle Profil des Gesichtes erblickte. Seine Schönheit übertraf noch meine Erwartungen, und doch war da etwas, das mich enttäuschte, ohne daß ich genau hätte sagen können, was es war. Ich sagte: »enttäuschte«; aber das ist nicht ganz das richtige Wort. Meine Gefühle wurden zugleich beruhigt und erhoben. In ihnen war weniger Leidenschaft als stilles Entzücken, entzückte Ruhe. Dieser Gefühlszustand rührte vielleicht von dem madonnengleichen und frauenhaften Ausdruck des Gesichtes her; und doch wurde mir sofort klar, daß nicht das allein die Ursache sein konnte. Da war etwas anderes, irgendein Geheimnis, das ich nicht zu enträtseln vermochte, ein Gesichtsausdruck, der mich ein wenig befremdete und gleichzeitig mein Interesse aufs höchste steigerte. Alles in allem war ich gerade in der Verfassung, die einen jungen empfänglichen Mann zu jeder extravaganten Tat bereit findet. Wäre die Dame allein gewesen, so wäre ich zweifellos in ihre Loge getreten und hätte sie angesprochen, geschehe, was wolle; doch zum Glück hatte sie zwei Begleiter, einen Herrn und eine auffallend schöne Frau, die allem Anschein nach um einige Jahre jünger war als sie.

Ich wälzte tausend Pläne in meinem Kopf, wie ich es wohl erreichen könnte, irgendwann der älteren von den Damen vorgestellt zu werden oder mir wenigstens gleich einen genauen Anblick ihrer Schönheit zu verschaffen. Ich hätte meinen Platz mit einem vertauscht, der dem ihren näher lag, aber die gedrängte Fülle des Theaters machte das unmöglich; und die strengen Gebote des Anstands haben seit kurzem in einem solchen Falle den Gebrauch des Opernglases kategorisch untersagt – also auch, falls ich so glücklich gewesen wäre, eines bei mir zu haben; aber ich hatte keines und war in Verzweiflung. Endlich fiel mir ein, mich an meinen Begleiter zu wenden.

»Talbot«, sagte ich, »Sie haben ein Opernglas, geben Sie es mir.«

»Ein Opernglas? Was, meinen Sie, sollte ich wohl mit einem Opernglas anfangen?« Damit wandte er sich ungeduldig wieder der Bühne zu.

»Aber, Talbot«, fuhr ich fort und rüttelte ihn an der Schulter, »hören Sie doch! Sehen Sie die Proszeniumsloge? Dort! – nein – die nebenan. Haben Sie jemals eine so herrliche Frau gesehen?«

»Sie ist zweifellos sehr schön«, erwiderte er.

»Ich möchte wirklich wissen, wer das sein mag!«

»Was, im Namen aller Engel, wissen Sie denn nicht, wer das ist? Sie nicht kennen beweist, daß Sie selbst unbekannt sind! Es ist die berühmte Madame Lalande, die Schönheit des Tages par excellence und das Gespräch der ganzen Stadt. Auch ungeheuer reich – Witwe – und eine großartige Partie – eben von Paris angekommen.«

»Kennen Sie sie?«

»Ja, ich habe die Ehre.«

»Wollen Sie mich ihr vorstellen?«

»Gewiß, mit dem größten Vergnügen; wann soll es sein?«

»Morgen um ein Uhr werde ich Sie im B.-Hotel besuchen.«

»Sehr schön; und jetzt halten Sie bitte den Mund, wenn Sie irgend können.«

Was seine letzte Bemerkung betraf, so war ich gezwungen, Talbots Rat zu befolgen; denn er blieb allen weiteren Fragen und Vermutungen gegenüber hartnäckig taub und befaßte sich für den Rest des Abends ganz ausschließlich mit den Vorgängen auf der Bühne.

Indessen schaute ich unausgesetzt auf Madame Lalande und hatte endlich das Glück, ihr Gesicht ganz von vorn zu sehen. Es war von auserlesener Lieblichkeit. Mein Herz hatte mir das natürlich schon gesagt, hätte mir auch Talbot nicht schon vorher völlige Gewißheit darüber gegeben; doch noch immer störte mich das unverständliche Etwas. Ich entschied mich endlich dahin, daß ein gewisser Ausdruck von Ernsthaftigkeit, von Traurigkeit oder, noch besser gesagt, von Überdruß den Zügen etwas von ihrer Jugend und Frische nahm, um sie dafür mit seraphischer Weichheit und Würde zu bekleiden; und so schenkte ihnen mein enthusiastisches und romantisches Gemüt natürlich zehnfaches Interesse. Während ich so meine Augen weidete, erkannte ich schließlich zu meiner größten Bestürzung an einem kaum merklichen Zusammenzucken der Dame, daß sie sich mit einemmal der Intensität meines Blickes bewußt wurde. Doch ich war noch ganz verzaubert und konnte mich nicht losreißen, auch nicht für einen Augenblick. Sie wandte das Gesicht zur Seite, und wieder sah ich nur die schöngemeißelte Form ihres Hinterkopfes. Nach einigen Minuten drehte sie, wie von Neugierde getrieben, ob ich noch zu ihr hinsähe, den Kopf wieder langsam herum und begegnete nochmals meinem brennenden Blick. Ihre dunklen, großen Augen senkten sich sogleich, und ein tiefes Rot überzog ihre Wangen. Doch wie groß war mein Erstaunen, als ich bemerkte, daß sie ein zweitesmal den Kopf nicht nur nicht abwandte, sondern wahrhaftig aus ihrem Gürtel eine Lorgnette hervorzog, sie erhob, ansetzte und mich durch sie ein paar Minuten lang aufmerksam und ohne Scheu betrachtete.

Hätte mir zu Füßen ein Blitz eingeschlagen, er hätte mich nicht tiefer erschrecken können – nur erschrecken, nicht beleidigen oder abstoßen, das nicht im geringsten; obgleich eine so kühne Handlung bei jeder anderen Frau dazu angetan gewesen wäre, zu beleidigen und abzustoßen. Aber das Ganze geschah mit so viel Gleichmut, mit so viel Nonchalance, mit so viel Gemütsruhe, mit allen Anzeichen der offensichtlich besten Lebensart, daß es nicht nach einer bloßen Ungehörigkeit aussah; und meine Empfindungen waren Bewunderung und Staunen. Ich stellte fest, daß sie sich beim ersten Heben der Lorgnette mit einer nur augenblickslangen Prüfung meiner Person zu begnügen schien und im Begriffe war, das Glas abzusetzen, daß sie es aber hierauf, als wäre ihr ein zweiter Gedanke gekommen, wieder aufnahm und fortfuhr, mich mit angestrengter Aufmerksamkeit einige Minuten lang zu mustern. Es waren sicherlich wenigstens fünf Minuten.

Diese in einem amerikanischen Theater so ungewöhnliche Handlungsweise erregte die allgemeine Aufmerksamkeit und rief im Publikum eine unbestimmte Bewegung hervor, ein Tuscheln, das mich einen Augenblick lang verwirrte, aber auf das Benehmen von Madame Lalande ohne sichtbare Wirkung blieb.

Nachdem sie so ihrer Neugierde Genüge getan hatte – falls es Neugierde war –, ließ sie das Glas fallen und widmete ihre Aufmerksamkeit wieder ganz gelassen der Bühne; dabei war mir wieder ihr Profil zugewendet wie zuvor. Ich fuhr indessen fort, sie unablässig anzustarren, obgleich ich mir der Ungehörigkeit eines solchen Betragens voll bewußt war. Jetzt sah ich, wie ihr Kopf langsam und allmählich eine Wendung machte; und bald stand es für mich fest, daß die Dame, indes sie vorgab, nach der Bühne zu sehen, tatsächlich angelegentlich zu mir hinblickte. Ich brauche die Wirkung, die dieses Betragen einer so bezaubernden Frau auf mein erregbares Gemüt ausübte, nicht zu beschreiben.

Als mich der holde Gegenstand meiner Leidenschaft

vielleicht eine Viertelstunde lang auf diese Weise prüfend angeschaut hatte, wandte sie sich an den Herrn in ihrer Begleitung, und während sie sprach, erkannte ich deutlich an den Blicken der beiden, daß das Gespräch sich auf mich bezog.

Nach dessen Ende wandte sich Madame Lalande wieder der Bühne zu und schien ein paar Minuten lang in die Vorstellung vertieft. Danach aber wurde ich in die höchste Aufregung versetzt, als ich sah, wie sie zum zweitenmal die Lorgnette, die ihr zur Seite hing, entfaltete und mir wie zuvor geradezu ins Gesicht blickte und, ohne das erneute Tuscheln des Publikums zu beachten, mich von Kopf bis Fuß musterte, und zwar mit der gleichen wunderbaren Gelassenheit, die meine Seele vorhin sowohl entzückt wie verwirrt hatte.

Dieses ungewöhnliche Benehmen, das mich ganz und gar in fieberhafte Aufregung stürzte, in ein völliges Liebesdelirium, trug eher dazu bei, mich kühn zu machen, als mich aus der Fassung zu bringen. In der tollen Heftigkeit meiner Liebe vergaß ich alles außer der Nähe und der majestätischen Schönheit der Erscheinung, die meinem staunenden Blick standhielt. Ich paßte die Gelegenheit ab, da ich das Publikum ganz mit der Opernaufführung beschäftigt glaubte, hielt Madame Lalandes Blick fest, und im gleichen Augenblick verbeugte ich mich leicht, aber unverkennbar.

Sie errötete sehr tief, wandte dann die Augen ab, sah sich darauf langsam und vorsichtig um, augenscheinlich um festzustellen, ob meine vorschnelle Handlung bemerkt worden war, und neigte sich zu dem Herrn, der ihr zur Seite saß.

Die Ungehörigkeit, die ich begangen hatte, kam mir

nun brennend zu Bewußtsein, und ich erwartete nichts Geringeres als einen öffentlichen Auftritt, während die Vorstellung von Pistolen für den nächsten Tag flüchtig und recht unbehaglich mein Gehirn durchzuckte. Ich war aber sofort darauf höchst erleichtert, als ich bemerkte, daß die Dame dem Herrn bloß einen Theaterzettel reichte, ohne dabei zu sprechen; doch der Leser mache sich eine gelinde Vorstellung von meinem Erstaunen, meiner abgründigsten Verwunderung, von der entzückten Verwirrtheit von Herz und Seele, als sie gleich darauf, nachdem sie verstohlen um sich geblickt hatte, ihren strahlenden Augen erlaubte, sich voll und fest auf die meinen zu richten, und leise lächelnd, eine glänzende Reihe Perlenzähne entblößend, zweimal deutlich, ausdrücklich und ganz unzweideutig bejahend mit dem Kopfe nickte.

Es ist wohl nicht notwendig, bei meiner Freude, meiner Begeisterung, der grenzenlosen Verzücktheit meines Herzens zu verweilen. Wenn je ein Mensch im Übermaß des Glückes toll war, so war ich es in jenem Augenblick. Ich bebte. Es war meine erste Liebe, so empfand ich es. Es war höchste Liebe, ganz unbeschreiblich. Es war Liebe auf den ersten Blick. Und auf den ersten Blick war sie gewürdigt und erwidert worden.

Ja, erwidert. Wie konnte ich einen Augenblick daran zweifeln, und warum sollte ich zweifeln? Welche andere Auslegung konnte ich auch diesem Betragen einer so schönen, so reichen, augenscheinlich so vollendeten Dame geben, einer Dame von so großer Bildung und in so hoher gesellschaftlicher Stellung, einer Dame, die, das stand für mich fest, in jeder Hinsicht so durchaus respektabel war wie Madame Lalande? Ja, sie liebte mich, sie erwiderte meine Liebesschwärmerei mit einer so blinden, so kompromißlosen, so wenig berechnenden, so hingegebenen und alle Schranken durchbrechenden Hingerissenheit, wie es die meine war! In diesen beglükkenden Vorstellungen und Gedanken wurde ich jedoch durch das Fallen des Vorhangs unterbrochen. Die Zuschauer erhoben sich, und der gewohnte Tumult setzte ein. Ich verließ Talbot unvermittelt und machte alle Anstrengungen, mir einen Weg in die Nähe von Madame Lalande zu bahnen. Da mir das, des Gedränges wegen, mißlang, gab ich endlich die Jagd auf, lenkte meine Schritte heimwärts und entschädigte mich für meine Enttäuschung darüber, daß ich nicht imstande gewesen war, auch nur den Saum ihres Kleides zu berühren, mit dem Gedanken, daß mich Talbot morgen, wie es sich gehörte, vorstellen würde.

Zum Glück war sie ein Leckermaul. Meine Naschsucht hingegen nahm eine ganz ungewöhnliche Form an. Ich hatte keine Lust auf die Torte, das Erdbeereis, sondern wünschte nur, selber Torte und Eis zu sein, denen ihr Mund sich näherte. Der meine vollführte dabei unwillkürlich die wunderlichsten Grimassen.

Nicht aus Lasterhaftigkeit begehrte ich Svea, sondern aus Naschsucht. Wenn ich ihre Lippen nicht bekommen konnte, hätten mir ihre Wangen auch schon genügt.

Wenn ich mit ihr sprach, suchte ich jede Silbe recht deutlich auszusprechen, damit sie mich auch genau verstand. Doch unsere Kindermahlzeit machte mir einen solchen Spaß, daß ich, der sonst so Schweigsame, mich ärgerte, nicht rascher sprechen zu können. Es war mir nach Geplapper zumute, nach kindlichen Vertraulichkeiten. Ich näherte mein Ohr ihrem Munde. Ich trank ihre winzigen Worte.

Ich hatte sie genötigt, einen Likör zu trinken. Dann tat sie mir leid wie ein Vogel, den man berauscht hat.

Ich hoffte, ihr leichter Schwips würde mein Vorhaben begünstigen, denn es war mir an sich gleichgültig, ob sie mir ihre Lippen aus freiem Antrieb oder halb gezwungen überließ. Ich sagte mir zwar, wie unschicklich diese Szene in Marthes Wohnung sei, dann aber beruhigte ich mich wieder bei dem Gedanken, daß unserer Liebe eigentlich nichts dadurch entzogen würde. Ich begehrte Svea wie eine Frucht, und darauf konnte eine Geliebte doch unmöglich eifersüchtig sein.

Ich hielt ihre Hand zwischen meinen Händen, die mir

recht tolpatschig vorkamen. Ich hätte sie entkleiden, sie in meinen Armen wiegen wollen. Sie streckte sich auf dem Diwan aus. Ich erhob mich, beugte mich über die Stelle ihres flaumigen Haaransatzes. Ich schloß aus ihrem Schweigen nicht, daß meine Küsse ihr Vergnügen bereiteten, doch in ihrem Unvermögen, sich zu entrüsten, fand sie keine höfliche Manier, mich auf Französisch abzuweisen. Jedesmal, wenn ich sie leicht in die Wange biß, war ich darauf gefaßt, daß mir ein zuckriger Saft entgegenquellen werde wie aus einem Pfirsich.

Endlich küßte ich sie auf den Mund. Sie hielt den Mund geschlossen, drückte die Augen zu und ließ meine Liebkosungen geduldig wie ein Opferlamm über sich ergehen. Als einziges Zeichen ihrer Weigerung wandte sie ihren Kopf mit einer schwachen Bewegung unaufhörlich von rechts nach links und wieder von links nach rechts. Ich täuschte mich nicht darüber, doch mein Mund fand darin die Illusion einer Erwiderung. Ich blieb bei ihr, wie ich noch niemals bei Marthe geblieben war. Dieser Widerstand, der keiner war, schmeichelte meiner Kühnheit und meiner Trägheit. Ich war einfältig genug, anzunehmen, das Weitere werde sich gleichfalls ergeben...

Robert Walser

Sie und er gingen zusammen spazieren. Allerlei reizende Gedanken kamen ihnen in den Kopf, doch jedes behielt hübsch für sich, was es dachte. Der Tag war schön, wie ein Kind, das in der Wiege oder im Arm seiner Mutter liegt und lächelt. Die Welt war zusammengesetzt aus lauter Hellgrün und Hellblau und Hellgelb. Grün waren die Wiesen, blau war der Himmel, und gelb war das Kornfeld. Blau war wieder der Fluß, der sich in der Ferne, zu des wohligen Hügels Füßen, durch die lichte, süße, warme Gegend schlängelte, welche, wie wir bereits angedeutet haben, einem Kinderlächeln an Schönheit und Lieblichkeit glich. Die beiden, die durch die Landschaft gingen, schwiegen. Er hatte ihr etwas zu sagen, und sie, sie fühlte es. Sie ging neben ihm her in der Erwartung dessen, was er ihr sagen sollte. Längst schon hatte er ihr sagen wollen, was er jetzt willens war zu sagen, und längst schon hatte sie gehofft, er werde ihr endlich einmal sagen, was ihm, wie sie sah, auf den Lippen schwebte. Eine Liebeserklärung, eine stotternde, lag ihm auf den Lippen, und sie sah das. Seine Augen und der Ton seiner Stimme hatten ihr längst gestanden, daß er sie liebe. Sie fühlte, daß sie reizend sei für ihn, und indem sie dies fühlte, umstrickte sie ihn immer noch mehr mit ihren Reizen, ohne es fast zu wollen. Gibst du einem Mädchen zu verstehen, daß sie schön sei, so ist sie dadurch um so viel schöner, als du Verständnis zeigst. Nie ist eine Frau so reizend als dann, wenn sie sieht, daß sie reizt. Also wurde denn die, die hier ging, nur immer reizender, je weniger sie mehr zu fürchten brauchte, es gebreche ihr an der Kunst und an der Kraft, ihn, der dicht neben ihr herging, zu fesseln. Sie betrachtete ihn im geheimen bereits als ihren Gefangenen, und sie fühlte, daß sie für ihn der Zaubergarten sei voll von verführerischen Düften, daß sie für ihn das Netz sei, in dessen Wunderfäden er sich verstrickt hatte. Sie war sein Meer, in dessen Fluten er ertrunken war – sie war das Gesetz, dem er gehorchte. Er legte jetzt, statt irgend etwas zu sagen, seinen Arm um ihren schlanken Leib, und damit war bereits alles getan, um die beiden in gleich hohem Maß oder Unmaß zu beglücken. Damit war alles gesagt, was er ihr schon so lange hatte sagen wollen und hatte sagen sollen, und alles gestanden, was er Süßes um ihretwillen fühlte. Sie kamen nun in einen kleinen, aber wunderbaren Wald hinein, der ihnen wie ein Liebesort erschien. Es war so still, so grün, so dunkel im Wald wie in einer uralten Kirche. Der Waldboden glich einem grünen Teppich, einem grünen Bett. Kein Fürstensaal in alter und neuer Welt war je so schön wie dieser liebe grüne Wald, der sie wie mit weichen Märchenarmen umfing. Hier nun fing ein sanftes, überinniges und über-übersüßes Küssen an, als schnäbelten und liebkosten sich zwei Waldvögelchen in der Weltabgeschiedenheit, verloren und verborgen in Verborgenheiten und Verlorenheiten. Bisher Stümper in der Liebe, war er mit einmal ein Meister geworden. Er erdrückte und erstickte sein Mädchen nicht mit Küssen; er setzte nur Lippe an Lippe und beharrte so in einem langen, langen, himmlischen Brennen, die Hand ganz zart an ihr Haar gedrückt. Es war nichts mehr da als der Wald und der Kuß, als die Stämme im Wald und die beiden glücklichen Menschen, als die ununterbrochene Stille und der ununterbrochene süße, herrliche Kuß.

Peter Altenberg

Wir gingen eines Schrittes und Trittes, und dieser merkwürdig gleiche elastische, unbeschwerte Gang zweier tiefbeschwerter Menschen war das Mysteriöseste an unserer Beziehung. Denn niemals bin ich je mit einer Frau, sie nie je mit einem Manne in diesem kurzen scharfen Trapp gegangen, wo einer durch den andern leicht und frei wird –––!

Das wird auch nie mehr kommen.

Wie aber so oft im Gebirg, war ich beim Aufstieg wohl kreuz und quer gegangen, dabei unmerklich die Richtung wechselnd, so daß sich jetzt, statt der erwarteten schnurgeraden Linie zum Schloß, Quertäler und kleine Schluchten, Bacheinschnitte und unvermutete Steilungen, die man wieder hinauf mußte, dazwischenschoben. Je tiefer ich kam, desto fremder und verwirrender schien mir das Gelände, aber ich rannte immer weiter, teils aus Trotz, teils weil ich zu faul war, noch einmal bergauf zu steigen und einen Weg zu suchen. So haute ich mich durch eine immer markenlosere Wildnis, allmählich ins Waldgestrüpp eindringend, das kaum gelichtet war, dann wieder über wacklige Viehzäune an kleinen versteckten Almweiden vorbei, deren Tränken unbenutzt plätscherten und deren noch nicht bezogene Sennhütten das Gefühl der Menschenferne und Verlassenheit erweckten. Irgendwo muß ich schließlich doch einmal durchs Bannholz kommen, sagte ich mir und erwartete jeden Augenblick, die ringartige Lärchenwaldung zu erkennen oder plötzlich aus den Bäumen tretend vor der Schloßmauer zu stehn. Statt dessen fand ich endlich einen kleinen Pfad, der seitwärts über ein Bachbrückchen führte, und als ich, aufatmend, dieser Spur menschlicher Behausung eine Zeitlang folgte, stand ich auf einmal auf einem freien Hang und sah unweit ein Haus, das mir bekannt vorkam. Tatsächlich unterschied ich im Daraufzueilen sehr bald die mattrosa getünchten Wände und das patinierte Schindeldach »Albergo di Latemar«, zu dem ich am Vorabend beinah zurückgekehrt wäre. Ich befand mich also weit unterhalb des Schlosses, das ich mitsamt dem Bannholz in einem großen Bogen umgangen hatte. Es blieb mir daher nichts anderes übrig, als an dem Haus vorbei und dann den gestrigen Anmarschweg wieder hinauf zu gehen. Die völlige Aussichtslosigkeit, nun auch nur noch halbwegs zurecht zu kommen, war offenbar. Und je näher ich der Wirtschaft kam, desto größer wurde mein Durst. Man wird ja nicht gleich eine Bergungsexpedition nach mir ausschicken, dachte ich und wischte mir schnaufend den Schweiß.

Auf der kleinen Terrasse, an einem Blechtisch mit zusammenklappbaren Gartenstühlen saßen zwei Personen – ich erkannte das gleiche, in Loden gekleidete alte Ehepaar, das mir schon gestern beim Vorbeigehen aufgefallen war.

»Bergheil!« begrüßte mich der erdbeerfarbene Weißkopf.

»Guten Morgen«, sagte ich, denn der kühne Alpinistengruß schien mir in Anbetracht der bequemen Weinterrasse nicht am Platz – und setzte mich an einen andren Tisch.

»Grüß Gott«, hörte ich eine Stimme sagen, die mir schattig und kühl vorkam, und ein wenig mit Samt belegt, wie die Haut junger Pfirsiche. Ich drehte mich um und sah die Kellnerin im Rahmen der Tür stehen. Mir fiel ein, wie ich sie gestern im Vorbeigehen, mit einer unbeschreiblichen Anmut der Bewegung, an einen Tisch treten und einem italienischen Soldaten oder Zollbeamten Rotwein einschenken sah.

»Was fürn Wein habt ihr?« fragte ich nach einer kleinen Pause.

»Eppaner Weißen«, sagte sie, »und einen roten Spezial,

vom Kalterersee.«

»Welcher ist der bessere?« fragte ich, damit sie noch etwas sagen sollte.

»Beide!« antwortete sie und lachte ein wenig. »Der weiße ist jung«, fügte sie hinzu, »vom vorigen Herbst. Der Spezial ist ein alter, kräftiger.«

Ich wurde ganz frisch und heiter bei ihren Worten, als hätte ich schon eine Stunde im dämmerigen Keller gesessen und die jungen und älteren Weine probiert.

»Bringen Sie mir ein Viertel Weißen«, bestellte ich. Ihr Gesicht konnte ich nicht recht sehen, sie stand noch immer im Türrahmen.

»Bittschön«, hörte ich sie sagen, indem sie verschwand.

»Sie hätten gleich einen Halben bestellen sollen«, sagte der weißköpfige Greis vom Nachbartisch, »ein Viertel langt nicht für Sie!«

»Hut ab vor so viel Menschenblick!« sagte ich. »Aber ich will erst probieren!«

»Aha!« rief er – »ein Kenner!«

Er hob sein Glas und trank mir zu.

»Sie werden zufrieden sein«, meinte er dann – »einen solchen Wein kriegen Sie im ganzen Etschtal nirgends! Und auf der ganzen Welt nicht mehr! Was Muttele?«

Aber die ebenfalls von Kopf bis Füßen umlodete alte Frau, die neben ihm saß, blickte gar nicht von ihrem in Zeitungspapier eingebundenen Buch auf, in dem sie die ganze Zeit las.

»Sehen Sie, junger Herr«, rief er mir wieder zu, »wie ich hier sitze, ist es das fünfte Viertel, das ich heute morgen zu mir nehme!«

»Bravo!« sagte ich, da mir nichts anderes einfiel.

»Und ich sitze noch ganz gerade, was?« rief er aus,

schlug sich aufs Knie und lachte. Dabei bemerkte ich zu meinem Schrecken, daß er nur mit dem Mund lachte – mit Lippen, Bärtchen und Zähnen –, während seine Augen ganz starr und unbeweglich blieben. Die Hornhaut dieser Augäpfel war recht gelblich und mit kleinen purpurnen Äderchen durchzogen, die Pupille grau und glasig. Alte Augen, dachte ich, schon halb hinüber. Da hilft nichts – und wenn du sie in einen Jünglingskopf setzen ließest!

Als hätte er den Gegenstrom meiner Gedanken gespürt und wolle sie Lügen strafen, setzte er hinzu: »Weintrinken hält jung! In einem Weinland gibt es keine alten Leute – da kommt Ihr Nektar!« unterbrach er sich und winkte dem Mädchen zu, das aus dem Haus zurückkam. Sie trug auf dem Tablett vor sich her die kleine Glaskaraffe mit lichtem Wein, ein rundes Stengelglas, einen Korb mit ein paar Schwarzbrotscheiben und eine flache Schale mit grobkörnigem Bauernsalz. Ich sah, während sie das alles vor mich hinstellte, ihre Hände, die in der Mitte breit und kräftig, im Ansatz und Auslauf ungewöhnlich feingeformt waren. Mittel- und Zeigefinger, schmal und lang, mit natürlichem Oval der Nägel, leicht zueinander hingebogen. Pacher-Hände, dachte ich – und ich wunderte mich bei dem Gedanken, daß die Hände auf den Frauenbildern und -plastiken der alten Meister – deren Modelle durchweg aus dem einfachen Volk stammten – so gar nichts Derbes oder Bäurisches an sich haben, sondern fast alle so aussehn, wie man sich die Hände einer Land-Gräfin vorstellen mag.

Am linken Ringfinger hatte sie einen dünnen und rührenden Goldreif, mit einem böhmischen Granatstein verziert.

»Jetzt bin ich gespannt«, rief der alte Herr und beugte sich vor, als gelte es, einem Paris-Urteil beizuwohnen. Ich kostete den Wein, der frisch und sauber war, aber ohne besondre Eigenart. Das Glas absetzend, schaute ich zu dem Mädchen auf, das jetzt, die Hände auf eine Stuhllehne gestützt, leicht vorgebeugt mir gegenüber stand. Wo hatte ich nur ihr Gesicht schon einmal gesehen? Dabei wußte ich sofort, daß ich es in Wirklichkeit noch nie gesehen hatte, und auch kein ganz ähnliches, sondern daß es mich nur – in der gleichen Art wie die Hände – an eine allgemeine, bildgewordene Vorstellung von dem jungen und süßen Gesicht, dem kindhaft fraulichen, zarten und kräftigen, frühsommerlich behauchten, gemahnte. Ja, es war ein Hauch von dieser Versunkenheit über dem Gesicht, wie wenn es eben aus dem Schlaf gehoben wäre. Dabei hatte ihr Blick, mit der hellen, fast farblosen Iris, der hellsten, die ich jemals sah, einen starken, feuchten, unendlich wachsamen Glanz. Ihre Haut war sehr weiß, und auf dem Nasenrücken hatte sie dünne Sommersprossen, wie eine junge Lady. Ich hatte das Gefühl, daß sie unmerklich lächelte – mehr mit den Poren oder Nerven als mit den äußeren Zügen des Gesichts.

»Nun«, rief der Greis ungeduldig, »schmeckt's?«

»Wundervoll«, sagte ich und trank das Glas leer – »bringen Sie mir gleich noch ein Viertel!«

»Gern«, sagte sie, und nun lächelte sie wirklich. Der alte Herr war vor Freuden aufgesprungen.

»Sehn Sie«, rief er und kam an meinen Tisch, »da merkt man, was ein Kenner ist!«

Ich legte rasch die Füße auf den einzigen an meinem Tisch freien Stuhl, um ihn am Niedersitzen zu hindern.

»Mir auch noch ein Viertel! Nein – zwei Viertel!« rief er, indem er den Rückzug antrat.

Wenn ich die jetzt malen sollte, dachte ich hinter dem Mädchen her, die mit den Karaffen ins Haus zurückgegangen war und nun wohl in einer kühlen weißgekalkten Schänk zwischen zwei Holzfäßchen hantierte – während ich zurückgelehnt in der Sonne saß und meine Hand etwas aus dem weichen säuerlichen Brotteig knetete und meine Stimme gelegentlich mit »Ach« oder »So« die hektischen Zurufe des alten Zechers beantwortete, wenn ich sie jetzt malen sollte, so wüßte ich noch nicht einmal mehr, wie ihre Haare sind – ich sehe einen dunklen Scheitel und Straffgekämmtes rechts und links über der klaren Stirn – aber genau weiß ich es nicht, und nichts sehe ich überhaupt von ihr genau, noch nicht einmal die Hände oder Augen, die ich angeschaut habe – und weiß doch, daß sie hübsch ist in einer Art, die das Herz mit schöner lustvoller Unruhe erfüllt.

Malen ist Schattenfangen, schoß es mir durch den Kopf – und die ganze Fragwürdigkeit aller vorsätzlichen »Schilderei« stand auf in diesem Satz –, aber ich sagte mir, bewegt und froh, daß alles eitel sei, was der Mensch mit Vorsatz beginne, und nur von Bestand, was aus der Not und ohne Absicht geschieht, und daß auch von der Kunst nichts bleibe als das, was man »behalten« kann – die letzte, geklärteste Form, das große, einfache Wort, die reife, runde Melodie, und zugleich bemerkte ich, daß – durch die Hitze vielleicht und den großen Durst oder die Luftveränderung – das eine Viertel Wein mir schon in leichter angenehmer Rauschigkeit in den Kopf zu steigen begann.

Da kam sie mit dem frischen Wein wieder aus der Haustür, und nun entzückte sie mich schon derart, daß mein Herz zu klopfen begann. Das Leichtfüßige, Wiegende ihres Gangs – der Abdruck schmaler Knie in dem dünnen und verschabten schwarzen Kellnerinnenkleidchen – eine bestimmte schwanenhafte Biegung des Nackens unter dem zarten kindlichen Hals – all das schien sie mit nobler Freigebigkeit wie Gastgeschenke zu Wein und Brot den erfreuten Augen darzubieten. Eine zärtliche Dankbarkeit stieg in mir auf, nicht nur für die Hübschheit und Liebenswürdigkeit dieser besonderen Erscheinung, sondern für die Gesamtheit der Frauen und Mädchen überhaupt und für das Geschlecht der Kellnerinnen vor allem, die mir auf einmal als der Inbegriff weiblicher Herzensbereitschaft, Mütterlichkeit, Schenkensfreude erschienen. Sollte ich jemals wieder krank werden, dachte ich – was Gott verhüten möge –, dann möchte ich nur von einer Kellnerin gepflegt werden. Sie sind die einzigen Wesen, die uns wohltun können, ohne uns zu beschämen. –

Sie war zuerst an den Tisch des alten Ehepaars getreten und schenkte die Gläser voll.

»Aqua vitae!« rief der Greis, dessen Stirne allmählich violett wurde, während die Augen immer trüber und glasiger stierten. »Der Saft des Lebens!« – und er faßte die freie Hand des Mädchens, die meine Weinkaraffe noch in der andren hielt.

»Es lebe das Leben!« rief er – schwang sein Glas, daß etwas überschwappte – »Das Leben, der Wein und die Jugend!«

Er lachte mit lauten Lippen und unbewegtem Blick.

»Jeder Mann ist so jung, wie er sich fühlt!« sagte er – »Ich, sehn Sie, mein Kind, ich gehe diesen Herbst ins

Fünfundsiebzigste! Ins Fünfundsiebzigste! Können Sie sich das vorstellen?«

»Nein«, sagte das Mädchen langsam, »so alt möcht ich nie werden.«

»Wie?« fragte er entrüstet – »Nicht so alt?«

Er setzte sein Glas ab und ließ ihre Hand los, als hätte er einen Schlag bekommen.

»Wieso – nicht so alt?« wiederholte er. Die Lachfalten standen noch um seinen Mund, aber das Gesicht zeigte einen starren und bestürzten Ausdruck.

»Ach«, sagte sie lächelnd und sah über ihn weg, »ich möchte überhaupt nicht alt werden.«

»Na, na«, sagte er mahnend und schüttelte den Kopf – »junges Ding!«

Aber von jetzt an war er bedeutend ruhiger und ging nicht mehr recht aus sich heraus. – Ich aber saß in einer Wolke von schönem, dunstigem Daseinsgefühl und sah dem Mädchen, das an meinen Tisch trat, ins Gesicht. Eine Sekunde lang legte ich meine Hand auf ihren nackten Unterarm, während sie die Karaffe vom Glas absetzte.

»Habt ihr hier vielleicht irgend jemanden«, fragte ich, »der für mich eine Besorgung machen kann?«

»Was soll er denn besorgen?« fragte sie zurück.

»Er braucht nur hinaufzulaufen ins Schloß Salwàre und bestellen, ich käme nicht zum Essen.«

»Ja«, sagte sie, »das geht schon. Von wem soll er das bestellen?«

»Er braucht nur auszurichten, der Gast käme erst spät zurück, man solle nicht auf ihn warten. Aber es genügt, wenn er es dem Hausmeister sagt.«

»Dem Grisi?« fragte sie und lächelte ein wenig.

»Ja«, sagte ich, »dem Grisi. Und mir bringen Sie dann Butter, Salami, Käse und noch einen halben Liter Wein!«

Ich war fest entschlossen, hier nicht wegzugehen, bis das alte Ehepaar verschwunden und ich mit ihr allein auf der Terrasse sei.

»Gern«, sagte sie und lief rasch ins Haus.

»Hans!« hörte man sie rufen. – »Hans!«

Bald darauf sah ich bergaufwärts einen hochgeschossenen hechtgesichtigen Burschen vorbeischlendern, mit weißen Hemdsärmeln über einer blauen Weste und einer Art Portiermütze auf dem Kopf.

»Sie wohnen im Schloß?« wandte sich der Greis wieder zu mir.

»Ja«, sagte ich. Seine Stimme klang jetzt gedämpft und ein wenig heiser.

»So sind Sie wohl«, forschte er und machte eine kleine Verbeugung, »ein Verwandter des gräflichen Hauses?«

»Nein«, sagte ich, »ein Freund der Familie.«

»Ach so«, sagte er und nickte verständnisvoll, »wohl ein Künstler. Der junge Graf soll ja ein hochbedeutender Schriftsteller sein?«

Ich nickte. Die alte Frau sah zum erstenmal von ihrem Buch auf und musterte mich neugierig.

»Sie liest den ganzen Tag«, sagte er wie entschuldigend »– für sie gibt es überhaupt nur die Bücher.«

»Ach ja«, sagte sie leise, »es ist ja auch das einzige –« und gleichsam verschämt drehte sie sich ein wenig zur Seite und las sofort weiter.

Der alte Mann stand auf, trat an die Brüstung der Terrasse und schaute ins Land hinaus.

»Von da droben haben Sie gewiß einen noch viel schöneren Blick«, sagte er. »Es liegt ja ein ganzes Stück höher. – Sind Sie Alpinist?«

»Gelegentlich«, antwortete ich.

»Ich habe die Nordwand der großen Zinne gemacht«, sagte er vor sich hin – »mit dem berühmten Perfalter aus Ampezzo. Aber – das ist schon lange her. Jetzt bleibt nur noch der Wein – und die Erinnerung.«

Ich antwortete nicht. Er gähnte, hielt sich am Geländer fest, wankte ein wenig.

»Mir scheint, ich bin doch nicht mehr ganz schwindelfrei«, sagte er dann und lachte verlegen. Die Frau hatte das Buch zugeklappt und schaute besorgt zu ihm hin.

»Entschuldigen Sie, junger Freund«, sagte er und trat an meinen Tisch, mir die Hand hinstreckend, »ich muß mich ein wenig hinlegen. Wir haben droben ein Zimmer. Es wird besser sein.«

Seine Hand zitterte ein wenig.

»Ja«, sagte die Frau, »es wird besser sein. Gegen Abend wollen wir nämlich nach Bozen zurück.«

Ich drückte ihm kurz die Hand.

»Leben Sie wohl«, sagte er, »wir kennen uns kaum, und wir werden uns vielleicht nie wiedersehn. Aber es war eine gemütliche Stunde.«

»Ja«, sagte ich, »es war furchtbar nett.«

»Ach«, machte er plötzlich – und sein Mund hatte nichts Lachendes mehr, sein ganzes Gesicht bekam einen Ausdruck von ehrlicher und herzhafter, neiderfüllter Bosheit – »was kann für Sie schon furchtbar nett sein – an dem Geschwätz eines alten Weinbeißers. Wie alt sind Sie?« fragte er scharf und fast drohend, sein Gesicht schien mir auf einmal ganz blaß geworden.

»Achtunddreißig«, sagte ich wahrheitsgemäß.

»Na ja«, meinte er und schüttelte den Kopf – »es geht verdammt rasch. Auf Wiedersehn!«

Er kicherte ein wenig und schielte mich noch einmal mißgünstig an. Dann aber wandte er sich fast zärtlich der Frau zu, hängte sich bei ihr ein und tätschelte ihre greisenhafte Hand.

»Komm, Muttele!« sagte er. »Ich bin nur ein bissel müd.« Wie sie so weggingen, schienen sie von hinten in Gang, Haltung, Kleidung einander verblüffend ähnlich, und es fiel mir ein, auf welch rührende Weise oft alte Ehepaare, selbst wenn sie sonst wie Katze und Hund zusammen gelebt haben, in ihren späten Jahren einander ähnlich werden. Die Leiber, die sich nichts mehr zu schenken haben, klammern sich in ihrem Ausdruck und Gebaren verzweifelt an das letzte Restchen menschlicher Nähe und Nachbarschaft, bis sie in ihre große All-einheit zurücksinken. Was für ein kühnes und grandioses Beginnen, mußte ich – der vor jedem bindenden Verhältnis Flüchtige – denken, ist »die Ehe« – dieser heroisch-hoffnungslose Kampf gegen die Zerrissenheit der Geschlechter, auf dem verlorenen Grenzposten der kreatürlichen Einsamkeit. Und ich begriff zum erstenmal, weshalb sie ein Sakrament, unlösbar und heilig genannt wird. Ich leerte mein Glas mit einer gewissen Zuneigung hinter dem alten Pärchen her, wobei ein Teil meiner Sympathie sich ohne Zweifel auf ihr Weggehen bezog. Im Schatten der Haustür blieb er einen Augenblick stehen, stöhnte ein wenig und wischte sich den Schweiß von der Stirn. Sein Taschentuch fiel ihm dabei aus der Hand, und sie hob es auf. Dann verschwanden sie langsam im Gang.

Gleich darauf kam das Mädchen und brachte Speisen und Wein, wie ich bestellt hatte. Ich sah ihr ins Gesicht, während sie alles vor mir aufbaute. Einmal traf mich ihr Blick, und sie lächelte ein wenig. Wie sie dann wieder wegschaute, glaubte ich eine ganz leise Röte auf ihrer Stirn zu sehen.

»Wollen Sie sich nicht zu mir setzen«, sagte ich, »und etwas mit mir essen und ein Glas Wein trinken?«

»Nein«, sagte sie, leicht erstaunt und mit einem kleinen Lachen in der Stimme, »das kann ich doch nicht.«

»Warum nicht«, bestand ich.

»Ich bin ja im Dienst«, sagte sie und spielte mit den Fingern an der Serviette, die neben meinem Teller lag.

»Aber es ist ja niemand da außer mir«, sagte ich.

»Das schon«, sagte sie und schien etwas ärgerlich, »aber deshalb geht es doch nicht.«

»Ich sehe es ein«, sagte ich – »aber es ist schade. Allein essen macht keine Freude.«

Ich wußte, daß ich etwas Dummes sagte, aber es kam eben so heraus.

»Warum sind Sie dann nicht ins Schloß hinaufgegangen«, antwortete sie auch, nicht ohne einen Anflug liebenswürdiger Ironie, »wenn's Ihnen allein nicht schmeckt?«

»Wegen Ihnen«, sagte ich. Sie sah mich groß an, dann drehte sie sich um und ging langsam ins Haus zurück.

Ich aß ein wenig und trank Glas für Glas meinen Wein aus. Als er alle war, wollte ich mit dem Messer ans Glas klopfen, aber ich tat es nicht und ließ das Messer im letzten Moment sinken. Dann lehnte ich mich zurück und wartete. Die Sonne war mittlerweile ums Haus gewandert, so daß mein Platz im Schatten lag. Es war ganz still.

Nach einiger Zeit kam sie zurück und trat an meinen Tisch. »Soll ich abräumen?« fragte sie.

»Nein«, sagte ich und stand auf. Sie machte eine Bewegung, als ob sie fliehen wollte.

»Bleib«, sagte ich und strich ihr leicht über die Schulter – »ich tu dir nichts.«

Sie blieb unschlüssig stehen, in ihrer Gestalt war die Spannung unbewußter Abwehr. Ich nahm ihre Hand und fühlte, wie ihre Finger kalt wurden.

»Du«, sagte ich und betonte das Wort, »ich wollte dich etwas fragen.«

Sie sah mich mit erschreckten Augen an.

Ich fuhr fort: »Warum hast du zu dem alten Herrn gesagt, du möchtest nicht alt werden?«

»Ach«, antwortete sie, und ihr Gesicht schien sich von innen zu verschließen, »das sagt man nur so.«

Ich legte den Arm um sie, die ihre Hand widerstrebend gegen die meine stemmte.

»Bitte – lassen Sie mich!« sagte sie leise.

Ich hielt sie fest und sagte einiges Beruhigende zu ihr – was, weiß ich nicht mehr, es kam auch auf die einzelnen Worte nicht an dabei, aber ich hörte den Klang meiner eignen Stimme, die mir ganz fremd war und deren ich mich etwas schämte, denn sie klang pelzig und rauh vor Erregung, aber doch weich und einschmeichelnd, es war die Stimme eines billigen Verführers, zärtlich und gemein – aber ich wußte auch, daß es nicht anders sein konnte jetzt, weil es mich einfach übermannte, und ich fühlte beseligt, wie sie schlaff und hilflos wurde unter dieser Einträufelung und wie ihre Knie zu zittern begannen. Dann küßte ich sie leicht und flüchtig auf den Hals, ließ ihre Arme los.

Unsre Augen trafen sich kurz und hielten ein stummes Zwiegespräch.

»Ich bin keiner«, sagten die meinen, »der nach einem Liter Wein die Kellnerinnen belästigt. Aber –«

»Ich bin keine«, sagten die ihren, »mit der man das tun kann. Aber–«

Es stellte sich in dem kurzen Blick eine Klärung ein und eine Art von Bekanntschaft, es war wie die Vorstellung zweier Geheimbündler durch ein Losungswort oder ein Abzeichen.

»Willst du mir sagen«, fragte ich sie dann, »wie du heißt?«

»Ja«, antwortete sie, ihre Stimme war hell und zwanglos – »Magdalena!«

»Ach«, sagte ich und lachte etwas verlegen.

»Warum?« fragte sie. »Ist es kein schöner Name?«

»Doch«, antwortete ich – »wunderschön. Aber sehr lang.«

»Zu Haus hat man mich Mena gerufen«, fuhr sie fort, »oder Menega. Meine Mutter war von der Gegend, wo man ladinisch redet.«

»Mena«, wiederholte ich, »Mena, Menega!«

Ich war sehr beseligt von diesen Namen.

»Wo bist du her, Mena?« fragte ich sie.

»Vom Talferer Tal«, antwortete sie, »nicht weit von Bozen.«

»Hast du die Mutter nicht mehr?« fragte ich, da sie von ihr in der Vergangenheit geredet hatte.

»Schon lang nicht mehr«, sagte sie. »Aber der Vater lebt noch, und ein Bruder, und eine Schwester. Die ist bei einem Bauern auf der Seiseralp.«

»Ist sie so schön wie du?« fragte ich.

Sie lächelte, und dann wurde ihr Gesicht sehr ernst.

»Sie ist besser«, sagte sie und sah an mir vorbei.

Mir schien, daß sie damit etwas Besonderes meine und nicht nur eine allgemeine Redensart gemacht habe. Ich hatte mich wieder gesetzt und streichelte ihre Hand, die locker und verloren herabhing. Sie drehte sich plötzlich halb auf dem Absatz.

»Ich muß jetzt hinein«, sagte sie.

»Kommst du wieder?« fragte ich.

Sie sah mich mit einem bezaubernd undurchsichtigen Blick an, zuckte leicht lächelnd die Achseln und lief rasch ins Haus. –

Ich lehnte mich zurück und steckte meine Pfeife an. Mein ganzes Wesen war von einem großen Wohlbehagen durchflutet. Ich wollte wirklich nichts von dem Mädchen, dachte ich – ich kann schwören, daß ich sie nicht verführen will. Ich bin so entzückt von ihr wie von dem Himmel und dem Tal und den Wolkenschatten, die über die Wälder streifen, und der leichten Schwere des Nachmittags in meinem Kopf, und ich genieße diesen Augenblick des Entzückens, wie man es immer sollte, als ob es der einzige und letzte wäre und als müsse man im nächsten schon sich von der Erde lösen und, als Keim und Kern eines eigenen Weltkörpers, auf dessen langsam erkühlender Kruste wieder eigene Berge, Flüsse, Bäume, Wirtshäuser und lebendige Geschöpfe wüchsen, bewußtlos in die eisigen Äther des Raumes hinausfliegen. Jetzt aber saß ich da, vom Wein nicht mehr im geringsten angerauscht, wie einer, der seinen Namen vergessen hat, unbeschwert von mir selber, im Gefühl des Weltganzen aufgelöst und bis in die letzte Faser gelockert. Kurz darauf schlief ich wohl ein. Denn als ich von irgendwelchen Geräuschen emporschreckte, lag meine Pfeife neben dem Stuhl auf den Steinfliesen, und ich fröstelte ein wenig.

Die Geräusche waren klappernder Natur, der Tisch wurde abgeräumt, und ins Bewußtsein zurückkehrend, sah ich, daß es der hechtgesichtige Hausbursche war, der dies tat. Die Portiersmütze hatte er abgenommen, und da, wo sie sonst saß, zeichnete sich ein roter Streifen auf seiner Stirn ab, der ihr einen gewöhnlichen Ausdruck verlieh. – Er grinste mich von der Seite an.

»Der Herr haben gut geschlafen«, sagte er und hob meine Pfeife auf. »Danke«, sagte ich mürrisch und klopfte den Tabakrest heraus.

»Ich hab die Bestellung droben ausgerichtet«, rapportierte er – »es wäre gut, hat das Fräulein gesagt.«

Ich griff in die Tasche.

»O nein«, machte er rasch, »das ist nicht nötig.«

Ich zog mein Taschentuch heraus und schneuzte mich umständlich. Er schien enttäuscht. Dann holte ich aus der Rocktasche, wo ich das Geld lose trug, ein Fünflirestück und gab es ihm. Er bedankte sich überschwenglich.

»Ich möchte zahlen«, sagte ich dann.

»Ja«, sagte er, »bittschön!« und kramte einen kleinen Notizblock und ein abgekautes Stückchen Bleistift hervor. »Was darf ich abrechnen?«

Ich war enttäuscht.

»Ich weiß nicht mehr genau, wieviel Wein es war«, log ich. »Wo ist die Kellnerin?«

»Die Mena ist weg«, sagte er – und es stieg eine grundlose Wut in mir auf, als er ihren Namen in den Mund nahm – »sie hat heut Ausgang. Aber ich glaube, es waren fünf Viertel im ganzen und das kalte Essen.«

»Kann sein«, sagte ich und ließ ihn rechnen. Dann gab ich ihm das Geld und legte noch etwas auf den Tisch.

»Das ist für das Fräulein«, sagte ich.

»Vielen Dank, der Herr«, sagte er mit seiner Bedientenstimme, »ich werd's ihr geben. Auf Wiedersehn, der Herr. Beehrns uns wieder!«

Post Scriptum

– Aber nun mögen Sie schon wirklich Ruhe von mir haben und nur noch herzlichst gegrüßt sein.

Ihr Franz K.

Noch kein Ende und sogar eine schwer zu beantwortende Frage: Wie lange kann man Chokolade aufheben, ohne daß sie verdirbt?

Der freudigste Tag meines Lebens wird sein – Deine Ankunft. Liebe mich, Kindchen. Schone Dich, mein Kind, erhole Dich – schreib, ob Du etwas brauchst? Ich küsse, küsse, küsse, küsse, küsse, küsse, küsse, küsse, küsse, küsse, küsse, küsse, küsse, küsse, küsse, küsse und küsse.

Dein

Schreibst Du mir nichts von Dir,
verliere ich den Verstand.
Vergiß nicht. Liebe mich.
Majakowskij

Ich küsse Dich leidenschaftlich überall.

Paul

Schreibe mir sehr ordentlich Deine komplette Anschrift.

Paul Eluard

Leb wohl, mein geliebtes teures Mädchen, und recht gesund sein und ein bißchen heiter und viel Mut haben und mich liebhaben

Dein getreuester Sigmund

Es ist Viertel zehn; ich gehe in der Stadt herum, hoffe mich nicht zu verirren.

Sigmund Freud

Ich schreibe nicht weiter und sende Dir einen langen langen Kuß auf dem Rücken der Flut.

Pablo

dummedummedummedummedummedummedumme
dummedummedummedummedumme

Pablo Neruda

Autoren- und Quellenverzeichnis

Peter Altenberg, 1859–1919
Wir gingen eines Schrittes und Trittes, S. 241.
Aus: Das Altenbergbuch. Herausgegeben von Egon Friedell
Copyright 1921 Verlag Wiener Graphische Werkstätte, S. 167
Abdruck mit Genehmigung der S. Fischer Verlag GmbH,
Frankfurt am Main

Ingeborg Bachmann, 1926–1973
Aber heute werden wir, S. 53.
Aus: Malina, Suhrkamp Verlag Frankfurt am Main 1977
(Bibliothek Suhrkamp), S. 57

James Baldwin, 1924–1987
Ich habe lange nicht mehr an diesen Jungen gedacht, S. 163.
Aus: Giovannis Zimmer, Copyright (c) 1963 by Rowohlt Verlag
GmbH, Reinbek bei Hamburg, S. 11–14

Roland Barthes, 1915–1980
Ein Tropfen Verliebtsein, S. 152.
Aus: Fragmente einer Sprache der Liebe, (c) Suhrkamp Verlag
Frankfurt am Main 1984, S. 119

Giorgio Bassani, geb. 1916
Wir waren von den ersten Volksschultagen an Klassenkameraden gewesen, S. 21.
Aus: Die Gärten der Finzi-Contini, Copyright Piper Verlag München
1963 (Serie Piper), S. 55–71

Katja Behrens, geb. 1942
Liebe, S. 131.
Aus: Die weiße Frau. Erzählungen, (c) Suhrkamp Verlag
Frankfurt am Main 1978 (suhrkamp taschenbuch 655), S. 7–22

Mario Benedetti, geb. 1920
Die Nacht der Häßlichen, S. 72.
Aus: Der Frauenheld. Geschichten der Liebe aus Lateinamerika,

(c) Suhrkamp Verlag Frankfurt am Main 1986
(suhrkamp taschenbuch 1296), S. 62–65

Ulla Berkéwicz, geb. 1951
Er war als Gastprofessor für sechs Wochen nach Florida gekommen, S. 181
Aus: Maria Maria. Drei Erzählungen. (c) Suhrkamp Verlag Frankfurt am Main 1988, S. 36–44

Hermann Broch, 1886–1951
Ruzena war von der steifen Konvention entzückt, S. 56.
Aus: Die Schlafwandler, (c) Suhrkamp Verlag Frankfurt am Main 1978 (suhrkamp taschenbuch 472), S. 42–45

Colette, 1873–1954
Der blaue Leutnant an Mitsou – Mitsou an den blauen Leutnant, S. 169.
Aus: Mitsou, (c) Paul Zsolnay Verlag Gesellschaft m. b. H., Wien/Hamburg 1986, S. 61–74

Julio Cortázar, 1914–1984
... bei Ana war es nicht vorauszusehen, S. 188.
Aus: Oktaeder. Erzählungen (Manuskriptfund in einer Jackentasche), (c) Suhrkamp Verlag Frankfurt am Main 1978, 1985, 1986 (suhrkamp taschenbuch 1295), S. 40–44

José Donoso, geb. 1924
Namensvettern, S. 117.
Aus: Der Frauenheld. Geschichten der Liebe aus Lateinamerika, (c) Suhrkamp Verlag Frankfurt am Main 1986 (suhrkamp taschenbuch 1296), S. 147–152

Paul Eluard, 1895–1952
Meine Schöne, meine Angebetete, S. 187.
Ich küsse Dich leidenschaftlich, S. 259.
Aus: Liebesbriefe an Gala, (c) Hoffmann und Campe Verlag, Hamburg 1987, S. 27, 29

Gustave Flaubert, 1821–1880
Bei dreiunddreißig Grad im Schatten, S. 153.
Aus: Bouvard und Pécuchet, (c) für die Übersetzung Insel Verlag Frankfurt am Main 1979, Lizenzausgabe mit freundlicher Genehmigung der Albert Langen-Georg Müller Verlag GmbH, München (insel taschenbuch 373), S. 39–49

Sigmund Freud, 1856–1939
Leb wohl, mein geliebtes teures Mädchen, S. 260.
Es ist Viertel zehn, S. 260.
Aus: Brautbriefe, (c) Sigmund Freud Copyrights Ltd., London 1960, Abdruck mit Genehmigung der S. Fischer Verlag GmbH, Frankfurt am Main. S. 69

Max Frisch, geb. 1911
Er hat ihr einfach die Brille aus dem Gesicht genommen, S. 69.
Aus: Montauk, (c) Suhrkamp Verlag Frankfurt am Main 1975 (suhrkamp taschenbuch 700), S. 69–73

Knut Hamsun, 1859–1952
Ein Septembertag, S. 10.
Aus: Victoria. In: Sämtliche Romane und Erzählungen Bd. 1, (c) Paul List Verlag, München 1958, S. 1003–1010
Dienstag. Sonnenschein und Stille, S. 206.
Aus: Hunger. In: Sämtliche Romane und Erzählungen Bd. 1,(c) Paul List Verlag, München 1958, S. 137–144

Hermann Hesse, 1877–1962
Es war der törichtste Tag meiner törichten Liebe, S. 201.
Aus: Gertrud, (c) Suhrkamp Verlag Frankfurt am Main 1955 (suhrkamp taschenbuch 890), S. 16–20

Franz Kafka, 1883–1924
Ich schwätze über meinen vorigen Brief, S. 102.
Aber nun mögen Sie schon wirklich Ruhe von mir haben, S. 259.
Aus: Briefe an Felice, Copyright (c) 1967 by Schocken Books, Inc. Abdruck mit freundlicher Genehmigung der S. Fischer Verlag GmbH, Frankfurt am Main, S. 46, 62

Marie Luise Kaschnitz, 1901–1974
April, S. 216.
Aus: Liebesgeschichten, (c) Suhrkamp Verlag Frankfurt am Main 1986 (suhrkamp taschenbuch 1292), S. 244–252

Gottfried Keller, 1819-1890
Auf diesen Wegen, S. 106.
Aus: Der grüne Heinrich. Erste Fassung, (c) Deutscher Klassiker Verlag Frankfurt am Main 1985, S. 266–268

Sören Kierkegaard, 1813–1855
Ein Stelldichein, S. 180.
Aus: Tagebuch des Verführers, (c) Insel Verlag Frankfurt am Main 1983, S. 36–37

Wolfgang Koeppen, geb. 1906
Ob ich noch zum Schlaf gekommen bin, S. 47.
Aus: Eine unglückliche Liebe, (c) Henry Goverts Verlag Stuttgart 1960. Alle Rechte vorbehalten durch Suhrkamp Verlag Frankfurt am Main (suhrkamp taschenbuch 392), S. 30–36

Thomas Mann, 1875–1955
Der Held meiner Geschichte, S. 82.
Aus: Gefallen, in: Gesammelte Werke Band VIII, Erzählungen, (c) 1960, 1974 S. Fischer Verlag GmbH, Frankfurt am Main, S. 14–30

Wladimir Majakowskij, 1893–1930
Der freudigste Tag meines Lebens, S. 259.
Schreibst Du mir nichts von Dir, S. 259.
Aus: Liebesbriefe an Lilja, Alle Rechte beim Suhrkamp Verlag Frankfurt am Main 1969, S. 22

Robert Musil, 1880–1942
Damals hatte er schon lange Grigia kennen gelernt, S. 38.
Aus: Grigia, in: Gesammelte Werke VI, Copyright (c) 1978 by Rowohlt Verlag GmbH, Reinbek bei Hamburg, S. 17–19

Pablo Neruda, 1904–1973
Ich schreibe nicht weiter, S. 260.
Aus: Liebesbriefe an Albertina Rosa, (c) Insel Verlag Frankfurt am Main 1975, S. 270

Edgar Allan Poe, 1809–1849
Im vorigen Winter betrat ich eines Abends, S. 227.
Aus: Die Augengläser, in: E. A. Poe, Erzählungen, Winkler Verlag, München (o. J.), S. 386–393

Marcel Proust, 1871–1922
Der harmonische Zusammenklang, S. 41.
Aus: Auf der Suche nach der verlorenen Zeit (Im Schatten junger Mädchenblüte), (c) Suhrkamp Verlag Frankfurt am Main 1970
(edition suhrkamp), S. 646–650

Raymond Radiguet, 1903–1923
Nichts nimmt einen so sehr in Anspruch, S. 20.
Eine Gebärde, ein gewisser Tonfall, S. 68.
Zum Glück war sie ein Leckermaul, S. 237.
Aus: Den Teufel im Leib, Copyright 1923 by Editions Bernard Grasset Paris.
Deutsche Rechte beim Verlag Kurt Desch, München-Wien-Basel (Bibliothek Suhrkamp), S. 101, 111, 126

Ilma Rakusa, geb. 1946
Das muß nicht sein, sagte er, S. 61.
Aus: Wladimir, in: Schreibheft 28, 1986, S. 136–139

Adalbert Stifter, 1805–1868
Ihr Vater lebte in der Hauptstadt, S. 125.
Aus: Brigitta (Urfassung), Adam Kraft Verlag, Augsburg (o. J.), S. 50–56

Leo N. Tolstoj, 1828–1910
Ljubotschka tat, als pflücke sie, S. 143.
Aus: Kindheit, Knabenalter, Jünglingsjahre, (c) Insel Verlag, 1923, 1963 (insel taschenbuch 203), S. 39–41

Kurt Tucholsky, 1890–1935
Nun ist ja richtig, S. 55.
Aus: Unser ungelebtes Leben. Briefe an Mary, Copyright (c) 1982 by Rowohlt Verlag GmbH, Reinbek bei Hamburg, S. 26

Iwan Turgenjew, 1818–1883
Ich hatte damals die Gewohnheit, S. 103.
Aus: Erste Liebe und andere Novellen, Lizenzausgabe der Dieterich'schen Verlagsbuchhandlung Leipzig, (c) 1973 (insel taschenbuch 257), S. 13–14

Mark Twain, 1835–1900
Als Tom das kleine, einsam gelegene Schulhaus erreicht hatte, S. 109.
Aus: Tom Sawyers Abenteuer, in: Gesammelte Werke in 10 Bänden, Band 2, (c) Insel Verlag Frankfurt am Main 1985 (insel taschenbuch 832), S. 64–67

Martin Walser, geb. 1927
Ich suchte eine Frau, S. 193.
Aus: Ein Flugzeug über dem Haus und andere Geschichten, Copyright 1955 by Suhrkamp Verlag Frankfurt am Main (suhrkamp taschenbuch 612), S. 26–34

Robert Walser, 1878-1956
Ich habe einen ganz entsetzlich großen Fond an Liebeskraft, S. 77.
Das Liebespaar, S. 239.
Aus: Der Räuber, (c) Verlag Helmut Kossodo, Genf, 1972 (suhrkamp taschenbuch 320), S. 98
Liebesgeschichten, (c) Suhrkamp Verlag 1978 (insel taschenbuch 263), S. 36–37

Oscar Wilde, 1854–1900
In wen bist du verliebt, S. 145.
Aus: Das Bildnis des Dorian Gray, (c) Insel Verlag Frankfurt am Main 1985 (insel taschenbuch 843), S. 66–72

Christa Wolf, geb. 1929
Als er damals vor zwei Jahren in unser Dorf kam, S. 78.
Aus: Der geteilte Himmel, dtv, München 1979, Lizenzausgabe mit freundlicher Genehmigung von Christa Wolf, S. 10–13

Unica Zürn, 1916–1970
In diesem Sommer lernt sie schwimmen, S. 113.
Aus: Dunkler Frühling, in: Der Mann im Jasmin. Dunkler Frühling, (c) Merlin Verlag Hamburg, 1969, S. 44–47

Carl Zuckmayer, 1896–1977
Wie aber so oft im Gebirg, S. 242.
Aus: Salwàre oder Die Magdalena von Bozen, (c) 1936 Bermann-Fischer-Verlag GmbH, Wien, (c) 1963 Carl Zuckmayer, (c) 1968 S. Fischer Verlag GmbH, Frankfurt am Main, S. 50–62

Inhalt

Neue deutsche Literatur in den suhrkamp taschenbüchern

Margrit Baur: Überleben. Eine unsystematische Ermittlung gegen die Not aller Tage. st 1098
Katja Behrens: Die weiße Frau. Erzählungen. st 655
Ulla Berkéwicz: Josef stirbt. Erzählung. st 1125
Silvio Blatter: Kein schöner Land. Roman. st 1250
– Love me Tender. Erzählung. st 883
– Schaltfehler. Erzählungen. st 743
– Die Schneefalle. Roman. st 1170
– Zunehmendes Heimweh. Roman. st 649
Franz Böni: Die Fronfastenkinder. Aufsätze 1966-1985. Mit einem Nachwort von Ulrich Horn. st 1219
– Ein Wanderer im Alpenregen. Erzählungen. st 671
Thomas Brasch: Kargo. 32. Versuch auf einem untergehenden Schiff aus der eigenen Haut zu kommen. st 541
– Der schöne 27. September. Gedichte. st 903
Hans Christoph Buch: Die Hochzeit von Port-au-Prince. Roman. st 1260
– Jammerschoner. Sieben Nacherzählungen. st 815
– Karibische Kaltluft. Berichte und Reportagen. st 1140
Herbert Gall: Deleatur. Notizen aus einem Betrieb. st 639
Herbert Genzmer: Cockroach Hotel. Ängste. st 1243
– Freitagabend. st 1540
– Manhattan Bridge. Geschichte einer Nacht. st 1396
Rainald Goetz: Irre. Roman. st 1224
Wilhelm Hengstler: Die letzte Premiere. Geschichten. st 1389
Ulrich Horstmann: Das Glück von Omb'assa. Phantastischer Roman. st 1088
– Das Untier. Konturen einer Philosophie der Menschenflucht. st 1172
Thomas Hürlimann: Die Tessinerin. Geschichten. st 985
Franz Innerhofer: Die großen Wörter. Roman. st 563
– Schattseite. Roman. st 542
– Schöne Tage. Roman. st 349
Bodo Kirchhoff: Dame und Schwein. Geschichten. st 1549
– Die Einsamkeit der Haut. Prosa. st 919
– Mexikanische Novelle. st 1367
– Ohne Eifer, ohne Zorn. Novelle. st 1301
– Zwiefalten. Roman. st 1225
Ady Henry Kiss: Da wo es schön ist. st 914
Alfred Kolleritsch: Die grüne Seite. Roman. st 323
Wolfgang Komm: Der Idiot des Hauses. Roman. st 728
Marcel Konrad: Stoppelfelder. Roman. st 1348

250/1/5.88

Neue deutsche Literatur in den suhrkamp taschenbüchern

Jürg Laederach: Nach Einfall der Dämmerung. Erzählungen und Erzählungen. st 814
– Laederachs 69 Arten den Blues zu spielen. st 1446
– Sigmund oder Der Herr der Seelen tötet seine. st 1235
Gertrud Leutenegger: Gouverneur. st 1341
– Ninive. Roman. st 685
– Vorabend. Roman. st 642
E.Y. Meyer: Eine entfernte Ähnlichkeit. Erzählungen. st 242
– In Trubschachen. Roman. st 501
– Ein Reisender in Sachen Umsturz. Erzählungen. Neufassung. st 927
– Die Rückfahrt. Roman. st 578
Bodo Morshäuser: Die Berliner Simulation. Erzählung. st 1293
Judith Offenbach: Sonja. Eine Melancholie für Fortgeschrittene. st 688
Erica Pedretti: Harmloses, bitte. st 558
Nikolaus Pietsch: Der Gefangene von Heidelberg. st 1129
Peter Rosei: Reise ohne Ende. Aufzeichnungsbücher. st 875
– Wege. Erzählungen. st 311
Hansjörg Schertenleib: Die Ferienlandschaft. Roman. st 1277
Jochen Schimmang: Das Ende der Berührbarkeit. Eine Erzählung. st 739
– Der schöne Vogel Phönix. Erinnerungen eines Dreißigjährigen. st 527
Einar Schleef: Gertrud. st 942
Peter Sloterdijk: Der Zauberbaum. Die Entstehung der Psychoanalyse im Jahr 1785. Ein epischer Versuch zur Philosophie der Psychologie. st 1445
Angelika Stark: Liebe über Leichen. st 1099
Harald Strätz: Frosch im Hals. Erzählungen. st 938
Karin Struck: Lieben. Roman. st 567
– Die Mutter. Roman. st 489
– Trennung. Erzählung. st 613
Volker Wachenfeld: Keine Lust auf Pizza. Roeders Story. st 1347
Josef Winkler: Der Ackermann aus Kärnten. Roman. st 1043
– Menschenkind. Roman. st 1042
– Muttersprache. Roman. st 1044

250/2/5.88